전유성의
구라 삼국지

나관중(羅貫中) _ 지음

중국 진(晉)나라 때의 진수(陳壽)가 쓴 정사 『삼국지』를 기반으로 당시 민간인들 사이에서 떠돌던 다양한 버전의 영웅 이야기를 통폐합, 오늘날의 소설 『삼국지』를 만들어낸 인물. 직업은 비록 정부 하급 관리에 불과했지만 풍부한 상상력과 디테일한 캐릭터 묘사, 상식을 압도하는 스케일로 소설 『삼국지』를 동아시아 최고의 베스트셀러로 만들어냈다.

성격이 좀 까탈스러워 사람 사귀는 걸 좋아하지 않았고, 무슨 짓을 하며 살았는지에 대한 정보가 거의 없어 '행적이 묘연한 의문의 사나이'라고 할 만하다. 어쨌든 당시의 정사 『삼국지』에 대담한 수법의 구라를 섞어 넣고 흥미를 유발하는 짜임새 있는 이야기로 뽑아냈다는 점에서 존경과 찬탄을 받지 않을 수 없는 대단한 스토리텔러이자 당대 최고의 구라꾼. 언제 죽었는지는 모르지만 사람들에게 맞아 죽었다는 대단히 믿기 힘든 설도 있는데, 이는 구라를 쳐도 적당히 쳐야지 심하게 쳤다가는 결국 응징을 당한다는 교훈을 남겨주고 있다.

전유성의 구라 삼국지

전유성 _구라 | 김관형 _그림·사진 | 이남훈 _구라 다림질

2

눈앞에서 진짜임을 증명하려는 건 가짜다

소담출판사

이 책은 종이 수면제가 아닙니다

　　한국 사람들이 즐겨 쓰는 단어 중에 '구라'라는 단어가 있다.

　　믿지 못할 말을 지껄이면 '구라를 깐다.'라는 표현을 쓰고, 장황하게 말을 늘어 놓으면 '구라를 푼다.'라는 표현을 쓴다. 말도 안 되는 소리를 지껄이는 사람에게는 '개'라는 접두사를 붙여서 개구라를 피운다는 힐난을 던지기도 하고, 뛰어난 언변을 가진 사람에게는 '발'이라는 접미사를 붙여서 죽이는 구라발을 가졌다고 추켜 세우기도 한다.

　　인터넷에 들어가 '구라'를 검색해 보면 구라가 일본어인 가라, 구라이, 쿠라마스 등에서 유래되었을 거라는 구라를 만날 수가 있다. 그러나 나는 개그맨 전유성의 '구라 삼국지' 편찬을 계기로 구라가 순수한 우리말 '입나팔'에서 유래된 비속어일 가능성이 높다는 구라를 제시하고 싶다.

입나팔을 한자어로 표기하면 구라(口喇)가 된다. 구(口)는 입을 뜻하는 한자어고 라(喇)는 나팔을 뜻하는 한자어다. 그러니까 구라는 입나팔이다. 특히 라(喇) 자는 나팔 이외에도 말이 재다, 말을 하다, 라는 뜻을 가지고 있다. 처음에는 아랫사람에게 '저 시키, 입나팔 졸라 불어대네.'라고 표현했다가 윗사람에게는 '입나팔'이라는 표현을 쓰기가 거북해서 한자어로 '어르신, 구라가 대단하심다.'라고 대체시켜 표현하지 않았을까. 그래서 결국 오늘날에는 아래 위를 막론하고 널리 사용해도 무리가 없는 '구라'가 자리를 잡게 되지는 않았을까.

전유성, 그는 끊임없이 새로움을 창조한다. 개그라는 장르를 처음으로 창안해서 일반에게 정착시킨 사람도 전유성이다. 그는 이따금 세상을 향해 냉소적이면서도 해학적인 비판을 던지기는 하지만 인간미가 넘치고 가슴이 따스해서 항시 주변에 각양각색의 사람들이 들끓는다. 특히 정의감이 넘치고 의리가 투철해서, 전유성과의 한번 인연은 평생 인연으로 생각해도 무방하다는 소문이다. 그는 엄청난 독서량과 다각적인 체험을 바탕으로 정치, 경제, 학술, 연예, 관광, 예술, 종교, 언론 등 다방면에 걸쳐서 참신한 아이디어를 제공하고 혁신을 주도하거나 발전을 도모하는 모습을 보여준다.

삼국지에서 전유성과 비견할 만한 인물은 누구일까. 아무리 생각해도 마땅한 인물이 떠오르지 않는다. 삼국지에 등장하는 그 어떤 인물도 전유성과 비견할 만한 해학과 풍자를 보여주지는 못한다. 예리한 비판과 거침없는 언행으로는 예형이 어떨까 싶기도 하지만 내공으로 따지자면 어림도 없다. 예형은 지나치게 극단적이다. 때와 장소를 가리지 않고 오만하면서도 강직한 성정을 노골적으로 드러낸다. 그래서 종국에는 조조 수하의 하급관리에게 혀를 뽑힌 채 죽임을 당하는 비극을 자초한다. 전유성은 그에 비하면 한결 지혜로우면서도 유연한 성품을 지니고 있다. 만약 전유성이 춘추전국시대에 살았고 유비가 그를 전략가로 영입했다면 역사는 어떻게 달라졌을까. 어쩌면 전유성의 구라발에 의해 전쟁은 단기간에 종식되고 대부분의 중심인물들이 구라계(口喇界)로 진출하는 기현상이 도래하지 않았을까.

나는 전유성을 대한민국 최고의 '구라 유발자'로 추대한다. 그가 편찬한 '구라 삼국지'는 한마디로 현대인의 생존법을 염두에 두고 만들어진 일종의 지침서다. 하지만 상투성과 관념성이 철저하게 배제된 지침서다. 전유성은 언제나 신선하다. 그래서 이번에도 기상천외한 발상과 촌철살인하는 '구라의 재구성'으로 우리를 각성시킨다.

인터넷에 들어가 삼국지를 한번 검색해 보라. 삼국지와 연계해서 만들어진 소설, 영화, 게임, 만화, 블로그들이 즐비하게 떠오른다. 그러나 한결같이 구태의연하다. 시대배경, 연표, 인물탐구, 여인, 지도, 전투, 명장면, 진실탐구, 관직설명, 보물, 고사성어, 한시, 도서, 게임, 메뉴만 보아도 상투성을 벗어나지 못했음을 대번에 간파할 수 있다.

얼마나 식상한가. 공장 이름은 다르지만 모양과 내용은 똑같은 삼국지 통조림이다. 모든 통조림 속에는 죽어 있는 생물이 들어 있다. 삼국지 통조림도 마찬가지다. 죽어 있는 유비가 들어 있고 죽어 있는 관우가 들어 있고 죽어 있는 동탁이 들어 있고 죽어 있는 예형이 들어 있다. 비록 순수 창작물은 아니더라도 이제 삼국지의 모든 인물들과 사건들은 새롭게 태어나 새로운 의미로 우리에게 다가올 필요가 있다.

우리는 지금까지 구태의연한 정신상태를 가진 사람들이 구태의연한 방식으로 제조한 통조림을 먹고, 난세가 어떠니, 영웅이 어떠니, 모반이 어떠니, 술수가 어떠니, 지혜가 어떠니, 의리가 어떠니, 인간이 어떠니, 도리가 어떠니를 떠들고 있었다. 그것들은 모두 암기의 영역에 소장되어 있는 지식의 껍데기에 불과하다. 그러나 전유성의 『구라 삼국지』는 확연히 다르다. 모든 인물과 사건들이 새로운 기법과 구성 속에서 선명하게 되살아나 현세와 과거를 넘나든다.

모름지기 세상의 모든 책들에게는 가급적이면 인간 가까이에 있고 싶어하는 노력이 내재되어 있어야 한다. 읽는 순간의 즐거움과 읽고 나서의 행복감을 무시해 버린 책이라면 문자고문이나 다름없다. 그리고 독자들의 입장에서 보면 문자고문은 일종의 죄악이다. 세간에는 날마다 서적이라는 형태를 간직한 종이수면제들이 엄청난 부피로 쏟아져 나온다. 복용하면 감동은 전무하고 졸음만 쏟아진다.

그러나 전유성의 '구라 삼국지'만은 수면제가 아닌 각성제가 되어 수많은 독자들을 서점으로 불러들이기를 비는 마음으로 세상을 향해 강추(强推) 한 방을 날린다.

소설가 이외수

"세상을 어떻게 한번
평정해보겠다는 놈들,
결국 그놈들 때문에 세상이
더 어지러워지더라."

2권을 이끌어가는 주요 인물들

유비
한나라 왕실의 혈통을 이어받았다고는 하나 집안이 가난해 돗자리와 짚신을 짜면서 불우한 어린 시절을 보냈다. 인덕이 있다고는 하지만 때때로 우유부단한 면을 보여주기도 하고 순수한 인간적인 매력에 비해 능력이 좀 모자란다는 평을 받기도 한다. 촉의 황제가 되기는 했지만 천하통일과 한나라의 부흥에 대한 꿈을 이루지는 못한다.

관우
죽어서 신으로까지 모셔질 정도의 충직한 의리를 보여준 유비의 오른팔. 지조, 충성의 대명사이자 천하무적의 호걸로 불리지만 인정에 다소 약한 면을 가지고 있다. 쌈질에서는 타의 추종을 불허한다. '대춧빛 같은 피부'와 '미염'이라고 불리는 길고 아름다운 수염이 강한 인상을 주는 캐릭터.

장비
술 먹으면 개가 되는 스타일. 성질이 급한 데다 아랫사람들을 패는 버릇이 있다. 하지만 역시 관우와 함께 당대 최고의 쌈꾼으로 이름을 떨치며 유비의 왼팔 역할을 톡톡히 해낸다. 삼국지 초반부에는 좀 머리가 비어보이는 듯하지만 후반부에 가서는 나름대로 전투 아이디어도 내는 등 열심이다. 호탕한 성격은 나름대로의 장점.

공 손 찬

스승 노식 밑에서 유비와 함께 공부를 했다.
〈동탁 타도 연합군〉에 참여해 공을 세운 걸
시작으로 수없이 많은 전투에 참여했다. 말
년에는 상당히 교만해져 결국 원소와의 싸
움에 패한 걸 계기로 가족들과 집단 자살.

손 책

손권의 형. '소패왕'이라고 불릴 정도로 뛰
어난 무예와 용맹을 자랑했다. 하지만 혈기
를 잘 다스리지 못하는 성격적 단점이 있었
다. 우길이란 착한 도사를 죽인 후 그의 환
영에 시달리며 죽어가는 기이한 병을 선보
였다.

이각과 곽사

자신들이 모시던 동탁이 죽자 잽싸게 권력
을 장악, 동탁에 못지않은 패악으로 백성들
을 괴롭혔다. 황제를 협박해 자신들의 권력
을 유지히려 했기만 결국 비참한 최후를 맞
게 된다.

가 후

난세를 헤쳐가는 모사꾼의 전형을 보여준
인물. 뛰어난 임기응변과 치밀한 전략을 펼
쳤지만 동탁 → 이각과 곽사 → 유표 → 조
조 등으로 군주를 옮기는 얄팍한 모습을 보
여주기도 했다.

도겸

조조에게 잘 보이려다가 오해를 사 조조의 철천지원수가 되어버린, 속칭 '잘 안 풀리는' 인생을 살았다. 결국 유비에게 서주를 넘겨주고 노병으로 세상을 뜨게 된다.

공융

공자의 후손으로 어릴 때부터 총명해 말싸움이 벌어지면 어른들마저 볶아먹을 정도로 뛰어났다. 커서는 사람 사귀기를 좋아해 주변에 인재가 끊이지 않았고 유비와도 깊은 친교를 맺었다.

추씨 부인

여자들이 드문 삼국지에서 잠깐 나왔지만 나름대로의 역할을 했던 여인. 동탁의 옛 부하 장제의 미망인인데, 조조를 완전히 홀려 한동안 정신이 나가게 만들었다.

조자룡

일낭백의 싸움에서도 결코 지치지 않는 투혼과 쌈질 실력을 보여준 명장. 조조, 유비할 것 없이 모두 다 탐낸 인물이기도 하다. 결국 유비를 흠모하게 되고 목숨을 다해 돕게 된다.

차례

1

아첨꾼은 칭찬으로 우둔한 者를 사냥한다

– 동탁과 여포를 오가는 초선의 활약

다음 날 왕윤은 세공사에게 부탁해 황금관을 만들어 여포에게 은밀히 보낸다.

"왕윤이 이걸 보낸 이유가 뭘까?"

단순 무식한 여포가 기분이 좋아 적토마를 타고 왕윤의 관저로 찾아온다. 왕윤은 여포가 집 앞에 도착했다는 말을 듣고 동지섣달 꽃 본 듯이 버선발로 달려나가 여포를 안으로 맞아들인다. 왕윤이 "술상 내와라." 이르니 "네—, 곧 나갑니다."라는 여느 중국집에서 많이 듣던 목소리가 들린다. 잠시 후에 술상이 들어오는데 탕수육에 야끼만두, 오향족발, 계란탕 등 없

"아이고, 이거 황송해라"

는 게 없고 고량주가 상 위에 떡 버티고 서 있다.

"아이고, 이거 황송해라. 나는 승상부의 일개 장수인데 조정의 대신이 이렇게 대접을 해주시니 어찌해야 좋을지 모르겠습니다. 도대체 무슨 일로 저에게 선물도 보내시고 이렇게 맛있는 술상도 주시는지요?"

"제가 장군님을 공경하는 것은 장군님의 지위를 공경하는 게 아니고 장군님의 뛰어난 자질을 공경한 겁니다. 말이야 바른말이지 지금 천하에 영웅이 어디 있습니까? 모두들 자신이 영웅이라고는 하지만 사실 제 눈에는 영웅으로 보이지 않습니다. 장군님을 빼놓고는!"

칭찬하라, 칭찬하라, 칭찬은 고래도 춤추게 한다. 나이트에서도 마찬가지다. 부킹의 성공비결은 칭찬이다. 부킹이 되면 '옷차림이 멋있다.', '몸매가 멋있다.', '춤을 잘 추더라.'고 말해주면 그 다음 작업은 술술 풀린다. 쓸데없이 "누구랑 왔냐? 언제 왔냐? 여기 자주 오냐?" 이런 거 묻지 마라. 당신은 형사가 아니다. 칭찬! 칭찬을 많이 해서 상대방을 혼미하게 만들어라. 그런데 칭찬할 때는 특이한 부위를 칭찬하는 것도 효과가 있다. '얼굴이 예쁘다'는 건 이미 많은 남자들이 써먹는 거다. 귓볼이 예쁘다든지, 속눈썹이 예쁘다든지, 뺨이 귀족적으로 보인다고 칭찬해주면 여자들은 '어? 내가 정말 그런가?' 하면서 자신도 발견 못한 것을 발견하고 칭찬해준 남자에게 호감을 갖게 마련이다.

● 구라 심리학 _ 칭찬의 효과에 대해 알아보자. 우선, 칭찬을 많이

듣게 되면 사람들은 자기 스스로를 소중하고 고귀한 사람으로 여기게 된다. 심리학에서는 이를 자기 존중감이라고 하는데, 칭찬을 많이 듣게 되면 자연스럽게 향상이 된다. 자기 존중감이 높은 사람과 낮은 사람은 행동에서 많은 차이를 보인다. 스스로가 가치 있는 사람이라고 여기는 사람과 스스로가 쓸모없는 사람이라고 생각하는 사람 간의 행동상의 차이는 누구나 짐작할 수 있으리라. 따라서 칭찬을 많이 받으면 스스로를 소중하고 고귀한 사람이라 생각하게 되고, 이에 걸맞는 행동을 하게 되는 것이다. 그러니 아이들에게 칭찬을 많이 해주면 자기 존중감이 향상되고 아이 스스로 그 칭찬에 걸맞는 행동을 하게 된다. 그러나 칭찬을 함에 있어 주의해야 할 점은 칭찬은 현실을 반영해야지 현실과 지나치게 동떨어진 거짓 칭찬은 오히려 역효과를 낼 수 있다는 것이다. 칭찬의 또 다른 효과는 '공평이론'에서 찾아볼 수 있다. 자신에게 칭찬을 해 주는 사람에게 자신도 동일한 호의를 베풀어야 한다고 여기는 것이다. 그러니 부킹할 때 칭찬을 많이 해주면 그 칭찬에 걸맞게 그 무언가(?)로 보답을 하고 싶어진다.

그 당시에 제일 잘 먹히는 말은 '당신이 영웅이야.'다. 영웅이라는데 싫어할 놈 없다. '동탁도 영웅이고, 여포도 영웅이오!' 왕윤이 입에 침이 마르도록 치켜세우니 여포는 기분이 좋아 술도 잘 들어간다. 여포가 기분 좋게 취해 있을 때 초선이의 등장을 알리는 큐! 사인이 나온다. 초선이 하녀를 앞세우고 들어오는데 예쁜 옷에 짙은 밤 화장! 여포는 초선을 머리에서 발끝까지 핥듯이 쳐다보고는 넋을 빼앗겨버리고 말았다.

"누구신가……?"

"예, 제가 딸처럼 생각하는 아입니다. 평소에 장군님께서 과분하게 절대해주시니 한 집안이라 생각하고 인사나 드리라고 불렀습니다."

"초선입니다."

"여포입니다. 여기 명함!"

왕윤이 "초선아, 뭐 하냐? 술 한잔 따라야지."

초선이가 "네~." 하고 매혹적인 웃음을 생긋 날리며 술을 따른다. 여포는 속으로 '아이고, 손이 곱기도 하다. 저 손을 그냥 초고추장에 찍어 먹었으면…… 꿀꺽!'

"초선아, 우리 집안은 언제나 장군님이 돌봐주고 계신단다. 가까이 앉거라."

초선이 못 이기는 척 여포 옆에 앉으니 여포야 기분이 째질 수밖에!!! 여포는 초선의 자태를 바라보며 침만 꿀꺽꿀꺽, 널름널름 정신이 없다. 왕윤이 결정타를 먹인다.

"장군께서 이 아이가 마음에 드신다면 장군님의 첩으로 드릴까 하는데 의향이 어떠신지요."

왕윤의 말이 끝나기도 전에 "어이쿠, 고맙소."

이 틈을 놓치지 않고 초선이 부끄러운 듯 볼을 붉히며 섹시한 윙크를 찡긋!

여포의 정신이 혼미해지면서 '아니, 내가 헛것을 봤나?'

왕윤이 여포의 애간장 녹이기에 들어간다. 그러나 뭐든지 즉각 즉각 해 주면 애가 덜 탄다. 시간을 끌어야 원하는 마음이 더욱 간절해지고 미끼를 덥석, 물게 되는 거다. 왕윤은 이런 걸 잘 알고 있었던 거다.

"오늘 밤 저희 관저에서 모시고 싶지만 동 태사께서 이상하게 생각하실지 모르니 오늘은 돌아가시고, 제가 길일을 택해 이 아이를 보내드리겠습니다."

여포, 여부가 있겠나.

"고맙소, 쎄쎄! 쎄쎄! 쎄쎄쎄!"

여포는 돌아가고 화면 서서히 어두워진다. F.O. (페이드 아웃!)

(왕윤, 대궐 안에서 동탁을 만난다. 때마침 주위를 둘러보니 여포가 없다. 왕윤, 좋은 기회라는 듯한 표정을 지으며 넙죽 동탁 앞에 엎드린다. 대사 큐!)

왕윤이 "동 태사님을 저희 집에 한번 모시고 싶지만 집이 누추해서 말씀드리지 못했습니다. 언제 시간 나면 저희 집에서 한잔하시지요?"

동탁이 "사도께서 초대해주신다면 언제라도 가겠습니다."

왕윤은 잽싸게 집으로 달려가 솜씨 좋은 동네 주방장들을 뽑아 언제든지 손님을 맞을 수 있도록 비상경계령을 내린다. 며칠 후 동탁이 보디가드 100여 명을 거느리고 왕윤의 집에 당도했다.

왕윤은 동탁이 왔다는 소리를 듣고 맨발로 문 앞까지 달려나간다. 동탁이 수레에서 내려오자 땅바닥에서 그대로 허리 숙여 큰절을 올린다.(아이구, 보디가드들이 왜 이렇게 많아! 보디가드들도 먹여야 할 텐데…… 알아서 준비했겠지?!)

안으로 들어가 점심을 차려 내오니 동탁이 아랫것들을 시켜 왕윤을 자기 옆자리에 앉으라 이른다. 점심자리에서 왕윤은 각종 아첨(애들 말로 '알랑방구')을 다 떤다.

"태사님의 은덕은 하늘보다 높고 바다보다 깊습니다. 이렇게 누추한 집을 찾아주시니 가문의 영광입니다."

"아이고, 무슨 말씀을? 저도 영광입니다."

"애들아! 풍악!"

대낮부터 한잔 술이 들어가니 동탁은 기분이 째진다.

* 사냥꾼은 개로 토끼를 잡지만 아첨꾼은 칭찬으로 우둔한 자를 사냥한다.

　-소크라테스

* 원하는 것을 손에 넣을 때까지는 개의 입에라도 입을 맞춰줘라.

　-아라비아 속담

치커리 추가 구라 ＿ 사냥을 할 때 사용하는 엽총은 동물을 잡는 데 유용하지만 엽총이 고장나면 반드시 수리해야 한다. 시골에 어느 부자가 살고 있었다. 아들이 서울에 있는 대학에 합격해서 '유학'을 가야 했다. 아버지가 아들을 불러 앉혀놓고 이야기를 시작했다.

"서울에 가면 여기저기 쓸 돈이 많을 꺼야. 만약 여자를 사귀어서 데이트 비용이 필요할 때면 엄마가 모르게 '사냥 비용'이 필요하다고 편지를 쓰렴."

한 달이 지나자 아들에게서 편지가 왔다.

"아부지, 사냥 비용 7만 원이 필요해요."

그리고 또 한 달 뒤에 편지가 왔다.

"이번에는 5만 원이 필요해요."

세 번째 달도 어김없이 사냥 비용 10만 원이 필요하다는 편지가 왔다. 그런데 며칠 후 또다시 다급한 편지 한 통이 날아왔다.

"엽총 수리비 40만 원 긴급히 필요함!!!"

밤이 깊어 술이 거나하게 취했지만 후당에서 또다시 질펀한 2차가 준비되어 있다. 동탁이 보디가드들을 물리치고 왕윤과 단둘이 후당으로 들어가자 곧 새 술상이 들어온다. 왕윤이 "제가 어려서부터 천문을 조금 공부했습니다. 한실의 기운은 벌써 기울었고 천하가 다시 시작되려 합니다. 태사님의 덕망은 지금 한없이 올라가 있으니 옛날 순임금님께서 천하를 받으신 것같이 태사님께서 우뚝 서시면 민심은 천심이 되어 자연히 따라올 것입니다."

"아니 그럴 리가 있나?"

동탁은 짐짓 '무슨 그런 소리를 하냐.'는 식으로 말은 했지만 이미 그 눈은 음흉하게 빛나고 있었다.

동탁이 "그렇게 되기만 한다면 오죽이나 좋겠소이까? 당신은 일등공신이 될 테니 말이오. 하하하!"

왕윤이 시녀를 불러 "애야, 촛불을 밝히고 밴드도 들여보내라."

대청에는 발이 드리워지고 밴드는 은은하게 토셀리의 '탄식의 세레나데'를 들려준다. 음악에 맞춰 초선이 등장해 교태 어린 춤을 춘다. 허리놀림, 몸놀림, 이게 보통이 아닌 거다. 여기서 나는 초선이의 모습을 상세하게 설명하지 않겠다. 그건 독자들의 상상력을 방해할 수 있으니까!!! 독자 여러분들이 살다가 만나본 여자 중에 넋이 빠지게 바라본 여인이 있다면 그가 바로 동탁이 바라본 초선이다. 여성 독자들! 당신이 바로 누구에겐가 초선이란 걸 잊지 마시길. 참고로 나에게도 초선이 있었다. 데뷔할 당시의 최진실, 해태과자 모델이었을 때의 정윤희, 중국영화 〈천장지구〉의 여주인공 오천련, 그리고 강남의 모 룸살롱에서 만났던 이름 모를 내 파트너……. 이 외에도 드럽게 많다.

한판 춤이 끝나자 동탁이 초선에게 관심을 보인다. (빙고!)

"저 애가 누구냐?"

"저희 집 심부름꾼입니다."

동탁이 초선에게 "너, 그럼 노래도 하냐?"

"네, 조금 합니다."

"한 곡 불러라."

"별들이 소곤대는 홍콩의 밤거리~."

무슨 노랜들 어떠랴? 동탁이 초선을 보며 넋이 빠지기 시작한다.

동탁이 초선에게 술을 한잔 따라주며 작업모드로 돌입.

"나이가 몇이냐?"

"열여섯이옵니다."

"공부는 잘하고?"

우리는 아이들을 만나면 꼭 '몇 살이냐?' 아니면 '몇 학년이냐?' 그 다음 '공부 잘하냐?'라고 물어본다. 물어볼 게 그렇게 없나? ― '운동화 누가 사줬니?', '점심 먹었니?', '요즘 어떤 가수를 좋아하니?', '냉면 잘 먹니?'…… 뭐 이런 걸 물어보면 안 될까.

왕윤이 속으로는 동탁에게 '너는 공부 잘했냐? 이 자식아?'라고 물어보고 싶지만 차마 그렇게 물어볼 순 없고, "이 아이가 마음에 들면 가지실래요?"

두말하면 잔소리다.

"나야 고맙지. 헌데 이 은혜를 뭘로 갚아야 하나……."

"은혜라니요? 천부당만부당하신 말씀입니다. 이 아이를 거두어주시는 것만 해도 우리 가문의 대대손손 영광이지요."

왕윤은 몸에 닭살이 돋는다. 그날 밤 술좌석이 끝나자 초선이는 곧바로 수레에 태워져 동탁네 집으로 보내진다.

왕윤이 초선이를 데려다주고 오는데 왕윤의 집 앞에 낯선 등불 몇 개가 보인다.

"무슨 등불이지?"

여포다. 대뜸 멱살을 잡고 소리친다.

"당신 나하고 장난치는 거요?"

"왜 이러십니까? 길거리에서……. 집에 들어가서 이야기합시다. 아이고 숨차, 이것 좀 놓으시오."

여포는 할 수 없이 집으로 들어간다.

왕윤이 "왜 이렇게 화가 나시었소?"

"조금 전에 초선이를 동 태사의 집에 데려다주지 않았소?"

"네, 그랬지요!"

"나한테 준다던 그 아이가 왜 그 집으로 갔소?"

"흥분하지 말고 내 말 좀 들어보시오. 여기 냉수 한 잔 갖다드려라."

"물 필요 없소."

"내가 어제 대궐에 나갔다가 장군님의 의부 동 태사를 만났는데 우리 집에 상의할 일이 있다고 오시겠답니다. 갑자기 우리 집에 오신다니 무슨 일인지 궁금하기도 하고 말이죠. 근데, 말이야 바른말이지 오시겠다는데 '무슨 일인데요?', '근데 꼭 저희 집에서 할 필요가 있나요?' 하고 꼬치꼬치 따질 입장은 아니지 않소. 그렇소, 안 그렇소?"

"그거야 그렇긴 하오만……."

"물 드세요, 물!"

벌컥벌컥!

청산유수. 왕윤이 구라를 풀어댄다.

"태사께서 식사를 마치시고 술 몇 잔이 들어가니 이렇게 이야기를 하시더라구요. '이 집에서 초선이란 아이를 내 아들 여포에게 준다고 했다고 들었소. 내 며느리 될 아이를 직접 한번 만나보고 싶기도 하고 갑자기 그 아이를 주겠다는 사정도 알아볼 겸 겸사겸사 온 것이오. 자—, 초선이를 한번 봅시다.' 제가 초선이를 인사시키니 마침 오늘이 길일이라시며 며느리감을 데려가겠다는 거요. 동 태사께서 친히 오셔서 며느리감을 데려가겠다는데 내가 어떻게 하겠소. 보내는 수밖에요."

여기서 여포는 손에 들고 있던 물잔을 슬며시 내려놓으며 겸연쩍은 표정을 짓는다.

"내가 뭔가 오해를 했구료! 미안하외다."

"오해가 풀리셨다니 다행입니다. 우리 아이 혼수품은 다음에 집으로 보내드리겠소이다."

여포는 여기서 완전히 꼬랑지 말았다. 왕윤이 짐짓 한술 더 뜬다.

"애들아, 술상 좀 내오너라."

여포가 "야밤에 무슨 술상을······. 됐소이다. 이거 거듭 미안하외다. 문 앞까지 나올 필요 없소이다." 하며 지네 집으로 가버린다.

다음 장면은 승상부 앞마당에서 펼쳐진다. 안절부절, 왔다 갔다 하는 여포! 이제나 저제나 아무리 기다려도 동탁으로부터 호출이 오지 않는다. 미치고 환장하고 뇌가 뒤틀리고 눈알이 튀어나와 널을 뛸 판이다.

"야, 이거 미치겠네! 이거 어떻게 된 거야."

수소문을 해봤더니 졸병 한 명이 "태사님은 어제 새로 들어온 젊은 여인과 같이 주무시고 있습니다."

"아니! 동창이 밝아 노고지리 우짖는 이 시간까지 안 일어났단 말이야?"

여포는 답답한 마음에 몰래 동탁의 침실을 엿보러 갔다. 살며시 동정을 살피는데 초선이 자리에서 일어나 머리를 빗고 있는 게 아닌가? 마주치는 두 사람의 눈빛! 초선이 괴로움을 참을 수 없다는 표정으로 비단수건을 들어 눈물을 닦는 시늉을 한다.

"밖에 누구냐." 하는 동탁의 소리가 들리니 깜짝 놀란 여포가 "일어나 식사하세요." 하며 얼버무린다.

"넌 웬일이냐?"

"그냥 지나는 길에 들렀어요."

여포의 고개가 초선이를 향해 있으니 초선이가 동탁 몰래 여포에게 깜찍한 윙크 한 방을 날린다.

"별일 없으니 물러가도록 해라."

여포, 할 수 없이 물러나면서 "원래는 내 껀데……원래는 내 껀데……." 하고 중얼거린다.

초선에게 빠진 동탁은 몸살기가 있다는 이유로 거의 한 달 동안 정사를 돌보지 않았다. 초선이 정성스레 동탁을 돌보니 녹아나지 않을 남자가 어디 있냐고!

깻잎 추가 구라 _ 아주 오래전 지리산 근처에 살고 있던 어떤 화가가 자기 화실에서 일을 도와주던 영계를 건드렸다. 처음엔 내숭을 떨더니 영계 맛에 취한 이 녀석은 점차 부끄러움도 모르고 부부 행세를 노골적으로 해대는데 한마디로 웃겼다. 주위에서 수군거리는 것도 모르고 정말이지 가관이었다. 약 1년 후에 어느 식당에서 이 녀석을 만났는데 처음 보고서는 누군지 알아보지 못했다. 왜냐하면 머리가 하얗게 세어지고 폭삭 늙어 있었기 때문이다. 영계가 떠난 거다. 천년만년 같이 있을 줄 알았나! 언제 다시 그런 영계를 만나나! 지 일생에서 마지막 복이었을 거다. 짜식아, 같이 있을 땐 몰랐지! 영계에 빠져 있다보니 지 몸의 진액까지 다 빠질 줄은!
그나마 동탁은 권력에다가 돈이라도 있지, 이 녀석은 말 그대로 가난한 화
가였으니 그 후에 밥이나 굶지 않았을는지!!!

    ● 구라 심리학 _ 널리 알려진 동기 이론 중에 매슬로(Maslow)의 욕
구위계론이 있다. 그에 의하면 인간은 기본적으로 다섯 가지 종류
의 기본적인 욕구를 가지고 있다고 한다. 첫째, 생리적 욕구이다.
인간이 자신의 신체적 균형을 유지하는 데 필요한 욕구를 말하는 것
으로 허기, 갈증, 성적 욕구 등과 같은 가장 기본적인 신체적 욕구를
말한다. 둘째, 안전 욕구이다. 신체적, 정서적 위협으로부터 자신을
보호하려는 욕구를 말한다. 셋째, 사회적 욕구이다. 주로 인간관계
와 관련된 욕구로서 타인과 어울리고 싶어한다든지, 사랑받고 싶어
하며, 어딘가에 소속되고 싶어하는 욕구를 말한다. 넷째, 자존의 욕
구이다. 타인들로부터 인정이나 존경을 받고 싶어하는 심리적인 욕
구를 말한다. 마지막으로 자아실현의 욕구이다. 자아실현의 욕구란
한 인간으로서 자기 발전을 위해 실현할 수 있는 자신의 잠재력을
극대화시키려는 욕구이며 자기 완성에 대한 갈망을 말한다. 사랑하
는 사람이 떠난 것은 매슬로가 얘기하는 욕구 중 세 번째에 해당하
는 사회적 욕구가 좌절되는 상황이다. 이 욕구가 좌절되면 엄청난
심리적 충격을 받게 되고 이 때문에 갑자기 늙어버리게 되는 것이

다. 직장을 퇴직하고 나면 사람들이 갑자기 늙는 경우가 있는데 이 경우도 마찬가지로 사회적 욕구가 좌절됐기 때문이다. 퇴직을 하고서도 젊음을 유지하는 비법은 새로운 집단에 소속되어 활기차게 활동하는 것이 유일한 방법이다.

어느 날 여포가 문병을 핑계로 초선을 만나러 온다. 동탁은 누워 있고 초선은 여포를 보자 말없이 눈물을 흘린다. 여포는 가슴이 메어지지! 동탁이 눈을 떠 바라보니 여포가 헤벌레한 눈으로 초선을 쳐다보고 있는 거다.

"야 임마, 너 왜 그래! 지금 눈이 어디 가 있는 거야? 저놈 저거 안 되겠네! 너 나한테 불만 있냐?"

동탁이 아랫것들에게 "앞으로 저놈 이 근처에 얼씬도 못 하게 해라."

"네으~이!"

"넘볼 걸 넘봐야지! 자식이 말이야."

동탁에게 핀잔을 듣고 나온 여포는 이유를 찾아가 "원래는 내 껀데 말입니다. 나 준다고 하면서 새치기를 해가지고! 엉엉!"

이유가 동탁에게 찾아가 "여포를 너무 야단치지 마세요. 그놈이 원래 사지가 발달하고 골이 간단한 놈이잖아요."

"그럼 어떡허라구???"

"달래줘야죠. 금은보화에다가 현찰을 좀……."

"그래, 알았다."

다음 날 동탁이 여포를 불러 "여포야, 내가 컨디션이 안 좋을 때라 너한테 섭섭한 말을 좀 했는데 미안해! 이해하지? 내가 너 좋아하는 거 알지? 알아? 몰라?"

"알아요."

"그래, 고맙다. 녀석!"

하지만 여포는 초선이만 생각하면 머리는 부글부글! 아랫도리는 불끈 불끈! 솟아오른다. 동탁은 한 달 정도 초선에게 빠져 있다가 슬슬 정사를 돌보기 시작했다. 동탁이 헌제와 이야기를 하는 사이에 옆에는 여포가 창을 들고 서 있다. 초선이 생각이 난 여포는 슬며시 그 자리를 빠져나온다. 승상부 앞에 다다른 여포는 말을 매어두고 초선이 있는 후당으로 달려간다.

"초선아, 오빠가 돌아왔다."

"저기 후원에 있는 봉의정(鳳儀亭)에서 기다리세요."

동탁이 봉의정에서 기다리니 잠시 후 꽃 사이로 초선이 나타나는데, 선녀가 따로 없네! 초선이가 여포 품에 와락 안겨 울먹인다.

"오빠를 보던 날부터 저는 오빠 같은 영웅을 평생 모실 마음에 밤잠을 못 잤어요. 그날 밤 동탁 님께서 길일이라고 저를 데려올 적에 저는 장군님 집으로 가는 줄 알았어요. 근데 수레에서 내려보니 으흐흑!!! …… 헌데 그날 어흐흐잉!"

여포의 가슴이 무너진다. 초선은 여포가 한숨을 쉬고 있는 틈을 타서 침을 찍어 눈에 바른다.

"그날 밤 태사님께 제 몸을 더럽혔어요. 당장 죽고 싶었지만 가슴에 맺힌 한을 풀지 않고 죽을 수는 없잖아요? 장군님 뵙고 말씀드리고 나니 더 이상 어흐이응! 몸을 더럽힌 이 비천한 년, 장군님 앞에서 그냥 목숨을 끊어버려야……."

초선은 말끝을 잊지 않고 연못으로 뛰어들려고 한다. 여포는 급하게 초선을 잡으며 "어흥! 내가 니 마음 다 안다. 알아!!"

"이승에서 안 되면 빨리 죽어 다음 생에라도 부부가 되었으면 좋겠어요. 그러니 저는 지금 빨리 죽어버리는 게……."

또다시 뛰어내리려고 하니, 여포가 "안 돼, 물이 차가워!"

"내가 이승에서 꼭 너를 아내로 삼겠다. 내가 누구냐? 영웅 아니냐, 영웅!"

"물론 그렇게 알고 있었지만 그건 말뿐인 거 같아요. 제가 사람을 잘못 본 거 같아요."

"무슨 소리! 내가 지금은 늙은이 몰래 잠시 빠져나왔지만 내게도 생각이 있다(부르르~)."

"장군님, 으흐흥잉! 동탁 님이 제 방에 오는 발소리만 들어도 소름이 끼치고 하루하루가 지루합니다. 이잉!"

누가 그랬냐? 역사는 밤에 이루어진다고! 숱한 여자들의 이이잉! 으흐흥잉! 어흐으응! 하는 소리가 역사의 흐름을 바꾸어놓았다. 여기에 박자 맞춰 어깨까지 흔들면서 콧소리 섞어서 '어~어흐으잉!' 하면 역사교과서 무진장 빨리 넘어간다.

잠깐 틈을 타서 빠져나온 탓에 여포는 마음이 좀 급하다.

"그 늙은 놈이 나를 의심할지도 모르니 오늘은 이만 가봐야겠다."

초선이 떠나려는 여포의 마음에 마지막으로 기름을 뿌리고 라이터 불을 켠다. 앙큼한 것!

"동탁 늙은이가 무서우세요? 그런 거죠?"

"누가 무섭단 말이냐? 천하의 여포가!?"

다급한 마음에 여포는 이야기를 마무리짓고 막 발길을 옮긴다. 고스톱 치는 시간과 <u>여자랑 같이 있는 시간은 왜 그렇게 빨리 가는 지!!!</u>

여포와 초선은 비록 짧은 시간이었지만 '척하면 척'이었다. 초선이 눈물을 보이니 여포는 애가 닳고, 구해달라고 애원하니 '늙은이 무섭지 않다.'고 호기를 부린다. 척척 말이 잘 통하는 것이다.

풋고추 추가 구라 _ 여기서 부산 도박군 최모 씨의 이야기를 들어보자.

"내가 나이 쉰 살에 정말 궁금한 게 두 가지 있는데요, 한 가지는 뱀은 왜 그렇게 빨리 기어가는교? 보이까네 발도 없던데 정말 빠르대요. 또 한 개는요, 남자하고는 나이 차이가 서른 살이 나면 할 말이 별로 없는데, 여자하고는 나이 차이가 서른 살이 나도 밤이 새도록 하고 싶은 이야기가 너무 많은기라요! 해도 해도 끝이 없고 정말 이상하고 궁금하대요."

● 구라 심리학 _ 우리가 일상적으로 쓰는 말 중에 '말이 통한다.'는 이야기가 있다. 말이 통하려면 공감대가 형성이 되어야 하고, 비슷한 견해를 가지고 있어야 이야기가 된다. 남자들끼리는 이야기가 되지 않는데, 여자하고는 이야기가 되는 이유는 이야기의 주제가 서로 다르기 때문이다. 남자끼리 만나서 나누는 것은 보통 세상 돌아가는 이야기에 대한 것이다. 헌데, 여자와는 어떨까? 남녀상열지사에 대한 이야기이다. 세상 돌아가는 이야기는 세대차 때문에 대화가 잘 되지 않지만 여자와 나누는 남녀상열지사는 동서고금을 막론하고 소통될 수 있는 주제라고 할 수 있다. 30년 차이가 나는 여자와 마주 앉아 세상 돌아가는 이야기, 즉 이 나라 경제가 무엇이 문제이고, 남북통일을 이루려면 어떻게 해야 하는지에 대해 이야기를 나누면 세대차가 느껴져서 단 10분도 대화를 나누기가 어렵다.

2

누가 내 인생의 119인가?

– 여포가 무친 '배신의 비빔밥'

점심시간이 다 되어가는데 아까부터 여포가 보이지 않아 동탁이 아랫것들을 시켜 알아보니, 여포의 말은 승상부에 매여져 있고 초선은 꽃구경을 갔다고 한다. 감을 잡은 동탁이 초선을 찾아나서니, 아이고! 여포 놈이 초선이를 껴안고 있네.

옛날에 코미디언 서영춘 선생님이 했던 코미디에 이런 장면이 있었다. 여자를 껴안으려고 하니 여자가 '아이~! 대낮부터 왜 이러세요?' 그러자 서영춘은 '대낮인데 누가 봐?' 하는 대사다. 하지만 조심하라. 대낮에는 동탁이 보고 있다!

"거기 안 떨어지냐?"

초선을 껴안고 아랫도리가 불끈거리던 여포. 고함소리에 뒤를 돌아보니 아이고메야! 동탁이 아닌가. 여포는 일단 잽싸게 도망을 친다. 어찌나 정신이 없었던지 들고 있던 창까지 떨어뜨리고 말았다. 돼지처럼 살찐 동탁이 날렵한 여포를 쫓아가려니 잡을 수가 있어야지. 동탁은 '게 섰거라!'만 외칠 뿐이다.

그날 밤 이유가 동탁을 찾아와 "오늘 낮에 있었던 이야기는 여포에게 다 들었습니다."

"듣긴 뭘 들어! 이런 배은망덕한 놈 같으니!"

"에이, 그런 걸 가지고 뭘 그러세요?"

"그런 거라니!!! 내 사랑 초선이를 넘봤는데!! 내 이놈을 가만두지 않을 테다!!!"

"아무리 그래도 태사님의 심복을 초선이와 바꿀 수는 없지 않습니까? 여포가 지금 얼마나 겁먹고 있는 줄 아세요! 이럴 때 태사님이 초선이를 여포한테 줘버리세요. 여포 그놈 단순한 거 아시잖아요! 잔뜩 겁먹고 있을 때 뜻밖의 선물을 내리신다면 태사님께 얼마나 충성을 다하겠어요."

"그래, 알았다. 초선이를 불러라. 초선이의 말이나 한번 들어보자."

초선이 불려오니 새초롬한 듯 다소곳한 듯 알쏭달쏭한 표정을 짓고 있다.

"너 여포랑 그렇고 그런 사이지?"

"제 말씀을 한번 들어보세요. 소첩이 봉의정에서 꽃구경을 하고 있는데 여포 장군이 나타나 <u>할 얘기가 있다</u>는 거예요."

정종 추가 구라 _ 연인 사이에 '할 얘기가 있어서그래.'라는 이 멘트. 정말 놓칠 수 없는 중요한 대사다. 당신들은 언제 이 말을 써먹었는지, 혹은 들었는지! 나는 이런 때 썼던 거 같다. 사랑을 고백할 때, 혹은 '당신 몰래 비상금을 마련해서 보석을 하나 샀어!'라고 할 때, '자기 오늘 집에 안 가면 안 돼?'라고 말할 때 등등.

왕윤의 구라를 기억하는가. 그 왕윤에 그 초선이다. 초선이의 구라가 펼쳐진다.

"여포 장군께선 제 스타일도 아닐 뿐더러 제게 무슨 할 말이 있겠어요. 하지만 장군은 음흉한 마음을 품고 있는 듯했고 저는 두려움에 떨고 있었지요. 도저히 이러다가는 제 한 몸 더럽히겠다는 생각이 들어 연못으로 뛰어들려는 찰나! 실갱이 끝에 힘없는 저는 어쩔 수 없이 장군의 품에 안기게 되었고 그때 마침 태사님께서 나타나셔서 소첩의 목숨을 구해주신 겁니다."

긴 이야기가 끝나자 동탁이 "너 말이야, 긴말하지 않겠다. 너 지금 당장 보따리 싸서 여포에게 가거라."

초선이 깜짝 놀란다. 왕윤과 짠 시나리오가 결정적인 위기에 몰린 순간이었다. 하지만 초선은 침착했다.

"거기 안 떨어지냐?"

"소첩은 이미 태사님의 성은을 받았는데 갑자기 보따리 싸서 여포 장군께 가라니요. 차라리 저는 죽음을 택하겠나이다."

비장한 눈빛을 띤 초선이 벽에 걸린 칼을 빼어들어 자기 목을 찌르려 하니 동탁이 웃음을 터뜨린다.

"하하하, 농담이야! 농담, 유머야 유머! 따라해봐, 유, 머! 아유 이쁜 거!"

초선도 "아잉! 몰라 몰라!" 하면서 동탁의 가슴에 얼굴을 묻으며 "이유가 여포랑 친하니까 둘이 짜고 저를 내쫓으려고 계략을 짠 것 같아요. 여포가 무서버요!"

"내가 있는데 뭐가 무서버. 여포가 근처에 얼씬도 못하게 내일 당장 미오로 가서 지내자꾸나."

다음 날 아침 일찍 이유가 동탁의 잠자리에까지 찾아와 "오늘 일진이 좋은 날이니 초선을 여포 장군에게 바로 보내시지요."

"야! 여포하고 나하고 부자의 정을 나눈 사이인데 어떻게 초선이를 주겠냐? 가서 죄는 따지지 않겠다고 여포에게 전해라."

"태사님, 초선이에게 너무 빠진 거 아니에요?"

동탁이 화를 벌컥 내며 내복바람으로 일어나 "야, 너는 니 여편네를 여포한테 줄 수 있겠냐? 초선이 얘기 한번만 더 꺼내면 너도 가만두지 않을 거야."

식전부터 꾸중을 들은 이유가 속으로 '야, 이거 계집한테 너무 빠졌구

나. 이거 보통문제가 아닌데……'

이유의 한숨으로 땅이 파헤쳐져 그 자리에 우물이 생기고 물이 퐁퐁 솟아난다.

동탁이 아침상을 물리자마자 "오늘 당장 미오로 가겠다."고 명령을 내리니 아랫것들은 정신이 없다. 성 밖까지 배웅 나온 문무백관들 사이에서 초선은 여포의 시선을 느끼고 수건을 꺼내 슬픈 얼굴로 눈물을 닦는 체한다.

성 밖 언덕까지 말 타고 따라 나온 여포는 "아우—!! 끓는다, 끓어!"를 연발하고 있다.

누군가 여포에게 "장군님, 여기 계셨군요."

여포가 돌아보니 왕윤이 "제가 몸이 아파 며칠 결근하다가 오랜만에 장군님을 뵙게 되니 기쁩니다."

"나는 기쁘지 않소."

"(시치미 뚝!) 아니 무슨 일이 있으십니까? 일단 저희 집으로 가시지요."

여포를 집으로 데려간 왕윤이 술상을 내온다. 연거푸 몇 잔을 마시던 여포가 그간의 사정을 하소연하듯 상세히 털어놓는다.

왕윤, 속으로는 낄낄대며 "장군님에게 갈 초선이를 태사께서 가로채 겁탈을 했다니 장군이나 나나 세상 사람들의 웃음거리가 되었소이다. 저야 이제 늙어 괜찮지만 장군은 천하의 영웅인데 참으로 억울하고 망신스럽지 않소이까?"

여포, 이 말을 들으니 새삼 뚜껑이 열린다. 이럴 땐 사람을 부추기기보다는 오히려 말리면 더 효과가 있다.

"장군님, 참으십시오!!"

역시 효과가 있다. 참으라는 말에 여포는 복수의 불꽃을 태운다.

"두고 보시오. 내가 늙은 역적 동탁을 죽여 당신과 나의 복수를 하겠소이다."

왕윤의 잔머리는 정말이지 기가 막히다. 다시 한번 말리는 듯, 아니, 부추기는 듯한 멘트.

"아, 아니……(주위를 두리번거리며) 장군! 안 들은 걸로 하겠습니다!"

"야~, 이거 사나이 대장부로 태어나 언제까지 남의 밑에 있어야 한단 말이오. 사실 그놈이 나쁜 놈인 줄은 진작부터 알고 있었지만 부자의 정을 맺은 사이라 지금까지 참고 있었지요."

왕윤, 복수의 불꽃에 기름을 붓기 시작한다.

"태사님이 초선이 문제로 장군님을 쫓아왔을 때 부자의 관계는 이미 끝난 걸로 봐야죠."

"맞어 맞어! 어째서 그런 생각이 나한텐 안 떠오를까?"

이미 여포의 마음이 굳어진 것을 알게 된 왕윤이 마지막 망치질을 해댄다.

"장군께서 역사의 충신으로 남을 기회가 왔소이다. 충신이 되시겠습니까? 아니면 그를 도와 역적이 되어 만대에 더러운 이름을 남기겠습

니까?"

여포가 남아 있던 술잔의 술을 마저 털어넣고 비장하게 "여포의 뜻은 이미 정해졌소이다."

왕윤이 여포에게 큰절을 올리며 "(빙고!) 한나라의 사직이 여포 장군에게 달렸소이다. 부탁해요~, 한나라!"

여포가 칼을 빼 자기 어깨를 찌르며 "배신하지 않겠다는 나의 결심을 나타내는 거요."

여포가 돌아가자 왕윤은 활 잘 쏘는 무사 손서(孫瑞)와 황완(黃琬)을 불러 회의를 소집한다. 여기 그 회의록이 입수되었기에 이를 독자들에게 전격 공개한다.

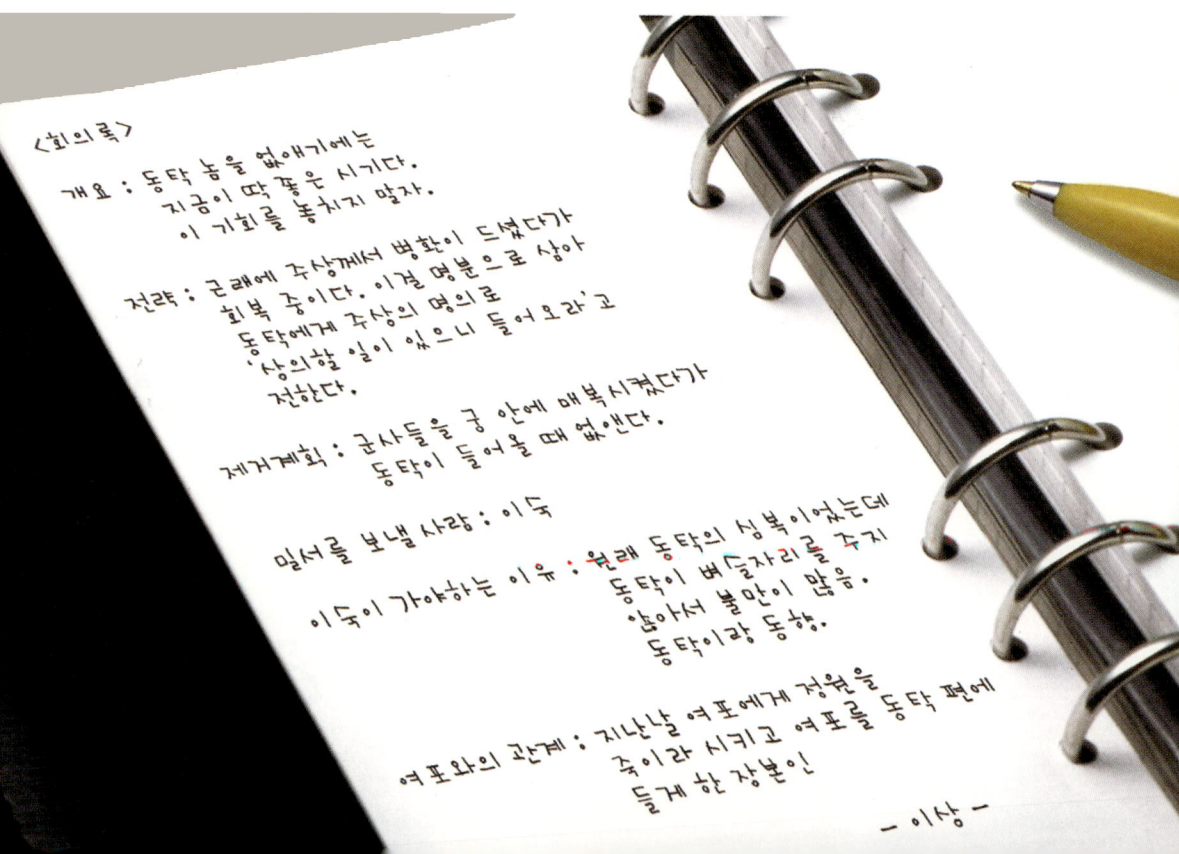

<회의록>

개요 : 동탁 놈을 없애기에는 지금이 딱 좋은 시기다. 이 기회를 놓치지 말자.

전략 : 근래에 주상께서 병환이 드셨다가 회복 중이다. 이걸 명분으로 삼아 동탁에게 주상의 명의로 '상의할 일이 있으니 들어오라'고 전한다.

제거계획 : 군사들을 궁 안에 매복시켰다가 동탁이 들어올 때 없앤다.

밀서를 보낼 사람 : 이숙

이숙이 가야하는 이유 : 원래 동탁의 심복이었는데 동탁이 벼슬자리를 주지 않아서 불만이 많음. 동탁이랑 동향.

여포와의 관계 : 지난날 여포에게 정원을 죽이라 시키고 여포를 동탁 편에 들게 한 장본인

— 이상 —

왕윤이 이 회의록을 여포에게 보여주자 여포는 '옳타거니'한다.

여포가 "이숙이 이놈 때문에 내가 동탁 편이 된 거요. 만약 이놈이 안 가 겠다고 하면 내가 이숙을 먼저 없애버리겠소."

왕윤이 사람을 시켜 이숙을 오게 한 뒤 회의록을 건넨다. 이숙이 회의록 을 거의 다 읽어가자 여포가 이숙에게 "각설하고, 우리 지난날은 지난날로 잊어버립시다. 그리고 동탁을 없애버린 다음 힘을 합해 한나라 왕실을 되 살려내어 함께 충신이 됩시다."

이숙, 옛날 일이 미안하긴 미안한 모양이다.

"우선 옛날일은 사과하겠소. 나도 사실은 그 역적 놈을 없애야겠다는 생 각이 간절했었소."

왕윤이 옆에서 "그 일을 맡아주신다면 공에게 커다란 벼슬자리가 기다 리고 있을 것이오."

다음 날 아침밥 먹고 설거지도 끝나기 전에 이숙은 천자의 밀서를 가지 고 동탁을 만나러 떠난다.

동탁을 만난 이숙이 머리를 조아린다. 동탁이 "천자께서 보낸 편지 내 용이 무엇이냐?"

"천자께서 그동안 병으로 누워계시다가 얼마 전 회복하시어 미앙전에 서 문무백관들을 모아놓고…… 다음은 직접 읽어보시지요."

"앗싸~아, 드디어 기회가 왔구나! 그래 왕윤은 뭐라고 하더냐?"

"태사님 오시기만을 손꼽아 기다리고 있습지요."

"간밤에 용꿈을 꾸어 로또를 몇 장 살까 했더니 로또 당첨보다 더 기쁜 소식이구나."

"이각, 곽사, 번주야, 미오를 지키고 있어라. 나는 당장 장안으로 들어가겠다."

"내가 황제가 되면 너희에게는 궁궐의 수비를 맡는 벼슬을 내려주마!"

이 자식들은 입만 벙끗하면 벼슬을 내리네!!!

동탁이 이 기쁜 소식을 초선에게 먼저 알린다.

"초선아, 내가 지금 천자가 되려고 하니 며칠간 이곳을 떠나 있겠다. 너는 장차 귀비(貴妃)가 될 것이다. 귀비 연습이나 하고 있어라."

'흥! 귀비 연습은 어떻게 하는 건데?'

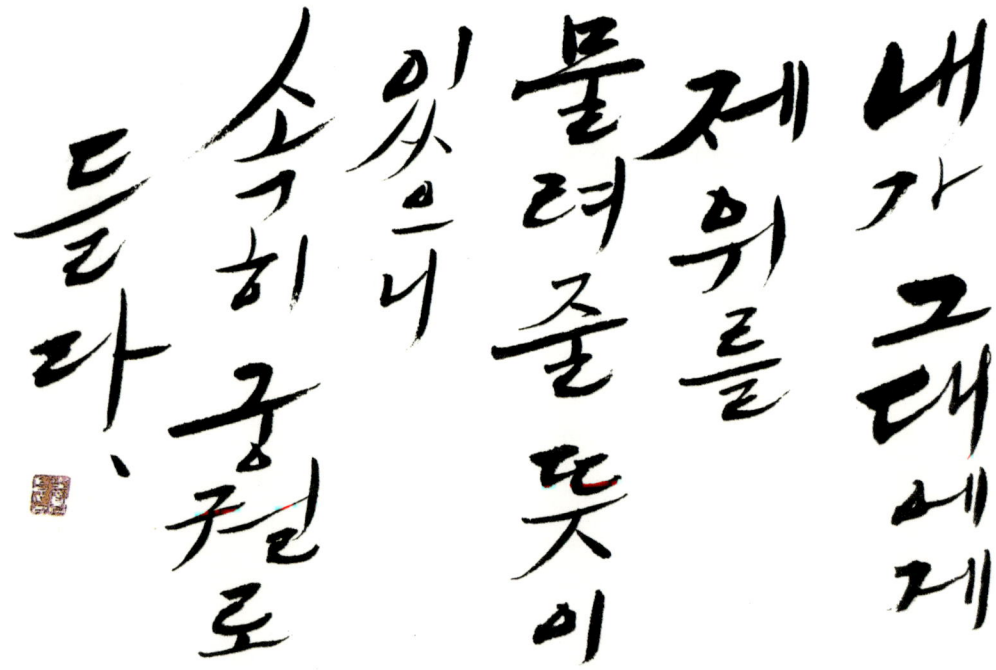

초선은 속으로는 코웃음 치며 웃는 낯으로 동탁을 배웅했다.

동탁이 길을 떠나 장안으로 가는 도중, 갑자기 맑은 하늘에 먹구름이 끼고 바람이 미친 듯이 불어댄다. 동탁이 "날씨가 갑자기 왜 이래?" 하고 불편한 심기를 드러내려고 하자 이숙이 숨도 한번 안 쉬고 구라로 맞받아친다.

"용이 등극하는데 먹구름이 끼는 게 당연한 이치 아니겠습니까요."

이숙이 동탁을 살살 꼬셔서 장안으로 데려오는 데 성공한다. 성 밖까지 문무백관들이 마중을 나와 있는데 이유만이 아프다는 핑계를 대고 안 나왔다. 동탁이 승상부에 도착하니 제일 먼저 여포가 달려와 축하인사를 드린다.

"아이고, 이쁜 내 새끼! 너는 내가 등극하게 되면 바로 총대장으로 임명할 것이다."

동탁이 대궐 문 안으로 수레를 타고 들어서니 바퀴소리마저 경쾌하다. 군사들이 학교 규율부처럼 양편에 길게 늘어서 동탁을 맞이한다. 동탁 일행이 성에 다다르자 이숙이 "꼭 필요한 사람 20여 명만 안으로 들어가고 나머지는 궐문 밖에서 기다려라." 하고 명령을 내린다.

동탁이 이상하여 수레 밖을 살펴보니 왕윤도 칼을 차고 있고 옆에 군사들도 칼을 차고 있는 거다.

"니들, 칼은 왜 차고 있냐?(오늘 칼 검사받는 날인가?)"

동탁이 고개를 갸우뚱거리고 있는데 왕윤의 고함소리가 쩌렁쩌렁 울린다.

"얘들아, 역적이 나타났다!!"

이 소리를 듣고 매복해 있던 무사 97명이 제각각 손에 들고 있던 칼과 창을 휘둘러댄다. 어느 놈의 창이 동탁의 팔을 찌르자 수레에서 몸이 떨어지면서 목청을 높여 부른다.

"여포야, 내 아들 여포야, 어디 있냐?"

목살 추가 구라 _ 여기서 우리는 잠시 생각에 잠겨보자. 절체절명의 순

동탁이 성에 들어가려 하는데 한 도인이 베(布)에다 입 구(口) 자 두 개를 써서 들고 있다.
동탁이 그 도인을 내쫓으라고 했지만 그건 일종의 메시지였다. 입 구 자가 두 개면 여(呂)가 되고
베(布)에다 글을 썼으니, 여포(呂布)란 의미다. 여포를 조심하라는 이야기렷다!

간에 나는 부를 사람이 있는가? 있다면 누구를 부르겠는가? 위급한 순간, 누가 나를 구하러 달려올 것인가?

어머니, 아버지 ,동생, 친구 영식이, 외삼촌, 첫사랑 순이······?

내가 빚독촉에 시달릴 때, 객지에서 몸이 아파 신음소리 높아갈 때, 억울한 누명을 쓰고 옥살이할 때, 식당에서 밥 먹고 계산대 앞에 섰는데 지갑에 돈이 있는 줄 알고 지갑 속을 보니 돈이 한 푼도 없을 때······ 누가 내 인생의 119인가? 나는 또 누구에게 119가 될 것인가? 누가 나에게 119전화를 걸어올까?

＊ "내가 그 여자를 위해 죽어줄 수 있다고 생각했는데 2년이 지나고 나니 그
   여자의 이름도 기억나지 않아." – 영화 〈그랑블루〉 중에서

동탁이 땅바닥에 나뒹굴고, 여기저기서 칼싸움, 창싸움 소리가 천지에 진동한다. 이때 여포가 창을 들고 뛰어나오며 "여기 역적 동탁을 죽이라는 조서가 있다~!!" 하고 외친다. 동탁은 무슨 말인지 황당할 수밖에 없다.

"여포야, 너 왜 그러냐? 나야 나, 임마."

"여기 너 죽이라는 면허증을 가지고 왔다."

여포의 창이 동탁의 옆구리를 찌르자 이숙이 바로 동탁의 머리를 베어버린다. 여포가 오면 자기편이 되어 도와줄 줄 알았던 동탁은 그렇게 허망하게 죽어갔다.

살인면허는 진짜로 있는가? 있다.
살인예비면허, 음주운전!

동탁이 "여포, 미워! 배신자! 멍게! 말미잘! 해삼 같은 놈!"

호프 추가 구라 _ 요즘에도 일본에서 가끔씩 엉뚱한 놈이 엉뚱한 말을 해서 열받게 하지만 지금으로부터 한 30년 전에도 엉뚱한 말 때문에 고생한 50대 남자가 있었다. 1970년대에는 공공장소에서 일본을 칭찬하면 바로 '친일파'로 취급받는 시대였다.

당시 나는 미아리에 살았는데 그날도 늦은 밤 택시 합승을 했다. 택시기사 옆에는 50대 남자가 앉아 있었고 뒷좌석에는 안쪽에 나, 바깥쪽으로 내 또래의 젊은 친구가 타고 있었다.

나는 물론이고 50대 아저씨도 술을 안 먹은 상태였는데, 내 또래의 친구만 약간 알딸딸하게 취해 있었다. 50대 남자가 먼저 말을 꺼냈다.

"일본 택시는 말이지요, 정말 깨끗합니다. 택시 기사들도 친절하고요."

나는 잠자코 듣고만 있었다. 근데 그 아저씨는 혼자서 신이 났다. 일본 건물이 어떻고 음식이 저떻고……. 나도 은근히 빈정이 상하기 시작한다.

일본 택시가 깨끗하고 일본 기사들이 친절하다는 것은 지금 이 택시가 안 깨끗하고 이 택시 기사가 불친절하다는 거 아닌가!!! 나는 속으로 '그래서 어쨌다는 건데?' 하고 있는데 옆에 취해 있던 알딸딸이 한마디한다.

"여보, 당신 친일파지?"

"친일파라니! 그게 무슨 소리요?"

"당신 지금 일본 칭찬했잖아!"

"그러긴 했지만 친일파란 소린 너무한 거 아니오?"

"시벌, 나도 일본 가봤는데 좆도 아니던데 뭐!"

"일본 얼마나 가 있었소?"

"4박 5일 갔다왔소!"

"여보, 4박 5일 다녀온 것 가지고 일본을 말하면 안 되지."

"당신은 일본에 얼마나 있었는데?!"

여기서 아저씨 눈치 챘어야 했다. 그 젊은 사람이 '여보'라고 불렀을 때, 말에 '좆'자가 들어갔을 때.

"나, 거기서 3년 살다왔소."

"맞아, 그러니까 니가 친일파가 된 거야."

"'니가'라니?"

알딸딸이는 "친일파한테 '니가' 라고 하면 안 돼?" 하면서 갑자기 50대의 뒷통수를 '퍽' 소리 나게 갈긴다. 말릴 틈도 없었다. 앞자리니까 딱 맞기 좋은 위치이기도 하다. 한 대 맞은 50대 아저씨가 뒤를 돌아보는 순간 또 한 대 퍽! 다시 한 대 퍽! 서비스로 한 대 퍽! 나중엔 무슨 이유인지도 모르지만 퍽 퍽 퍽!

알딸딸은 신났다.

"친일파 이런 것들은 다 죽여야 돼!"

내가 내릴 때가 돼서 택시가 인도 쪽으로 다가섰다. 내가 내리니 알딸딸도 뒷통수 때리는 걸 잠시 쉬고 문을 열고 나가고, 내가 내린 다음 다시 택시에 올라타자마자 또 한 대를 갈긴다. 50대 아저씨가 택시 창문을 열고 택시 앞쪽으로 걸어가는 나를 불러 세우며 억울하다는 표정으로 묻는다.

"여보, 젊은이! 내가 이렇게 많이 맞을 짓을 했소?"

나는 숨도 안 쉬고 못을 박았다.

"그럼 당신이 맞을 짓을 했지!"

낯빛이 흙빛으로 변하는 아저씨!

동탁도 여포의 창놀림에 낯빛이 흙빛이 되어 죽어갔다.

"맞아, 그러니까 니가 친일파가 된 거야."

"동탁과 여포 사이 오락

초선과 왕윤의 관계

"네티즌들 사이에서 논쟁 중"

동탁 시해 사건에 결정적인 역할을 한 것으로 알려지고 있는 초선의 과거에 대한 논란이 거듭되고 있다. 대형 포탈사이트의 게시판을 중심으로 번지고 있는 이 논쟁은 '과연 초선의 과거는 어떤 것이었나' 하는 것.

일부 네티즌은 초선을 두고 '왕윤이 원조교제를 한 것 아니냐'는 의혹을 제기하고 있다. 이러한 의혹의 배경에는 우선 초선의 나이가 지나치게 어리다는 점이 작용하고 있다.

당시 16세의 초선은 서당에 다니며 공부를 할 나이임에도 불구하고 오직 왕윤의 집에 기거하면서 각종 파티 때마다 노래를 불렀다는 것.

하지만 이는 정상적인 16세의 모습

그 외 많은 남자 연루되어 있는 듯…

이 아닐 뿐더러 도덕적으로도 있을 수 없다는 것. 또다른 일부 네티즌들은 '원조교제라기보다는 긍정적인 스폰서를 해주는 관계가 아니었나' 하고 바라보기도 한다.

이는 평소 왕윤의 도덕성을 좋게 평가하는 네티즌들이 주장하는 주요 논리이다.

즉, 노래도 잘하고 얼굴도 예쁜 초선을 불쌍하게 여겨 그저 돌봐준 것이 아니냐는 이야기다. 또다른 일각에서는 왕윤의 계획된 음모라는 이야

기도 흘러나오고 있는 실정이다. 초선이를 언젠가 한번 써 먹을 요량으로 어릴 때부터 계획적으로 길렀다는 것이다.

특히 초선이가 왕윤의 한마디에 아무런 주저함도 없이 자신의 목숨을 바치겠다고 나섰다는 점에 주목하고 있다.

아무리 왕윤이 어릴 때부터 '먹여주고 재워주고' 했다고 하지만 어떻게 그렇게 쉽게 이 거대한 일에 나설 수 있겠냐는 것. 하지만 일부 네티즌들은 이러한 논쟁에서 벗겨나 '초선의 허리 사이즈를 알고 싶다', 혹은 '초선의 잠자리 기술이 뭐냐'에 대한 엉뚱한 주제를 제기해 주변의 따가운 눈총을 받고 있기도 하다.

〈이구라 기자〉

가락해 '양다리녀' 별명 ,,

본 취재진은 동탁 사망 이틀 전에 그와 전격적으로 인터뷰를 할 수 있었다. 당시 동탁은 '자신이 초선의 성 노리개 아닌가 하는 의심이 든다'는 충격적인 내용의 발언을 하기도 했다. 다음은 동탁과의 일문일답.

- 초선이랑 사랑에 빠졌다고 하는데 진짠가?

▲ 허허, 뭐 사랑이라고까지 할 게 있는가. 다 늙은 처지에. 그저 초선이가 고마울 따름이다.

- 그래도 곧 천자가 될 신분인데, 과거를 잘 알 수 없는 초선이에 너무 푹 빠져 있는 거 아닌가. 기자로서가 아니라 개인적으로 질문하는 거다.

▲ 사실 나도 그 부분에서 약간 석연치 않은 게 있긴 하다. 여포 이 자식이 초선에게 눈독을 들이고 있는 것도 좀 찜찜하고 혹시 내가 초선이의 성 노리개로 당하고 있는 거 아닌가라는 생각이 들기도 하고 …

- 잠깐, 그

말이 진짠가?

▲ 아직 아무한테도 한 말이 아닌데, 내가 초선이를 가지고 논다기보다는 초선이가 날 가지고 논다는 느낌이 가끔씩 들 때가 있긴 하다. 밤에 초선이가 너무 적극적이고 자기만 만족을 하고 나면 날

"내가 초선의 성노리개가 아닌가 의심 들어"

그냥 내팽개칠 때가 한두 번이 아니다.

- 새로운 사실이다. 좀 더 자세하게 말해줄 수 없는가?

▲ 허허, 기자 양반은 변태인가. 그런 거까지 말해달라고 하게.

- 미안하다. 갑자기 궁금증이 일어서 그랬다. 그러면 언제 천자 자리에 오를 예정인가.

▲ 빨리 하고 싶다. 초선에게도 귀비 연습을 해두라고 미리 일러뒀다. 나도 사실은 몰래 밤마다 천자 흉내를 내면서 나름대로 연습을 하고 있다. 막상 천자 자리에 올랐는데 가오가 안 따라주면 쪽팔린 일 아닌가.

◇김관형 프리랜서 사진작가가 찍은 동탁의 마지막 생전 사진. 김 작가는 동탁의 침실로 어렵게 잠입, 장시간의 설득을 통해 사진 촬영에 성공한 것으로 알려지고 있다. 당시 동탁은 초선의 침실로 들어가기 직전이었으며 '야릇한 밤'에 대한 기대감으로 마치 어린아이처럼 해맑은 미소를 짓고 있다.

쿠데타 발발
"동탁, 처참하게 살해돼"

과연 동탁의 시해 순간은 어땠을까. 누가, 왜, 그리고 어떻게 동탁이 시해됐는가에 세인들의 관심이 집중되고 있다.

현재까지 알려진 바로는 왕윤의 계획된 시나리오에 의해서 숙련된 무사들이 전격적으로 동탁을 시해했다는 것이 중론. 하지만 일부 시해현장을 중심으로 새로운 증언들이 속출하고 있어 상황은 점차 미스테리해지고 있는 실정이다.

당시 현장에 있던 한 군졸은 "분명 결정적으로 동탁의 목을 벤 건 우리 주방장이었다"며 "평소 동탁에 대해서 불만이 많았고 음식을 만들 때에도 가끔 침을 뱉기도 했다"고 말했다.

익명을 요구한 이 군졸은 이어 "주방장에게 '음식을 못한다'고 하는 말은 자존심에 큰 상처가 된다. 하지만 동탁은 시시 때때로 주방장을 보고 욕을 했을 뿐만 아니라 심지어 후라이팬으로 대가리를 때린 적도 한두 번이 아니었다"는 증언을 하고 있다.

황보숭 긴급명령
"동탁의 재산을 몰수하라"

동탁이 가지고 있었던 재산은 과연 얼마나 될까?

동탁 사망 이후에 새삼 그가 생전에 축적했던 재산에 관심이 쏠리고 있다. 특히 황보숭이 '동탁의 재산을 몰수하라'는 긴급 명령을 내렸다는 사실이 알려지면서 세인의 관심이 집중되고 있는 것. 이에 대해 상당수의 네티즌들은 '모르긴 몰라도 100억은 충분히 될 것'이라는 예상을 하고 있다. 닉네임 '동탁은 통닭'은 "그에게 권력이 집중된 시기가 그리 길지는 않았지만 아마도 주도면밀하게 차명계좌를 이용해서 돈을 모아두지 않았겠나"는 추론을 하면서 "특히 베트남, 미얀마 등 변방지역의 해외계좌를 주목해야 한다"

고 지적했다. 닉네임 '땡전한닢'은 "재산몰수 긴급 명령이 알려진 이때 화급히 동탁의 친인척 계좌부터 뒤지는 것이 순서일 것"이라며 "회수한 돈은 동탁 때문에 억울하게 죽어간 대신들의 가족들을 위해 쓰여져야 할 것"이라는 의견을 밝히기도 했다.

한편 일부 금융전문가들은 동탁의 재산 축적 과정과 그 액수에 대해서 의문을 제기하고 있기도 하다. 익명을 요구한 한나라 최대 외국계 은행의 한 고위 간부는 "사실 동탁은 자가 황제 자리에 오를 것으로 예상했기 때문에 그리 큰 액수의 돈을 모아놓지는 못했을 것"이라며 "또 술과 여자를 좋아했기 때문에 오히려 빚이 있을 가능성도 전혀 배제할 수는 없다"는 의견을 제시하기도 했다.

〈역시 이구라 기자〉

현재까지 알려진 바로는 왕윤의 계획된 시나리오에 의해서 숙련된 무사들이 전격적으로 동탁을 시해했다는 것이 중론. 하지만 일부 시해현장을 중심으로 새로운 증언들이 속출하고 있어 상황은 점차 미스테리해지고 있는 실정이다.

왕윤이 사건 주도, 초선이도 연관되어 있는 듯

사위 이유는 하인들이 능지처참

순식간에 목이 날아가고 팔다리 잘려
형벌연구소 소장 "졸라 아프고 무서울 것 같다"

동탁이 살해된 직후 사위였던 이유마저 즉시 살해됐다. 현장에 있던 일부 목격자는 '그저 목이 잘렸다'고 하는가 하면 또다른 목격자는 '능지처참까지 당했다'고 진술하고 있는 상황이다. 그렇다면 능지처참이란 과연 무엇일까. 한나라대학교 부설 형벌연구소 소장의 말이다.

"능지처참은 총 3등급이 있는데 1등급은 이미 죽은 사람의 시신을 무덤에서 꺼내 잘근잘근 자르는 것이다. 2등급으로는 팔과 다리를 각각 소에 묶은 후 채찍으로 소를 때려 사지를 찢는 형벌이다. 가장 잔인한 3등급 고단위 능지처참은 사람이 살아 있는 상태에서 살을 벗기는 것을 말한다. 나도 당해보지는 않았지만 졸라 아프고 무서울 것 같다"

만약 이유를 능지처참했다면 이유에 대한 그 당시의 분노가 얼마인지를 짐작케해주는 대목이라고 할 수 있다. 한편 이유는 매우 뛰어난 모사꾼으로 알려져 있어 일부 지인들의 안타까움을 사고 있다. 하지만 자신의 지략에 자신이 당했다는 이야기도 결코 무시할 수 없는 부분. 여포를 꾀어 동탁을 양자로 맞이하게 한 결정적인 모사가 바로 그에게서 나왔기 때문이다. 모사꾼, 그들은 타인의 삶은 좌지우지할 수 있어도 결국 자신의 삶만큼은 좌지우지 못하는가보다. 한편 살해된 동탁의 시신은 거리에 끌려나가 무수히 많은 사람들에게 짓밟히면서 대갈통이 깨졌다는 후문이다. 심지어 배꼽에다 심지를 박고 불을 붙였더니 몇날 며칠밤을 밝혔다는 '믿거나 말거나' 하는 이야기들도 사람들의 입에 오르내리고 있다.

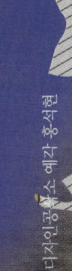

● 구라 심리학 _ 50대 아저씨는 두 가지 모두에서 실수를 범하고 말았다. 우선 주제 선정의 문제에서 보자면, 물어보지도 않은 것에 대해서, 그것도 전혀 일면식이 없는 사람들 앞에서, 그리고 마지막으로 극도로 반일 감정이 심화된 시대적 상황에서 일본을 칭찬하는 내용을 대화의 주제로 삼은 것이다. 다음, 표현에 있어서의 문제를 생각해보자면, 일본 택시가 깨끗하고 기사들이 친절하다는 이야기를 하고 싶었다면 서두에 '아무리 밉지만 배울 것은 배워야 한다고 생각하는데, 일본은 어쩌고저쩌고'로 대화를 시작했으면 더욱 좋았을 것이다. 더욱이 택시 기사를 염두에 두었다면, '우리가 지금 타고 있는 이 택시는 정말 깨끗하고, 기사님도 친절하신데, 대부분의 다른 우리나라 택시들은 안 그렇잖아요. 그런데, 일본은 어쩌고저쩌고'로 이야기를 했으면 좋았을 것이다. 대화를 잘하는 것도 기술이다. 말하는 훈련은 사회생활에서 그 무엇보다도 중요하다. 효과적인 의사소통 방식에 대해 관심을 가지고 많은 연습을 해야 한다.

3

'-카더라'가 '-이다'로 바뀌는 과정의 진실

– 이각과 곽사의 위기탈출 전략

동탁은 그렇게 갔다. 왕윤이 <u>초선을 시켜 여포와 양다리 걸치게 한 후 동탁을 보내버린 것이다.</u>

오징어 다리 추가 구라 _ 여자의 힘은 정말 세다. 젊었을 때 알았던 한 친구는 성남의 부잣집 아들이었다. 그런 데다가 재주까지 있어서 돈도 많이 벌었다. 돈 많이 벌어서 술도 많이 마시고 도박에도 손 대고 해서 재산을 날리기도 많이 날렸지만 그래도 망하지 않고 지금까지도 잘산다. 젊은 친구가 돈이 있으니 룸살롱 출입이 잦았다. 돈도 펑펑 잘 쓰니 여자에게도 인기가 있지만 술집 지배인들에게도 인기가 최고였다. 학교에선 공부 잘 하는 놈이 인기고 카바레에선 춤 잘 추는 놈이 인기고 술집에선 돈 잘 쓰는 놈이 최고다.

어느 날 지배인이 "쌍둥이 한번 해볼래요? 쌍둥이." 하고 물었단다.

"쌍둥이라니?"

"우리 집에 쌍둥이가 나오는데 인물이 꽤 괜찮거든요!" 하며 꼬시더라는 거다.

호기심이 생기지 왜 안 생기겠나? 호오! 쌍둥이를 둘 다 해봐?! 그것도 괜찮은 거 같은데! 그날부터 쌍둥이가 파트너가 되는데 오늘은 언니! 다음 날은 동생! 교대로 파트너가 되는데 쌍둥이라 그런지 닮아도 너무 닮았다는 거다. 그러던 어느 날 생각해보니 쌍둥이를 같은 자리에서 한꺼번에 본 적이 없더라는 거야!

"지배인, 내가 동생도 보고 언니도 봤는데 한 방에 둘이 같이 들어오면 안 돼?"

"아이고 김 사장님, 무슨 말씀을 그렇게 하십니까? 그것만큼은 저희도 상도가 있는데 지킬 건 지켜줘야죠!" 하며 거절을 하더라는 거다.

친구는 '그래, 일리가 있는 말이야, 아무리 술집이라도 언니 동생이 한 방에 들어온다는 건 좀 어색한 일일 거야.' 하고 넘어갔다고 한다. 그 후에 언젠가 울릉도에 같이 여행가서 쌍둥이 이야기를 하더니 그 친구 왈 —,

"시간은 흘렀지만 지금도 가끔 생각해보면 진짜 쌍둥인지 지배인의 농

간으로 한 명을 쌍둥이로 알고 놀아났는지 알 수 없지 뭐……. 그냥 내가 놀기 좋아하던 시절에 있었던 일로 더 이상은 따지고 싶지 않아. 지배인의 아이디어가 좋았던 거야. 허! 허! 허!"

내가 듣기에 그 친구의 웃음소리가 공허하게 들리더군! 왕윤이 초선이 한 명으로 동탁과 여포에게 양다리 걸치게 한 거나 지배인이 한 명을 가지고 쌍둥이라고 한 거나 그게 그거 아닌가 싶기도 하다. 우리는 울릉도에서 싱싱한 오징어를 안주 삼아 소주를 마셨지. 오징어도 술 취해보니 다 똑같더라고 이놈이. 이놈이 그놈 같고 그놈이 이놈 같고 왕윤이 지배인 같고 지배인이 왕윤 같고 오징어가 왕윤 같고 지배인이 오징어 같고……. 어허! 취한다.

이른 아침 왕윤이 조간신문을 펼치니 동탁 시신 앞에 채옹이 곡을 하는 사진이 실린 기사를 보게 된다. 이놈 봐라! 지금 때가 어느 땐데 동탁 시신 앞에서 곡을 해!

"얘들아, 이놈 좀 데려와봐라."

아침밥상 물릴 즈음 기사에 난 채옹을 데려온다.

● 구라 심리학 _ 모두가 싫어하는 동탁이 죽었음에도 불구하고 채옹이 슬피 우는 것을 어찌 이해해야 할까? 이것이 바로 세상사다. 공부 못하는 놈이 100점 맞기도 어렵지만, 0점 맞기는 더 힘든 것

처럼 만인에게 사랑을 받는 것도 어렵지만, 만인에게 나쁜 소리를 듣는 것은 더 어렵다. 4,500만이 욕을 했던 신출귀몰 탈옥수 신창원을 생각해보자. 모두가 싫어했던 그 신창원이를 사랑한다며 나섰던 여인들을 우리는 어떻게 이해해야 할까? 두 사람 간의 대인관계는 둘만의 특수한 맥락에서 들여다봐야 한다. 사람들은 다른 사람들의 객관적 평가보다 자신이 경험한 주관적 평가를 더 신뢰한다. 즉, 다른 사람들이 객관적으로 나쁜 사람이라고 평가를 하더라도 자신이 겪어본 경험상 좋은 사람이라고 여겨지면 그 사람을 긍정적으로 평가하게 되는 것이다. 더욱이 이 사회의 주류에 포함되지 못하고 비주류에 있는 사람일수록, 많은 사람들에게 욕을 먹는 사람이 자신에게는 호의적일 때 그 사람을 더 좋아하게 된다. '신창원의 여인들'로 불리웠던 그 여자들은 대부분이 술집이나 다방에서 생활을 하면서 제대로 된 인격적 대접을 받지 못하는 처지에 있었다. 하지만 다른 많은 사람들과는 달리 그들에게만큼은 마음이 따뜻했던 신창원은 — 물론 자신의 도피 생활에 이용하기 위한 것이기는 했지만 — 그 여인들에게만큼은 '다른 존재'로 여겨졌던 것이다. 바로 이 점 때문에 신창원의 여인들은 서로가 자신이 '신창원의 진짜 여자'라며 아우성을 친 것이다.

왕윤이 채옹에게 "너 왜 그랬냐?"

"한때 내 재주를 알아주었던 사람이었기 때문입니다."

소고기 전 추가 구라 _ 지금도 그렇지만 개그맨들이 아이디어 회의할 때 시간을 칼같이 지켜야 할 때가 있었다. 시간에 늦으면 벌금에다가 심하면 출연정지까지 시키던 그 시절, 방송국에 들어온 지 두 달도 안 된 신인 개그맨인 조금산이라는 친구가 지각을 했다. 선배들이 물었다.

"너 왜 늦었냐?"

"제가 늦게 오면 뭐라고 야단칠까 궁금해서 일부러 한번 늦어본 거예요."

그날 그 친구는 욕 무진장 먹었다.

채옹을 살려주고 우리 편을 위해 재주를 발휘하게 하자는 의견이 있었으나 왕윤은 그대로 하옥시켜 죽여버린다. 뒷말이 안 나올 수 없다.

"저러면 안 되는데!!! 주위 사람 말을 들어야 하는데!! 쯧쯧."

나중에는 저주하는 소리도 살짝 들린다.

"저렇게까지 하면 나중엔 자손도 안 나올 거야."

동탁의 죽음 이후 미오성으로 도주한 동탁의 옛 부하 이각, 곽사, 장제, 번주의 무리들은 섬서(陝西) 지방에 몸을 피하고 있으면서 한편으로 천자께 사람을 보내어 용서해달라는 뜻을 전했으나 바로 거절당한다. 거절 즉시 생각났다는 듯 이들에 대한 토벌 명령이 떨어진다. 이 소식을 듣자 모사

가후가 "흔들리면 안 됩니다. 이승만 대통령도 뭉치면 살고 흩어지면 죽는다고 했습니다. 우리가 이럴 때일수록 힘을 합쳐 동 태사의 원수를 갚고 잘되면 조정을 차지하고 실패하면 그때 도망가도 늦지 않을 것입니다."

이날 아이디어 회의에서 나온 결론 중 하나! 시절이 뒤숭숭한 이때는 유언비어가 제일 좋은 처방이다. 소문 하나를 까놓으니 이놈들이 새끼에 새끼를 치기 시작한다.

'동탁을 죽인 왕윤이 이곳 서량(西凉) 사람들까지 모조리 죽인다더라.'

'벌써 죽였다더라.'

'죽은 사람을 봤다더라.'

여기서부터 '—카더라'가 사실로 바뀐다.

'우리 동네 사람도 죽었다. 나도 죽을 뻔했다.'

'우리가 살려면 이각네 편에 꽁꽁 붙어 있어야 된다.'

냉채 추가 구라 _ 연예계도 마찬가지다. 두 남녀 배우가 영화에 주인공으로 함께 출연하는 게 사건의 발단이 된다.

'남자 영화배우 누구랑 여자 배우 누가 보통 사이가 아니라더라, 둘이 사귄다더라.', '동거한다더라.', '애도 있다더라.', '기자가 연락해도 연락이 안 된대, 여자 배우 어머니는 나는 모른다고 했대.'

영화 촬영이 끝나면, '둘이 헤어지고 그 여자 배우는 다른 남자를 만난대.', '남자 영화배우 그놈도 원래 무진장 바람둥이래.'

● 구라 심리학 _ 소문은 진짜 재미있다. '─더라'라는 말이 '─이다'로 바뀌는 과정을 보면 어이가 없다. 이 과정에서 나타나는 재미있는 현상은 대충 두 가지다. 하나는 왜 사람들은 이야기를 전하면서 조금씩 살을 붙이느냐의 문제이고, 다른 하나는 어떻게 이런 거짓말이 통하느냐의 문제이다.

우선 첫째, 조금씩 과장되게 이야기를 하는 이유는 뭘까. 들은 대로만 이야기를 전하는 것은 왠지 사람들의 관심을 끌기에는 조금 부족하다는 생각이 들거나, 혹은 상대가 곧이듣지 않으려 할 때 상대방이 믿음을 갖을 수 있도록 확신을 주기 위해서이다. '누가 누가 그러는데, 뭐뭐 하더래.'라는 말보다는 '내가 봤다니까.'가 조금 더 믿음을 주게 되는 것은 당연한 것이다. 두 번째로 어떻게 허무맹랑한 이야기가 통하느냐의 문제이다. 허무맹랑한 이야기가 모두 통하는 것은 아니다. 그리고 더 재미있는 것은 어떤 사람들에게는 통하는데 어떤 사람들에게는 통하지 않는다. 똑같은 이야기가 통하느냐 통하지 않느냐의 결정은 상대방이 그 이야기를 받아들일 마음의 준비가 되어 있느냐 그렇지 않느냐에 의해 결정된다.(심리학에서 이를 '마음갖춤새'라고 한다.) 즉, 귀신의 존재에 대한 소문이 통하느냐, 통하지 않느냐의 문제는 듣는 사람이 귀신의 존재를 믿느냐 믿지 않느냐에 의해 좌우된다. 또 어떤 특정인을 헐뜯는 소문을 믿느냐 믿지 않느냐는 그 소문의 주인공을 싫어하느냐 싫어하지 않느냐에 의해 결정된다. 죽도록 그 사람이 싫은 사람은 그 소문을 진실로 믿을 뿐만 아니라 그 말에 살을 덧붙여 전파자로서의 역할도 충실하게 수행하게 된다. 따라서 '—카더라'의 희생양이 되지 않으려면 착하게 살아야 한다.

이렇게 유언비어를 퍼뜨려 놓은 상태에서 이각이 서량 사람들을 선동하기 시작한다.

"야, 야, 이렇게 개죽음 당할래? 아니면 한번 맞짱 떠볼래?"

당연히 맞짱뜬다. 이 맞짱의 대열에 모인 사람들이 무려 10만 7명이다. 이들은 장안으로 쳐들어갈 계획을 세우고 진격을 해댄다. 이때 장안으로

〈회의록〉
1. 여포를 이길 수 없다.
2. 이번 기회에 이각을 배반하고 금은보화나
   털어서 달아나자.
3. 30%는 우보 내거다.

오늘 회의의 결론 : 니꺼 내꺼 따로 없다.
             훔친 놈이 임자다.

회의 참석자 : 우보, 호걱아

가는 도중에 장인의 원수를 갚겠다고 길을 나선 동탁의 사위 우보를 만나 그를 앞장세우고 함께 쳐들어간다.

군사들이 쳐들어온다는 소식을 들은 왕윤이 여포에게 상의를 한다. 하지만 여포는 "그까짓 놈들 걱정하지 마십시오."라며 큰소리 치고 이숙과 함께 아랫것들을 데리고 나가 싸운다.

이숙과 우보가 한판 붙었는데, 우보가 좀 밀리는 듯 싶더니 냅다 도망을 가버린다. 이숙네 군사들의 어깨에 힘이 잔뜩 들어가 건방이 극에 달하며 방심을 해버렸다. 야음을 틈타 우보 군사들이 쳐들어가니 이숙은 잠결에 군사들의 반을 잃어버렸다. 허둥지둥 도망쳐 여포에게 돌아와 군사를 요청한다.

여포가 "어떻게 된 일인가 말을 해봐라."

"처음엔 우리가 우보한테 이겼거든요. 이것들이 도망가길래 안심하고 잠들었는데 밤에 다시 쳐들어오는 거예요. 자고 있는데 쳐들어온다는 게 말이 됩니까? 반칙이지."

"뭐가 반칙이야 임마. 싸움에 낮과 밤이 어디 있어?"

"그래도 잠자고 있는데 쳐들어온 건……!"

말이 채 끝나기도 전에 이숙의 모가지는 몸뚱이랑 작별을 고한다. 여포가 다음 날 싸우러 나가니 우보가 지레 겁을 먹고 도망을 가버린다.

그날 밤 우보와 호적아는 이각의 금은보화를 털어 아랫것들과 함께 도망을 친다. 도망 도중에 호적아가 마음이 변했다. 바쁜 걸음을 재촉하던 와중에 갑자기 호적아가 걸음을 멈추더니 땅을 보며 약 3~4초간 침묵을 한다. 제 딴에는 결단의 순간이다. 우보는 '이놈이 뭐 하는 짓이야?' 하고 있는데, 잠시 후 호적아가 "우보 씨, 나 좀 봅시다."

"뭐? 씨라니!"

호적아가 바로 우보의 목을 베어버리고 그 목과 이각에게서 훔친 금은보화를 가지고 여포에게로 간다. 은근히 벼슬자리라도 하나 내려줄 것을 기대하면서!

여포가 이 이야기를 듣자 일침을 가한다.

"한번 해병은 영원한 해병이고, 한번 배신은 영원한 배신이야. 내 수첩에 써 있어, 임마."

호적아의 목도 날아가버렸다. 몇 페이지 넘어가기도 전에 숱한 놈의 모가지가 날아가는구나.

● 구라 심리학 _ 태생이 배신자로 태어난 사람은 없다. 살다보니 배신자도 되고, 신의가 있는 사람도 되는 것이다. 그렇다면 배신자가 되느냐, 아니면 신의가 있는 사람이 되느냐의 문제는 '살다보니'에 달려 있다. 그렇다. 태어나서 후천적인 사회화 과정을 겪으면서 배신자가 되기도 하고 신의가 있는 사람이 되기도 하는 것이다. 배신자와 신의 있는 사람의 차이는 개인적인 신념의 차이이다. 배신자는 '신의보다는 개인적인 성공이 보다 더 가치 있다.'고 여기는 사람

이고, 신의 있는 사람은 반대로 '개인적인 성공보다는 사람 간의 신의가 보다 더 중요하다.'고 여기는 사람이다. 이러한 신념의 개인차로 인해 어떤 사람은 배신자가 되고, 어떤 사람은 신의 있는 사람이 되는 것이다. 따라서 개인이 가진 신념이 바뀌지 않는 이상, 한번 배신자는 또 다시 배신을 하고, 신의가 있는 사람은 계속 신의가 있는 사람으로 남는다.

여포가 다시 이각을 공격하기 시작하니 이각과 그 군사들은 '말다리야, 나 살려라.' 하고 단번에 50여 리를 달아난다.

말다리 덕에 한숨을 돌린 이각은 곽사, 번주와 함께 여포를 물리칠 아이디어 회의에 들어간다.

　　"여포란 놈이 사지는 발달했지만 골은 간단한 놈이거던! 하니 내 말대로 하시면…… 밖에 누구 듣는 놈 없지?"

　　이들의 아이디어 회의에 대해서는 꿈에도 모르는 여포가 군사를 이끌고 산에 도착했다.

　　이각이 "나 잡아봐라~!" 하면서 산봉우리로 달아난다.

　　작전인 줄도 모르고 여포는 성난 파도처럼 군사를 몰고 쫓아간다. 산봉우리에 도착한 이각 군사들이 아래로 화살을 쏘아댄다. 여포가 화살비

작별을 고한다.

여포 군사들도 지쳐가고
말들도 역시 이리저리
산길을 오르내리느라

처추가 휠 노릇이다.

때문에 앞으로 더 못 가고 있을 때 곽사의 군사가 뒤에서 밀어닥친다. 어럽쇼! 여포는 다시 곽사를 향해 말머리를 돌려 산 아래의 적들을 대응하려 한다.

산 아래를 공격하니 산 위에 있던 이각이 다시 뒤를 공격한다. 이거 미치고 팔짝 뛸 노릇이다. 이렇게 공격당하길 3일이 지난다. 여포의 골이 복잡해지면서 해골 가루들이 투구 밖으로 튀어나올 지경이 된다. 여포 군사들도 지쳐가고 말들도 역시 이리저리 산길을 오르내리느라 척추가 휠 노릇이다.

통신병이 달려온다.

"여포 장군께 아뢰오~!!"

여포가 협공을 당하고 있던 사이에 장제와 번주가 장안으로 쳐들어가서 장안이 위태롭게 되었단다. 여포는 정말 죽을 노릇이다. 할 수 없이 여포는 다시 장안으로 돌아간다. 그 와중에서도 또 적들이 앞뒤에서 짖어대니 여포도 쌈 잘하는 쓸 만한 장수 여럿을 잃고 말았다. 여포가 지친 군사들을 이끌고 장안성에 도착해보니 개미 한 마리만 겨우 빠져나올 수 있게 장제와 번주의 군사들이 둘러싸고 있다.(개미 한 마리도 못 빠져 나오게 성을 둘러싸고 있다는 것도 구라다. 한 마리 정도 빠져나오는 것도 구라다.)

여포가 이각네의 전쟁 아이디어에 제대로 걸렸다. 여포는 성격이 드러워지기 시작한다. 말 울음소리가 크다고 말을 못 울게 하는 만행을 저지르는가 하면, 눈이 이상하게 생겨서 이번에 전투용역비 받으면 눈꺼풀 수술할 생각을 하고 있던 병사가 자기를 기분 나쁘게 꼬나본다고 패주기도 한다.

● 구라 심리학 _ 여포의 행동은 위기의 상황에서 사람이 어떻게 변하는가를 보여주고 있다. 사람이 어떤 목표를 향해서 행동을 시작하도록 하는 내적 과정을 '동기'라고 한다. 앞서 한번 이야기한 매슬로의 욕구위계론이 다시 등장하게 된다.

즉, 생리적 욕구 → 안전의 욕구 → 사랑의 욕구, 소속의 욕구 → 자존의 욕구 → 자아실현의 욕구가 있다는 것이다. 위 다섯 가지는 위계적이어서 아랫단계의 욕구가 충족되면 윗단계로 향하게 된다. 곤경에 처하기 전의 여포는 최소한 3단계인 사랑의 욕구나 소속의 욕구 혹은 4단계인 자존의 욕구를 추구하는 상태였을 것으로 추정할 수 있다. 이 단계에서는 다른 사람들에게 호의적인 평가를 받기 위해 많은 신경을 쓰기 마련이다. 그러나 지금은 상황이 어떻게 돌아가고 있는가. 여포는 사면초가의 위기에 놓여 있다. 그러니 당연히 이 불안정한 상황을 돌파하기 위해서 마음이 급해지고 격렬해지는 것이다. 따라서 여포에게는 일단 자신의 안전을 지키고자 하는 행동만이 나타나게 되는 것이다.

여포의 더러워진 성격을 참지 못한 병사들이 적군들에게 심심풀이로 투항을 하기도 한다.

"심심풀이 투항 왔어요."

어찌어찌해서 여포는 겨우 성안으로 들어갔지만 이 와중에 옛날 동탁의 아랫것으로 살아왔던 이몽(李蒙)이라는 자가 이각네랑 내통을 해서 성문을 몰래 열어주니 군사들이 성안으로 쳐들어간다. 여포가 군사들을 이끌고 이리저리 싸워봐도 적들을 당할 수가 없다. 급히 말을 몰아 청쇄문(靑鎖門)으로 달려가 왕윤에게 "왕 사도, 지금은 위험하니 나와 함께 성을 빠져나갑시다."

하지만 왕윤은 "나는 이미 오래전부터 이 나라를 위해 목숨을 바칠 각오가 되어 있었소이다. 국가가 위태로울 때 내 한 몸 빠져나가 살고 싶지 않소."

몇 번을 간곡하게 이야기해도 왕윤의 마음을 돌릴 수 없다는 것을 알게 되니 여포는 가까스로 100여 명의 군사들과 제 식구만을 데리고 성문을 빠져나왔다. 이리 갈까 저리 갈까. 차라리 돌아갈까? 여포 신세가 하루만에 망명객의 신세로 바뀐다. 성안으로 들어온 이각 군사들은 방화와 약탈을 자행했다. 그중에는 강간범도 있었겠지! 장안 시민들은 동탁이 죽자 평화가 왔다고 좋아했는데 다시 전시가 되고 말았으니 정말로 불쌍한 처지다.

하지만 이각의 군사들은 신나지. 두려움에 떠는 궁녀들을 지긋한 눈으로 바라보는 맛도 있을 테고!

이 와중에 어디선가 "천자다, 천자야!"

아니나 다를까. 문루 위에선 천자가 호통을 친다.

"너희들은 어째서 짐의 허락도 없이 장안을 침입했느냐?"

이각과 곽사가 나서서 "동 태사께서는 폐하의 오른팔이 아니었습니까? 그런데 죄 없는 동 태사께서 왕윤에게 억울한 죽음을 당하셨으니 동 태사의 은혜를 입은 우리가 복수를 계획한 것입니다. 그러니 폐하의 소매 밑에 숨어 있는 왕윤을 저희에게 주시면 군사를 거두겠습니다."

어디선가 이런 소리가 들린다. '얼씨구! 말 한번 잘한다. 박수 함성!' (공개방송에 동원된 방청객의 들끓는 소리를 참조하세요. 독자 여러분!)

천자가 뻘쯤해하며 대답을 못하고 우물쭈물하는데 왕윤이 "야, 이놈들아, 내가 필요하냐?"

이각, 곽사가 칼을 빼들고 왕윤 앞으로 달려가더니 "너는 왜 동 태사를 죽였냐?"

"역적 동탁이 죽던 날 장안 사람들이 전부 거리로 나와 춤추고 노래하는 걸 못 봤구나! 동 태사의 죄가 그만큼 컸다는 증거 아니겠냐."

"태사의 죄가 그렇다 치더라도 우리는 왜 사면을 안 했느냐?"

"너희를 용서하지 않은 것은 꺼진 불도 다시 보자는 생각이었다."

"너나 꺼져라, 이 새끼야!"

이각과 곽사가 왕윤의 목을 내리친다. 이어 명령을 내려 왕윤의 일가족을 몰살시켜 버린다. 화가 덜 풀린 이각과 곽사가 의기투합한다.

"이왕 이렇게 된 거 천자를 없애고 기회를 잡읍시다."

＊ 결정을 서둘지 말라. 하룻밤 자고 나면 좋은 지혜가 생긴다. ― 푸쉬킨

장제와 번주는 지금은 때가 아니라고 생각하고 일단 천자에게 계산서를 올린다.

계산서를 받은 천자가 우울한 표정으로 계산을 끝낸다.

NO.	영 수 증 (공급받는 자용)			천자 귀하
공급자	사업자등록번호	0000-000-00		
	상 호	동탁나라닷컴	성명	이각, 곽사
	사업장소재지	한나라 장안		
	업 태	칼잡이	종목	
작성년월일		공급대가총액		비 고
200 . . .		₩ 알아서		

공 급 내 역					
월일	품	목	수 량	단 가	공급대가(금액)
	'천자 귀하 : 우리가 왕실을 위해 공을 세웠는데 아직도 벼슬을 내리지 않았으니 빠른 시일 내로 갚으시오.'				

5

4

좋은 의도로 한 일이 화를 부르는 경우

- 도겸의 호의와 조조의 오해

　며칠 뒤 동탁의 머리와 시체 일부를 찾은 똘마니들은 모자라는 신체의 일부분은 향나무로 깎아 덧대고 여기에 개뼈다귀도 섞어서 사람의 형체로 복원했다. 그 후 천자의 의상을 입혀 성대하게 장사를 지내고 미오에 안장하려 했다. 하지만 하늘이 노했을까. 비바람이 불어대고 하늘에서 천둥이 동탁의 관을 내리쳐 시신이 형체도 없이 사라져버렸다. 옛날에는 어처구니없는 일에 하늘이 바로바로 노하고 벌도 내렸는데, 요새는 이상하게 못된 짓 하고도 벼락도 안 맞고 잘만 산다. 인간들이 많아지니 자연히 하늘의 업무가 많아져서 그런가보다.

이각이 그 다음에 한 일은 천자에 대한 몰래카메라 설치. 24시간 감시체제에 들어간다. 아침에 일어나 양치질을 아랫니 윗니 몇 번 문질렀는가에서부터 잠자리에 들어 코 고는 소리의 숫자까지 모두 알 정도였다. 그러던 차에 백성의 인심을 얻으려고 주전을 불러들여 바지저고리 태복(太僕)으로 앉힌다. 태복이라는 직책은 천자가 타는 수레와 말을 관리하면서 천자의 행렬을 진두지휘하는 직책이다. 지금으로 치면 대통령의 차를 관리하면서 거리 행렬이 있으면 그걸 지휘하는 정도의 직책이라고 할 수 있다. 이각 일당은 딩까딩까 못된 짓을 하루 일과 삼아 백성들을 괴롭히며 세월을 보낸다.

이각과 곽사

그런데 쓰다보니 삼국지 이야기는 너무 복잡해! 싫어! 아이구 싫어! 절

씨구 싫어! 너무 복잡해. 이거 괜히 한다고 했어! 관두든지 해야지. 삼국지 이야기에 빠져들면 중독이야 중독! 한번 한다고 했는데 안 할 수도 없고 말이지. 이걸 써서 돈을 벌면 얼마나 벌까? 이런 거 안 하고도 재미있게 사는 방법이 많은데, 신발! 한 놈이 해먹으면 그놈이 계속 해먹게 내버려둬야지! 그 꼴 못 보고 또 다른 놈이 나타난단 말이야!

마등(馬騰)이란 놈도 마찬가지다. 이름도 처음 듣는 놈인데 역적 이각과 그 일당을 물리치자고 또 일어났다. 마등도 나처럼 그런 거 안 하고 먹고사는 방법이 있을지도 모를 텐데.

서량 태수 마등과 병주 자사 한수(韓遂)가 '무찌르자 오랑캐!' 하며 쳐들어가겠다고 하니 이번 기회에 장안 구경이나 해보자 하면서 따라나선 놈까지 합하니 10만여 명이 넘는다. 여기에 발맞춰 천자가 '그래, 기왕 의병을 일으켰으니 이각 일행 좀 대청소해줘!' 라며 밀서를 보내니 마등은 힘이 날 수밖에 없다. 가자, 장안으로! 오라, 적군이여! 이 소식을 이각이 모를 리가 있나. 대책 회의를 하기 위해 모사들을 불러 모은다.

백과사전에 보면 모사(謀士)는 책사(策士)라고도 불리며, '여러 나라의 제후를 위하여 정책이나 전략을 제시하던 지식인들을 가리키는 말'이라고 나와 있다. 하지만 이건 백과사전 이야기고, 현대의 비슷한 직업을 찾아보라면 '기획자' 혹은 '마케팅 담당자'가 아닐까 한다. 예전에야 창과 칼로 전쟁을 해서 영토를 확장해 금은보화를 얻었지만, 요즘에는 비즈니스라는 것으로 소리 없는 전쟁을 한다. 모사가 전쟁의 승리를 위해서 장군에게 조언을 하듯이, 요즘에는 마케팅 담당자나 기획자들이 비즈니스의 승리를 위해 CEO에게 조언을 한다.

어쨌든 모사 가후가 "마등네 의병이 여기까지 오는데 거리가 멀잖아요. 성 앞에다 못을 깊이 파고 성을 높이 쌓아 상대를 안 해주면 성 밖에서 악악대다가 석 달도 못 가서 쌀 떨어지고, 담배 떨어지면, 제 풀에 지쳐서 바로 거지 쪽박군대가 될 것입니다."

이몽과 왕방이 썩은 표정으로 말한다.

"에이, 뭘 석 달씩 기다려요. 저희에게 맡기세요."

마등이 "지금 나가서 싸우면 못 이길 텐데……."

이몽과 왕방은 "이기면 어쩔 거요? 우리 서로 목 내기를 합시다. 나는 내 목을 걸었소."

회의 분위기가 거칠어지자 이각이 좌중을 둘러보다가 "그럼 군사 줄 테니 네가 싸워봐." 하며 결론을 짓는다.

이몽과 왕방이 전투에 나가보니 한 어린아이가 긴 창을 들고 떡하니 서 있다. 왕방이 일단 나서보지만 수합도 못 되어 어린 장수의 창에 꽂혀 말에서 떨어지고 말았다. 놀란 이몽이 뒤에서 달려나왔지만 역시 마초(馬超)에게 사로잡혀버리고 말았다. 이각과 곽사는 할 수 없이 차선책으로 모사 가후의 기획안을 받아들였다.

가후의 예견대로 쌀 떨어지고 고량주 떨어지니 마등의 군사들은 사기마저 떨어졌다. 할 수 없이 수개월 만에 서량으로 회군을 하기로 결정을 할

수밖에 없었다. 그
런데 회군하기 전 성
안에 이미 내통이 되
어 있는 마우, 충소,
유범에게 이 사실을
알렸다. 근데 마우의
집에서 청소하는 아이
가 주인에게 꾸지람을
듣고 열 받아 있던 중에
이 내통 사실을 알게 되
어 이각과 곽사 군사에게
일러바쳤다. 당장 이놈들
을 잡아오라는 명령이 떨어
졌고 마우, 충소, 유범의 전
가족이 몰살되고 그들의 머리
는 성 밖에 매달리는 신세가 되

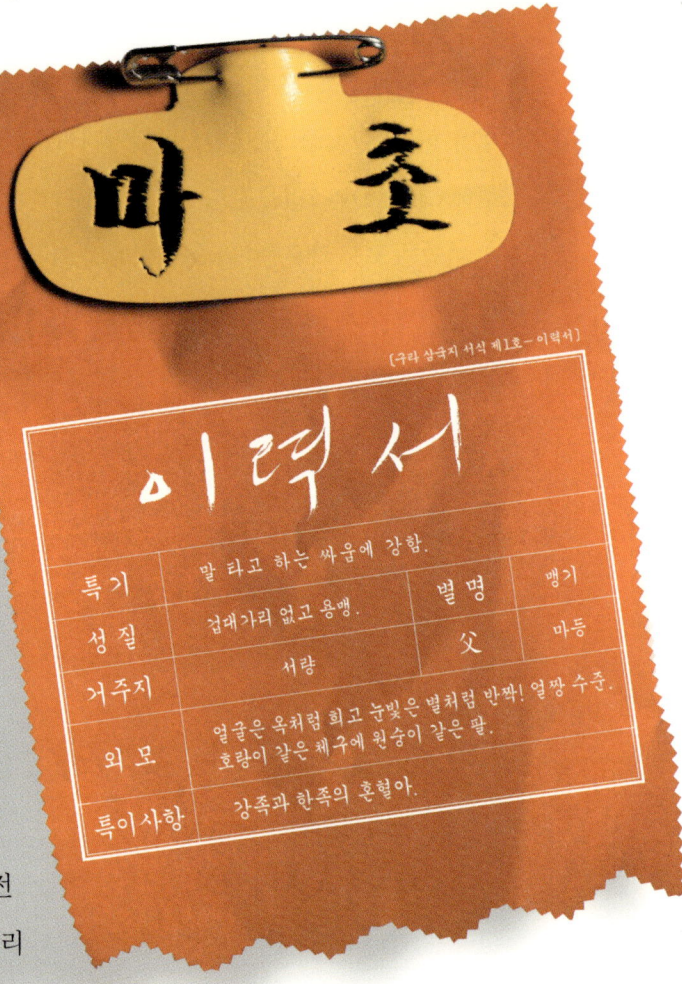

[구라 삼국지 서식 제1호 – 이력서]

이력서

특기	말 타고 하는 싸움에 강함.		
성질	겁대가리 없고 용맹.	별명	맹기
거주지	서량	父	마등
외모	얼굴은 옥처럼 희고 눈빛은 별처럼 반짝! 열짱 수준. 호랑이 같은 체구에 원숭이 같은 팔.		
특이사항	강족과 한족의 혼혈아.		

고 말았다. 마등은 하는 수 없이 엎친 데 덮친 격으로 눈물을 머금고 회군
을 하는데, 아이고, 이각과 곽사네에서 다시 군사들이 달려나와 자신들을
쫓는 거 아닌가. 장제는 마등을, 번주는 한수를 잡으러 나간다. 번주가 하
도 악착같이 쫓아오니 한수는 갑자기 말을 돌려 세운다. 아마 이런 심산이

지 않았을까?

'와―, 저놈 저거 독종이네. 도대체 어떤 생각으로 저렇게 독하게 쫓아오는 거야? 한번 말이나 들어보자!!'

한수가 "한번 물어봅시다. 당신과 나는 같은 고향 사람 아니오. 전투에 지고 고향으로 돌아가는 놈한테 이거 너무하다고 생각하지 않소?"

번주가 "나야 위에서 시킹께 어쩔 수 없당께!"

"야, 이 사람아! 내가 군사를 이끌고 온 건 오직 나라를 위한 거지, 나 혼자 잘 먹고 잘살겠다는 게 아니잖우! 그러니 그냥 보내주시오."

번주가 듣고보니 지도 멀리 고향 떠나 객지에 있는 처지인데 전투에 지고 도망가는 모습을 보니 측은한 마음이 들어 "에이, 그러지 뭐! 고향에 돌아가거들랑 내 친구에게 안부나 전해주소."

번주가 말머리를 돌려 장안으로 향한다. 이각의 조카가 이 광경을 몰래 엿본 후 이각에게 보고를 하니 화가 머리끝까지 치솟는다.

"번주야, 너 말이야, 한수를 사로잡거나 죽일 수도 있었다던데……! 너 한수랑 모반을 꾸미고 살려서 보내준 거지? 그렇지?"

번주가 대답도 하기 전에 번주의 목이 날아간다. 옆자리에 있던 장제가 겁을 먹고 벌벌 떨며 땅에 엎드리니 이각이 호통치며 "번주는 모반을 해서 죽였는데 넌 왜 그렇게 떠냐? 너도 뭐 잘못한 거 있냐? 잘못한 거 없으면 언능 일어나 번주 군사를 너네 군에 편성시키고 다음 채비를 갖춰라."

그런데 어느 날 또다시 때 아닌 황건적이 일어났다는 소문이 여기저기서 들리기 시작한다.

'야, 이거 하루도 편하게 지낼 사이가 없구먼.' 하고 이각이 투덜대니 누군가가 조조를 추천했다.

"지금 이 시간 황건적을 물리칠 사람은 오직 조조밖에 없습니다."

"그 사람이 어디 있는데?"

"동군(東郡) 태수로 있습니다."

활어 추가 구라 _ 영화나 드라마에서도 시나리오가 나오면 그에 맞는 캐스팅 작업이 필요하다. 근데 이때 배우의 등급에 따라서 말하는 분위기가 달라진다.

(1) 이 역할은 오직 너뿐이야.

(2) 너 이 역할 좀 해줄래?

(3) 너 요즘 뭐 하냐?

(1)은 최고의 배우에게 하는 말이다. 정말로 '오직 너'라는 의미다. (2)는 '뭐, 하기 싫으면 말고.'라는 의미다. 너 아니고도 할 사람 많다는 이야기다. (3)은 좀 처량하다. '너 할 거 없으면 이거나 해라.'는 의미다. 말에도 등급이 있다.

황건적을 처리하는 데 오직 조조밖에 없다는
말은 최고의 대우를 받는 배우와도 같다는
의미다. 이각이 명령을 내리니 조조
가 명령을 기다렸다는 듯이 날쌔게
황건적을 추격해 제북(濟北)이라
는 지역까지 몰아치니 겁이 난
녀석들이 서로 항복하겠다고 나
선다.

　　"항복, 항복이랬잖아요."

　　"야, 내가 먼저 항복했어. 너는 뒤
로 서."

　　"이런 신발, 항복은 선착순이 아니
잖아요!!"

　　조조네에서 항복 담당 서류를 작성하
던 놈이 항복한 놈들 숫자 세다가 너무 지쳐 코
피가 한 말이나 쏟아졌다고 한다. 100일도 못 돼 항복한 숫자가
30만이나 되었으니 그 식솔만도(항복 와중에 태어난 갓난아이
포함) 100만 명이 넘었다.

　　조조는 그중에서도 괜찮은 아이들을 뽑아 청주병(靑州兵)이
라 이름 짓고 나머지 애들한테는 "내가 부를 때까지 농사 짓고

기다려라."고 명령한다. 일반 사원들은 이만큼 뽑았으면 됐다 싶어 이제부터는 간부급 사원들을 모집한다.

먼저 순욱(荀彧)과 순욱의 조카 순유(荀攸)가 찾아온다. 순욱이 동군의 정욱(程昱)을 추천하고 정욱은 순욱에게 곽가(郭嘉)를 추천하고 곽가는 유엽(劉曄)을 천거하고 유엽은 만총(滿寵)과 여건(呂虔)을 추천하고 여건이 모개(毛玠)를 천거하더라.

그런가 하면 우금(于禁)이란 자는 군사 수백 명을 데리고 와서 같이 일하게 해달라고 한다.

● 구라 심리학 _ 삼국지를 보면 영웅이라 칭해지는 사람과 한 무리가 되고자 전국에서 많은 사람들이 몰려드는 광경을 자주 목격한다. 이러한 현상은 예나 지금이나, 그리고 중국이나 한국이나 같다. 우리 사회에서도 훌륭한 사람의 주변에는 사람들이 많이 모인다. 물론 정치인들의 경우도 마찬가지다. 이러한 현상은 자신의 노력이 헛되이 되는 것을 원치 않으며 가능성이 있는 일에 힘을 쏟고자 하는 인간의 심리와 관계가 있다. 난세에 태어나 세상을 구하고자 하는 마음을 품은 사나이가 자신의 뜻을 세우는 데 도움이 될 사람을 만나고자 하는 것은 당연한 이치이다. 이러한 심리는 선거제도와도 밀접하게 연관을 맺고 있다.

우리나라 선거제도에서는 선거일 15일 전부터는 여론조사를 발

이력서

특 기	전략짜기		
전 직	원소 밑에서 모사로 일했음.	별 명	문약
출 신	영주 영음현	父	순곤
특이사항	조조가 평가하기를 "자네는 나에게 한고조 유방을 도운 장자방 같은 사람이야"		

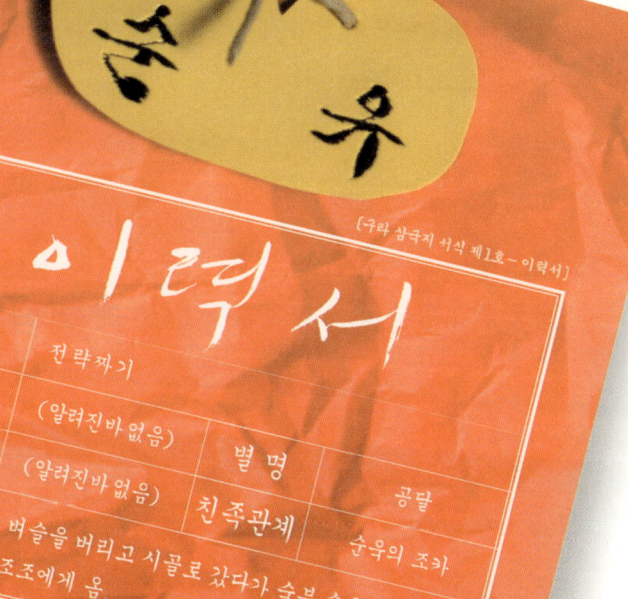

이력서

특 기	전략짜기		
성 질	(알려진바 없음)		
출 신	(알려진바 없음)	별 명	공달
특이사항	(알려진바 없음)	친족관계	순욱의 조카
	벼슬을 버리고 시골로 갔다가 숙부 순욱과 함께 조조에게 옴.		

표하지 못하도록 하고 있으며 출구조사의 결과도 선거 마감 전까지는 발표를 하지 못하도록 법으로 금지하고 있다. 그 이유는 앞서 지적한 바와 같이 사람들은 자신의 노력이 헛되이 되길 원하지 않기 때문이다. 따라서 선거에서 사람들은 당선이 될 것으로 여겨지는 후보자를 밀어준다. 즉, 당선 가능성이 없는 사람을 지지함으로서 자신의 표가 사장되는 것을 원치 않는 것이다. 이처럼 여론조사 결과가 투표에 영향을 미치기 때문에 선거일 15일 전에는 여론조사 결과를 발표할 수 없도록 하는 것이다.

또 하후돈이 전위(典韋)란 자를 추천한다. 전위가 조조 앞에서 80근짜리 양지창을 들고 말 위에 올라 갖가지 개인기를 펼치니 오디션에 당당히 합격한다. 이럴 때 또 자연스러운 이벤트가 연출된다. 마침 진중에 있는 커다란 깃대가 바람에 쓸려 넘어지려고 하는 것을 여러 군사가 달려가 잡아 일으켜 세우려 했으나 끝내 넘어지고 마네. 이걸 보고 있던 전위가 바로 달려가 한손으로 잡아 세우니 깃대가 바로 서버린다. 조조는 기분이 좋아 <u>자기가 입고 있던 비단옷을 벗어준다.</u> 남자들은 '서면' 좋아한다.

<u>잔치국수 추가 구라</u> _ 나도 이런 사람을 봤다. 언젠가 미국에서 한국으로 오기 위해 L.A.공항에 앉아 있었는데, 팬이라고 하면서 반갑게 인사

를 하는 거 아닌가. 그런데 이 아저씨 나에게 뭔가를 주고 싶어하는데 마침 가진 것이 없었던지 갑자기 자기 넥타이를 풀어서 이거라도 가져가라고 막무가내로 주는 거다. 팬의 성의인데 안 받을 수도 없고 그냥 멀뚱히 받고 말았다. 그 아저씨야 나에게 뭔가라도 줘서 마음이 흐뭇했는지 어땠는지 모르겠지만, 갑자기 앉아 있다가 누군가가 매고 있는 넥타이를 손에 받아 쥔 그 묘한 기분을 느낀 나는 어떨까?

조조는 전위를 보고 은나라 때의 장사 악래(惡來) 같다면서 그에게 벼슬을 내려준다. 조조는 사람들을 불러 모으는 한편 이번 기회에 아버지를 모셔 오리라 마음먹고 민란을 피해 숨어 있던 아버지 조숭을 모셔오라고 응소(應邵)를 보낸다. 아들의 소식을 들은 아버지는 작은 아들 조덕(曹德)과 가족 40여 명, 하인들과 함께 100여 대의 수레를 끌고 연주를 향해 떠난다. 조조 부친 일행이 자기 동네를 지나간다는 걸 안 서주자사 도겸(陶謙)이 성 밖까지 나와 그들을 맞아들이고 좋은 음식과 맛있는 고량주를 대접하고 며칠간 먹여주고 재워준다. 조숭 일행이 떠날 때 자기 밑에 있는 장수 장개(張闓)에게 군사들을 붙여주면서 호위를 하도록 배려했다. ― '이번 기회에 조조랑 친해져야지. 내가 이렇게까지 했는데 말이야.' ― (도겸 생각)

조숭 일행이 도겸네 성을 나왔을 때는 여행하기에 좋은 널널한 가을 날씨였는데 갑자기 소낙비가 쏟아지는 거다. 가까운 절이 눈에 띄어 비를 좀 피하려고 하니 중들이 조숭 일행만 안으로 불러 머물게 하고 장개 군사들

함부로 사람 괄시해서는 안 된다. 잘못하면 불로 화답한다.
기사는 나이트클럽에 갔던 영농후계자가 자기를 무시하자 불을 질러버린
사건을 다룬 당시의 신문 기사.

은 바깥 회랑 한구석에 머물게 했다. 차별대우를 당하면 누구나 기분 나쁘고 불평불만을 하게 마련이다.

"절에서 사람 차별해도 되는 거야? 뭐야? 이거, 젠장!"

"이번 기회에 종교를 기독교로 바꾸든지 해야지, 더러워서 참!"

이때 장개의 머리에 전광석화처럼 스쳐가는 생각이 하나 있었다. 아랫것들 중에 친한 몇몇을 불러 은밀히 말한다.

"야, 우리가 원래 황건적이었잖아. 황건적 왜 했냐? 말이야 바른말이지 돈 몇 푼 더 벌어볼까 하고 한 거잖아! 근데 황건적 때도 못 벌었고 지금 도겸이한테 와서도 별로 나아진 게 없잖아. 하지만 지금 돈을 벌 수 있는 기회가 왔단 말이야. 내가 조숭이네 수레를 슬쩍 살펴보니까 금은보화에다가 현찰이 쏠쏠히 실려 있더라니까. 이번 기회에 한 큐 잡아서 산으로 튀어버리자. 어때?"

"옳소!"

"O.K!"

"따봉!"

"장개 장군님, 아자아자, 파이팅!"

장개 일당은 결심이 서자 곧바로 행동에 들어간다.

＊ 개같이 벌으랬다. 돈만 벌어라. 돈 벌어. 돈만 벌어!
　ー 김민기 〈공장의 불빛〉 중에서, 악덕업주 똘마니들의 합창

조숭 일가족을 몰살시킨 장개 일당은 자신들을 괄세했던 중들까지 모조리 죽여버렸다. 그냥 도망가면 뭐 증거 하나라도 남길까봐 절까지 모조리 불태워버리고 도망을 가버렸다.

　　아버지 조숭을 데리러갔던 응소만이 겨우 살아 도망쳐 나와 조조에게 처참했던 일가족 몰살 소식을 전했다.

　　"엉,엉,엉. 꺼이 꺼이 오는 길에 (꺽꺽)…… 비가 와서(꺽꺽) 절에…… (꺽꺽) 도겸의 부하장수 장개가……(꺽꺽) 엉엉엉."

　　이 말을 들은 조조는 그만 그 자리에서 홀라당 까무라쳐버렸다. 한참 후 중국산 우황청심환을 몇 개 먹고 깨어난 조조는 울분을 참지 못하고 "도겸이란 놈은 나의 철천지원수다. 내 아버지의 원수를 죽이지 못하면 하늘 아래 얼굴을 들지 못하리라."

5

도겸 장관 구하기 대작전
– 미축의 매너, 유비의 신의, 태사자의 선행

군사를 모아놓고 제일 먼저 한 일이 아버지 원수를 갚는 일이었으니 이
거는 문제가 있다고 봐야 하는 거 아닌가. 아무튼 조조의 명령에 따라 복수
를 위해 진군했던 조조 군사들은 점령하는 족족 성안의 사람들을 모조리
죽여버린다. 조조의 빽만 믿은 군사들은 잔인하고 무자비하게 변해버렸
다. 어느 날 진궁이 조조에게 면회를 신청한다. 진궁은 지난 날 조조가 동
탁을 죽이려다 탄로 났을 때 살려준 인연이 있었다.

"어쩐 일이시오? 김 양아, 여기 차 한잔 가져와라."

"서주에 오셔서 아버지의 원수를 갚기 위해 백성들을 많이 죽인다기에

한 말씀 드리러 왔습니다. 아버님께서 화를 입으신 건 도겸 때문이 아니고 장개라는 놈 때문입니다. 도겸은 사사로운 일로 의리를 저버릴 사람이 아닙니다."

이런 말에 의지가 꺾일 조조가 아니다.

"공께선 전에 날 버리고 떠나더니 이제 무슨 면목으로 나를 찾아오셨소이까? 도겸을 위하여 온 건 알겠는데 오늘은 그냥 가시오. 내가 기필코 도겸의 생간을 씹어 피맺힌 원한을 풀겠소. 김 양아, 차 안 가져와도 된다. 이야기 다 끝났다."

진궁은 도겸에게 뭐라고 말해야 하나 하고 난감한 표정이 되어 깊은 고민에 빠져든다. 조조의 군사들은 눈에 띄는 대로 사람들을 죽이고 죽은 사람의 묘까지 파헤쳐 부장품들을 챙긴다. 이 소식을 전해들은 도겸은 작전회의를 열고 "아니 내가 도대체 무슨 죄를 지었길래 내 백성들이 이런 수모를 당해야 한단 말인가?"

참모 조표(曹豹)가 "이대로 죽을 수는 없지 않겠습니까? 제가 나서서 힘자라는 데까지 맞서 싸워보겠습니다."

도겸이 조표와 군사들을 이끌고 나가보니 조조 군사들이 가창 오리떼만큼이나 많은 숫자로 쏟아져 들어오기 시작한다.

도겸이 앞으로 나와 일단은 예를 갖추고 "이보게, 나는 당신하고 친해지고 싶어서 당신 아버지께 잘해드렸는데 장개란 놈 때문에……."

조조가 버럭 "아버지를 죽여놓고 뭔 놈의 헛소리냐? 누가 저놈 잡을 놈이 없냐?"

하후돈이 말을 몰아 앞으로 나오니 도겸은 성안으로 말머리를 돌리고 대신 조표가 창을 들고 하후돈과 맞선다. 수합을 겨뤘지만 결판이 나지 않았는데 날씨가 도와준다. 갑자기 광풍이 불더니 모래가 날리고 돌이 날리니 우선 눈이 따가워 더 이상 싸울 수 없게 되어버린다. 하후돈도 물러가고 조표도 물러간다.

그날 밤 도겸은 참모들을 불러 앉히고 중대 결심을 발표한다.

"조조의 군사들이 워낙 많고 잔인무쌍하니 우리가 당해낼 수가 없는 것 같소. 내가 조조 진영으로 홀로 들어가 이 한목숨 바쳐 죄 없는 백성들을

도겸이 조표와 군사들을 이끌고 나가보니 조조 군사들이 가창 오리떼만큼이나 많은 숫자로 쏟아져 들어오기 시작한다.

구하려 하오."(우리에게도 이런 지도자를 달라! 달라! 달라!)

누군가 불쑥 나타나 "안 됩니다. 지금까지 서주를 잘 다스려온 사람은 자사님밖에 없습니다. 백성들이 얼마나 자사님을 좋아하는지 아십니까? 지금 조조의 군사가 아무리 많아도 성이 워낙 튼튼하게 지어져 있어서 쉽게 성안으로 들어오지는 못할 겁니다."

"그럼 어떡하면 좋겠소?"

"조조를 이길 아이디어가 있습니다."

이 위급한 상황에서 자신만만하게 아이디어를 발표한 자는 누구인가? 바로 미축(麋竺)이다.

미축, 그에게는 히치하이킹에 대한 추억이 하나 있다. 부호의 집안에서 태어난 미축은 장사를 했다. 그가 어느 날 수레를 몰고 가던 중, 길거리에서 엄청 예쁘게 생긴 귀부인을 만나게 됐다. 그 귀부인 왈, "다리가 너무 아픈데 그 수레에 좀 태워주시면 안 될까요?"

지금으로 치면 일종의 히치하이킹을 시도한 것이다. 거절하기가 좀 그래서 태워주기는 했지만 미축은 그녀의 짧은 스커트 아래로 보이는 다리를 힐끗거리지는 않았다. 내릴 때가 다 되자 그녀가 사실을 고백했다.

"나는 사실 옥황상제의 뜻을 받들어 니네 집 불 태우러 가는 길이었거든. 네가 하도 예의가 깍듯해서 내가 이 사실을 털어놓는 건데, 일단 집에 가면 니네 집의 금은보화부터 다른 곳으로 옮겨놔. 나는 밤에 니네 집에 들이닥칠게."

역시나 밤에 미축의 집은 불에 타고 말았다. 그 후 미축이 집에 있던 금은보화로 불쌍한 사람들을 도와줬다는 '전설의 고향'과 같은 이야기다. 미축은 이 일로 도겸에게 별가종사(別駕從事)의 직함을 받았다. 말 한마디가 천냥 빚을 갚는다고 하지만 그에 못지않게 바른 태도와 매너가 또 한 사람에게는 큰 감동을 준다는 교훈이다.

공깃밥 추가 구라 _ 지금부터 약 37년 전쯤의 이야기다. 당시에 다른 학교에 다니다가 서라벌고등학교로 전학을 갔다. 그때가 고3 초반이었는데 들어가고 싶어하던 연극부에 들어갈 수 있었다. 아해들과 친해지고 싶었으니 매일 학교가 끝나면 몰려다닐 것은 뻔한 일. 하지만 다른 연극부 친구들은 고1 때부터 연극부 생활을 했고 어떤 친구는 중1 때부터 연극부였으니 친할 만큼 친한 사이였다. 고작 고3 때 전학 간 나로서는 그리 썩 친한 편은 아니었다. 초등학교부터 중학교까지 같이 다닌 김병상이란 친구가 연극부에 있어서 그나마 다행이었다. 연극부 친구 중에 기노춘이란 자취하는 친구가 있었는데, 하루는 시골에 계신 부모님이 쌀을 보내주셨다고 해서 서울역으로 쌀을 받으러 갔다. 밀가루 포대에 쌀이 가득 담겨져 있는데 내가 보기엔 어깨에 짊어지면 될 것 같은데 둘이 양쪽 귀퉁이를 들고 쩔쩔매며 걸어가는 거다. "야, 그거 내가 들게." 하고 쌀 포대를 어깨에 짊어졌다. 별로 무게가 안 나가는 거 같았다. 서울역에서 염천교 쪽으로 쌀을 메고 버스정류장으로 길을 건너왔다. 겨울이었는데 날씨도 추울 뿐더러 전날 눈이 내린 후 녹아버려 땅바닥이 온통 시커먼 진창이었다. 버스가 올 때까지 기다리는 동안 나는 어깨의 포대를 잠시 내려놓을 생각을 했다. 힘들게 계속 들고 있을 필요가 뭐 있겠어?! 그런데 쌀을 내려놓는 순간!! 갑자기 '퍽—!' 하는 소리가 나더니 포대가 찢어지면서 쌀이 그 시커먼 진창으로 반 이상이 줄줄줄 흘러내리는 거다. 아이고! 미치겠네! 쌀이 귀하던 시절에 노춘이가 석 달 먹을 쌀인데 쌀이 땅바닥에 쏟아졌으니 녀석의 얼굴은 벌개지고 지나가는 사람들은 쳐다보고, 친구들한테는 민망하고, 정말 사람 돌아버리겠더라. 친구들이 달려들어 그 진창에 섞인 쌀을 손으로 쓸어올리고, 누군가는 윗도리를 벗어서 거기에 담아 가까스로 집까지 옮기기는 했다. 노춘이는 그 쌀을 몇 번이고 씻어서 밥을 해먹었다고 했다. 친해보려고 했던 일인데…… 그게 어떻게 일이 그렇게 되냔 말이야!! 그래서 나는 도겸이의 심정을 이해한다. 도겸이는 친해보려다가 화를 당한 거다. 나는 욕만 먹었을 뿐이지만 백성들이 죽어나가는 화를 당한 도겸이의 심정은 어땠을까. 지금도 동창회에 나갈 때마다 그 쌀 이야기는 옛 시절을 떠올리는 레퍼토리가 되었다.

도겸이 지푸라기라도 잡고 싶은 심정으로 미축의 아이디어를 들어본다.

"북해에 있는 내 친구 공융(孔融)하고 청주에 있는 전해(田楷)에게 원병을 청하겠습니다. 북해하고 청주 두 곳에서 원병이 온다면 조조가 물러날 것입니다."

도겸이야 선택의 여지가 없다. 도겸은 진등(陳登)을 청주의 전해에게 보내고 북해의 공융에게는 미축을 보낸다. 자기는 직접 군사들을 이끌고 나가 조조 군의 공격에 대비를 한다.

여기서 공융에 대한 이야기 잠깐 하고 넘어간다. 공융은 어릴 때부터 총명해서 하나를 들으면 열을 알고 밀가루를 주면 호떡을 만들 정도로 똑똑했다. 열 살 때 낙양의 시장 격인 이응(李膺)을 찾아갔다. 이응이 공융과 몇 마디 나눠보니 이놈 이거 보통 똑똑한 놈이 아닌 거다. 마침 진위(陳煒)라는 자가 그 자리에 있었는데 이응이 '이놈이 매우 똑똑하네요.' 하고 소개를 한다. 진위가 "어려서 총명하다고 어른이 되어 반드시 큰

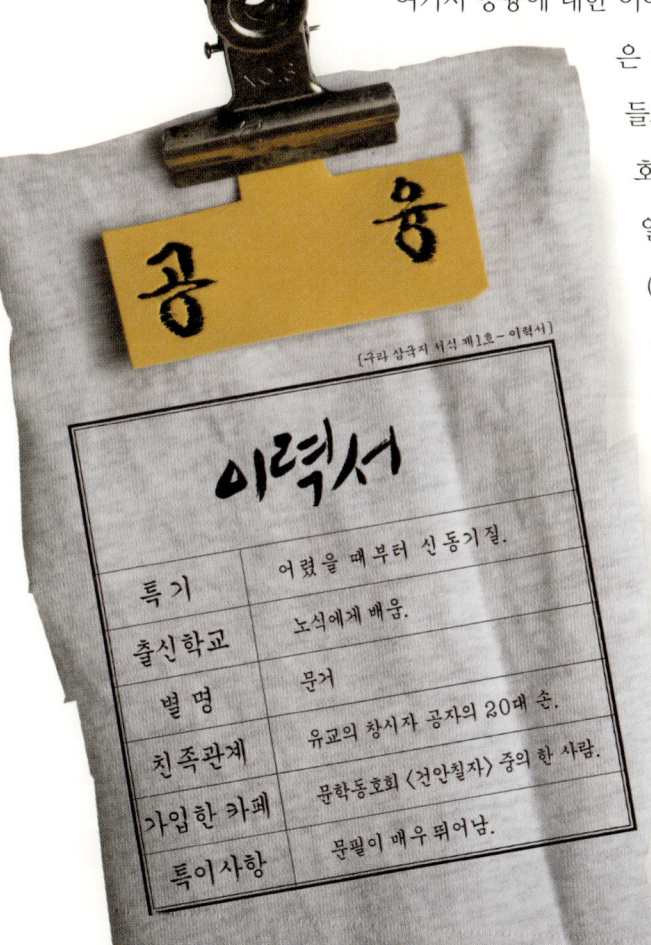

공융

[우리 삼국지 서식 제1호 - 이력서]

이력서

특기	어렸을 때부터 신동기질.
출신학교	노식에게 배움.
별명	문거
친족관계	유교의 창시자 공자의 20대 손.
가입한 카페	문학동호회 〈건안칠자〉 중의 한 사람.
특이사항	문필이 매우 뛰어남.

그릇이 되는 게 아니던데요."라고 하자 공융이 눈 한번 깜짝 안 하고 바로 맞받아친다.

"그럼 어르신께서 어렸을 때는 매우 총명하셨군요."

진위가 짐짓 껄껄대며 "너, 어른이 되면 큰 그릇이 되겠구나."

소년이 자라 북해 태수가 되자 늘 입버릇처럼 "내가 있는 곳에 나를 찾아오는 손님들이 늘 넘쳐나고 술독에는 술이 철철 넘치게 하는 것이 내 소원이다."라고 하니 그의 말처럼 늘 손님들이 끊이지 않았다. 북해 태수 6년 동안 그 집에서 밥 안 얻어먹고 술 한잔 안 얻어먹은 백성이 없었다고 할 정도였다.

그날도 간단하게 반주 한잔 걸치고 있는데 서주에서 미축이 왔다고 누군가가 전하니 "여기까지 어인 일이십니까?"

"다름이 아니오라 조조가 쳐들어와서 도움을 받을까 해서요."

공융이 "그래요? 도겸이랑은 조상 때부터 친교가 있었소이다. 근데 문제는 내가 조조랑 맺은 게 없으니 일의 순서를 정해봅시다. 자, 일단 한잔 받아요. (캬—!!) 그럼 일단 조조에게 편지를 써서 화해를 청해봅시다. 그래도 안 되면 군사를 일으키시죠."

미축이 "조조가 자기 군사력만 믿고 말을 듣지 않을 것 같은데요."

공융은 한편으로는 군사를 재정리하라고 이르고 차분하게 앉아 조조에게 편지를 쓰려다 '첫 문장을 어떻게 쓴다지?' 하고 잠시 생각을 할 즈음이었다. 관해(管亥)란 놈이 황건적 잔당 수만 명을 거느리고 쳐들어온다는 놀라운 소식이 전해진다. 술이 번쩍 깬다.

공융이 군사들과 나가보니 관해가 뻔뻔하게 "여기가 양곡이 풍부하다는 소문을 듣고 왔는데 우리에게 쌀 좀 빌려주시오. 그냥 달라는 게 아니고 빌려달라는 거야. 안 빌려주면 알지?"

공융이 "나는 한나라 대신으로서 한나라 땅을 지키고 있다. 못 빌려준다. 빌려주면 니가 언제 갚어!"

'빌려달라 — 못 빌려준다.' 하는 통에 이제 뭔 말이 더 필요한가. 관해가 칼을 높이 쳐들고 공융에게 달려든다. 공윤 옆에 서 있던 종보(宗寶)가 창을 들고 싸우러 나가니 관해의 칼에 종보의 머리가 바로 떨어진다. 겁을 먹은 공융의 병사들이 할 일이라곤 잽싸게 도망가는 일밖에는 없다. 미축이 분위기를 파악해보니 보통 난감한 일이 아니다. 구원병을 청하러 왔다가 이 무슨 날벼락이란 말인가. 다 때려치우고 그냥 돌아가고 싶어도 밖에는 관해가 사방을 포위하고 있어 오도 가도 못하는 상황이다. 공융과 미축이 성 위에 올라가서 조심스레 고개를 내밀고 저쪽 상황을 살펴보니 평야며 언덕이 노란 물결로 뒤덮여 있는데 이게 장난이 아닌 숫자다. 근데 저쪽에서부터 바람을 가르듯, 노란 물결을 가르며 모래바람을 일으키며 달려오는 게 있다.

"앗, 저게 뭐지?"

그런데 그 모래바람 옆으로는 황건적 놈들이 마치 세찬 바람에 잎새가 휘날리듯 이리저리 휘날리며 쓰러지는 것이다. 어느덧 그 바람의 주인공이 성 앞에 당도하더라.

"이리 오너라, 어서 성문 좀 열
거라."

공융과 미축이 '어떤 놈인데 갑
자기 나타나 문을 열라는 거야?'
하며 망설이고 있던 차에 또다시 그 바람의 주인이 뒤에서 돌격해
오는 황건적 놈들을 뎅겅뎅겅 쓰러뜨린다. 이것을 본 공융과 미축은 '최소
한 황건적 놈들의 편은 아니구나.' 하고 문을 열어줬다.

낯선 사내가 들어오더니 바로 명함을 내민다.

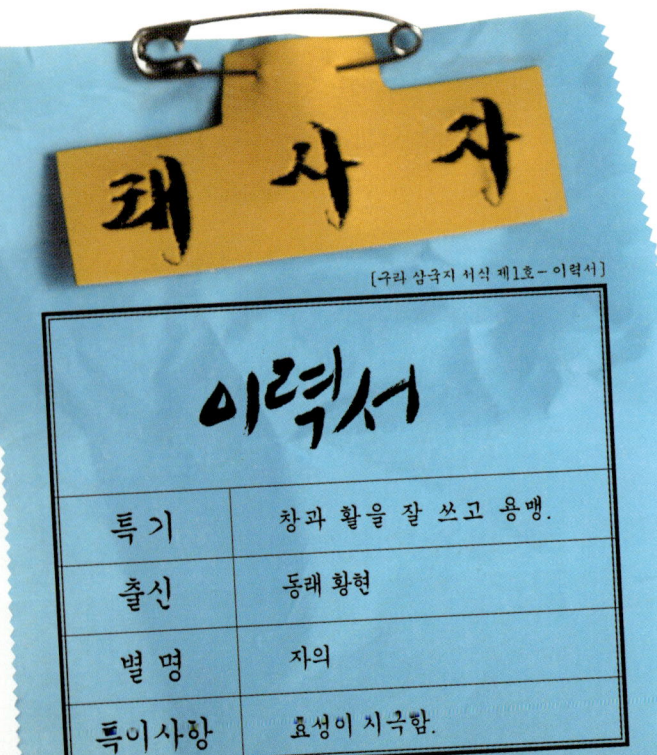

[구라 삼국지 서식 제1호 - 이력서]

이력서

특기	창과 활을 잘 쓰고 용맹.
출신	동래 황현
별명	자의
특이사항	효성이 지극함.

명함을 받아든 공융.
"음……(누구지?)
음……. 아, 아! 아, 그
대가 바로 태사자!"

공융은 한때 태사
자가 용맹하고 의
리가 있다는 소문
을 듣고 태사자가
멀리 나가 있을 때
그 노모에게
철따라 쌀과
옷가지를 좀

챙겨준 적이 있었다. 태사자가 모처럼 집에 돌아와서 밥을 먹고 있는데, 노모가 "얘야, 지금 황건적이 쳐들어왔는데, 네가 가서 공융 어르신을 좀 도와드리지 않으련?"

이 말을 들은 태사자가 밥숟가락 놓기 무섭게 바쁘게 달려온 거다.

떡갈비 추가 구라 _ 지금 혹시 연애를 하고 있다면 기념일 날 여자 친구에게 선물하는 것은 물론이겠지만, 여기에서 한술 더 떠서 여자 친구의 엄마에게 선물하는 걸 잊지 마라. 이것이야말로 그대의 연애를 성공시키는 아주 중요한 키뽀인트이다.

● 구라 심리학 _ 타인에 대한 평가는 여러 가지 요인에 의해 영향을 받는데 그중 하나가 주변 사람으로부터 얻게 되는 정보이다. 이때 주변 사람이 자신의 이익보다는 나의 이익을 위해 정보를 준다는 확신이 강할수록 주변 사람이 주는 정보의 영향력은 더 강해진다. 그러니 다른 사람도 아니고 나의 어머니가 주는 정보라면 그 신뢰도는 상당히 높아질 것이다. 당연히 자식인 나를 위해서 엄선된 정보만을 줄 것이라고 생각하기 때문이다.(물론 당연한 일일 것이다.) 또 한 가지, 일반적으로 사람을 보는 눈은 경험이 많을수록 더욱 정확해진다고 생각하기 때문에 경험이 많은 어머니가 주는 정보에 대한 신뢰도가 더욱 높아지는 것이다.

태사자가 바로 "제게 군사 좀 주시면 저것들을 물리치겠습니다."

"아냐, 저것들이 보기보담 쎄거든……."

"제가 지금 나가 싸우지 않으면 어머니 뵐 면목이 없어집니다."

"직접 나가 싸우지 않더라도 나를 도울 방법이 있네."

"뭡니까? 그게."

"내가 듣기로 유현덕이란 사람이 당대의 영웅이라는데 지금의 위급한 사정을 잘 말씀드리면 우리가 도움을 받을 수 있을 텐데…… 문제는 거기까지 갈 사람이 없네."

"제가 갔다 오겠습니다. 소개장이나 써주세요."

태사자가 든든하게 점심을 먹고 성 밖으로 말을 타고 달려 나가니 황건적 아랫것들이 또다시 파리떼처럼 몰려든다. 허나 태사자가 창을 몇 번 휘두르니 황건적 여러 명의 모가지가 파리 날아가듯, 획— 하고 날아가버린다.

태사자는 저녁도 굶은 채 열심히 말을 달려 평원에 도착, 곧바로 유현덕을 만난다. 일단 공융이 써준 편지부터 내밀었다. 이를 다 읽은 유현덕이 "근데, 댁은 누구슈?"

"아, 죄송합니다. 제 인사가 늦었네요. (태사자, 명함을 건넨다.) 저는 동해에 사는 사람인데 공융 태수하고는 피를 나눈 사이도 아니고 고향이 같은 것도 아닙니다. 그저 서로가 어려울 때면 발 벗고 도와주는 사이라고나 할까요? 지금 공융의 북해성은 관해라는 황건적 놈 때문에 바람 앞에 촛불입니다. 공융 태수께서 유현덕 선생님이 아니면 살 길이 없다고 말씀하시길래 죽음을 무릅쓰고 포위망을 뚫고 나와 사도께 구원을 요청하는 바입니다. 저녁밥도 안 먹고 달려왔습니다.”

유비는 기분이 좋아졌다. "북해의 공융이 이 유현덕을 다 알다니!!"

허브 보쌈 추가 구라 _ 유비 아니라 당신이라도 누군가가 당신을 알아주면 기분이 좋아질 것이다. 나는 가끔씩 개그맨 후배들에게 아무도 없을 때를 노려 슬쩍 한마디씩 건넨다.

“너는 언젠가 될 거야!!”

뭐 별로 돈 드는 것도 아닌 데다가 바로 이런 것이 선배가 해야 할 일이 아닌가 싶어서이다. 때로 어떤 선배는 대놓고 사람들이 많은 데서 이야기하기도 한다.

유비는 관우, 장비와 상의를 한 후 3,000여 명의 군사를 거느리고 북해를 향해 말을 달린다. 이 3,000명 중에는 주방장도 있었을 테고, 말안장이 낡으면 그것만 전문적으로 꿰매는 놈, 갑옷이 낡으면 그것만 수리하는 갑옷 전문 수리병도 있었겠지?!

황건적 우두머리 관해가 저 멀리서 보니 웬 놈들이 달려오기는 하는데, 그 숫자가 너무 적은 거다.

“야, 구원병을 데리러 간 놈들이 겨우 저 정도밖에 못 데리고 오냐?”

관해가 유비를 깔보고 말을 몰아 그들 앞에 나타나니 태사자가 그를 상대하려고 말고삐를 잡은 손에 힘을 주는 순간! 관운장이 새치기를 하여 관해랑 붙는다.

양쪽 방청석에선 '하늘아, 무너져 내려라! 산아, 쪼개져버려라!' 하며 함성을 질러대는데, 짜장면 한 그릇 후딱 해치우는 시간도 안 돼서 관해의 머리가 말 아래로 떨어진다. 타이밍을 맞춰 태사자와 장비, 유현덕이 달려 나와 창과 칼을 휘두르니 한 놈 두 놈 목이 떨어져 나가는데 저승사자가 그 놈들 목을 뒷수습하기도 바쁘다. 공윤이 보아하니 **양떼 속에 한 마리 호랑이가 나타난 것 같다.** 사기백배하여 "야, 우리도 나가자!"

군사들이 떼를 지어 달려가니 여기에 겁먹고 바로 항복하는 놈, 도망가다 어쩔 수 없이 항복하는 놈, 넘어진 김에 죽은 체하는 놈, 죽은 체하는 놈을 밟고 지나가는 놈, 엎어져서 고향 생각하는 놈…… 사기가 떨어진 군사들은 뿔뿔이 흩어지고 달아나버린다.

양고기 추가 구라 _ 호주에 가서 '양떼쇼'라는 것을 본 적이 있었다. 양떼쇼라는 게 별게 아니고 개 한 마리가 뛰어다니면서 양 수백 마리를 우리 안으로 몰아 넣는 거다. 양들의 표정을 특히 관심 있게 봤는데 나이가 몇 살인지는 모르겠지만 아주 겁을 잔뜩 먹은 아기들의 얼굴이었다. 불쌍하고 측은하다는 생각이 들었다. 그 수백 마리 양떼가 개 한 마리 당하지 못해 떼거리로 몰려다니는구나! 유비 삼 형제와 태사자의 모습이 바로 그랬다.

공융이 유현덕 일행을 성안으로 맞아들이니 주방장들의 손길이 바빠진다.
"네, 곧 나갑니다!!"
상머리에서 미축도 함께 인사를 나눈다. 비록 관해의 무리들을 이겨냈지만 미축의 입장에서는 지금 그게 중요한 게 아니다. 미축이 다시 화제를 조조네로 돌린다.

(1) 장개가 조조의 아버지를 죽였다.
(2) 조조는 이에 분기탱천해서 '복수혈전'을 할 생각에 서주를 포위하고 백성들에게 악행을 저지르고 있다.
(3) 내가 사실 이곳에 온 것은 원병을 청하러 온 것이니 꼭 좀 도와달라.

미축이 요점만 들어 콕콕 찍어 설명을 하니 "도겸 공은 어진 사람인데 누명을 쓰셨군요!"
"그럼요, 누명이구 말구요."
헌데 유비에게는 약간 걸리는 것이 있다.
"문제는 아직 군사들의 숫자가 적어서……."
미축이 말을 가로막고 "제가 도겸을 도운 건 사사로운 일 때문이 아니고 대의를 위해서였지요."

백김치 추가 구라 _ 대의(大義)를 위한다는 말은 참 대의(大意)하다. 어떤 정치인이고 대의(大義)를 말하지 않는 자가 없다. 또 많은 사람들도 자신의 행동을 대의(大義)라는 것으로 포장하기도 한다. 하지만 그 대의(大義)란 것이 또 보는 관점에 따라 모두 다르다. 그러니까 대의(大意)하다는 것이다. 어쨌거나 대의(大義)라는 말에는 큰 위력이 있는 것이 사실이다.

유비가 "정 그러시다면 문거(文擧)로 가세요. 저는 공손찬에게 들러서 사정을 이야기하고 군사 4~5,000을 빌려 뒤를 따르겠습니다."

공융이 가재미 눈을 하고 "신의를 지키셔야 합니다."

유비, 은근히 열받아 "거참, 말을 섭섭하게 하시네요."

"아이고, 죄송합니다."

공부하려고 마음먹고 찬물로 세수하고 있는데 엄마가 "넌 왜 공부는 안 하고 세수는 하고 난리야?"라고 말하면 듣는 세수하는 놈이 열이 받겠냐, 안 받겠냐.

유비가 "나 유비는 신의 하나로 지금까지 밥 비벼 먹고 살아왔소! 군대를 얻든 못 얻든 반드시 내가 갈 것이오."

공융은 겸연쩍은 듯 뒷머리를 긁으며 사과하고, 미축은 유비의 말을 믿고 서주로 떠나고 공융 자신도 서주로 떠날 준비를 한다. 공융이 말안장의 먼지를 털면서 마지막 떠날 준비를 하는데 태사자가 슬며시 다가와 "저는 이만 물러나겠습니다. 어머님의 말을 듣고 이렇게 왔는데 이제 근심거리가 덜어진 것 같습니다. 또 마침 고향 사람 양주자사 유요가 저를 오라고 하는 편지가 와 있어서 이만 가봐야겠습니다. 다시 뵙지요."

공윤이 고마워하며 금은보화와 용돈을 좀 주려 했으나 끝까지 받지 않고 거절하고 돌아갔다.

해물볶음 추가 구라 _ 나도 살다보니 여기저기서 행사의 사회를 봐달라고 한다. 때로는 행사의 취지 그 자체가 좋아서 사회를 봐주기도 했다. 나는 별로 돈 생각을 하지 않고 봐줬지만 주최측은 그냥 보내기 민망해서 그런지 돈을 주는 적이 있었다. 나도 태사자처럼 끝까지 거절한 적이 많았다. 근데 요즘 와서는 생각이 달라졌다. 이제는 '주면 받자.'는 쪽으로 돌아섰다. 안 받은 것만이 자랑이 아니고 예정에 없이 이런 돈이 생기면 준 사람과 받은 사람, 그러니까 그 사람의 이름과 내 이름으로 불우이웃 돕기 성금을 공동으로 내자는 거다.

태사자가 돌아오자 어머니는 "네가 북해 태수를 도와 큰 공을 세웠다니 이 애미는 마음이 무척이나 기쁘구나."

"네, 어머니."

봐라, 이럴 때 공짜로 생긴 돈 받아 와서 동네 사람들 잔치라도 한번 베풀어주면 엄마는 얼마나 좋았겠니, 태사자야!

유비가 공손찬을 찾아가 저간의 사정을 이야기하면서 군사 좀 꿔달라고 이야기를 하니 공손찬이 의아해하며 "조조는 당신하고 원한도 없는데 왜 남의 싸움에 뛰어드는가?"

"약속을 했으니 지켜야지요."

"음……그러면 내가 당신 봐서 군사를 빌려줄 테니……."

"근데요, 기왕 빌려주는 거 조자룡도 좀 빌려주세요."

"그러지 뭐! 자룡아, 어디 있냐?"

유현덕이 원래 있던 자기 군사 3,000명을 이끌고, 조자룡과 공손찬에게서 빌린 군사 2,000명의 맨 앞에서 서주로 향한다. 궁금증! 그때도 군사들의 숫자를 셀 때 '앉은 번호'로 셌을까?

급하게 말을 달려 도겸에게 당도한 미축도 저간의 사정을 상세히 알린다.

"북해 태수 공융도 지금 오고 있구요, 유현덕도 공손찬한테 군사를 빌렸답니다."

청주로 원병을 청하러 갔던 진등도 돌아와서 "청주자사 전해가 구원병을 보냈답니다."

도겸은 마음이 한결 놓인다. 공융과 전해는 각기 서로 다른 길로 서주를 향해 왔다. 조조의 군사가 워낙에 많고 쎄다는 소문을 들었으므로 정면으로 붙기는 어렵다 판단, 멀리 산을 돌아 진을 쳤다. 유현덕도 공융에게 당도했다. 조조 쪽에서도 전운을 감지하고 사태의 추이를 예의주시하고 있었다.

공융이 유현덕에게 "조조 군사는 지금 사기가 높을 뿐더러 조조라는 놈 자체가 전략에 뛰어나기 때문에 잘 관찰한 후에 싸우는 게 좋을 것 같은 데요."

유현덕은 "고맙습니다. 참고하겠습니다. 일단 군대는 군량미가 없으면 싸울 수가 없으니까 관운장과 조자룡에게 시켜 4,000명의 군사를 공의 휘하에 두어 공을 돕도록 하고 나는 장비하고 같이 조조진을 뚫고 성안으로 들어가 도겸을 만나겠습니다."

"알겠습니다. 나머진 제가 알아서 하겠습니다."

유현덕이 비장한 마음으로 장비와 함께 출격 태세를 갖춘 후 돌풍처럼 몰아쳐 간다. 조조라고 가만히 있을 리 있나. 북소리가 요란하게 울리며 기마병과 보병들이 물밀 듯이 쏟아져 나온다.

＊ 북소리는 심장의 고동소리와 가장 닮았다. 그러므로 북을 두드리면 생명이 약동한다. 어째서 인간들이 전쟁터에서 북을 울렸는지 생각해봐라. – 이어령

우금이란 놈이 장비를 막아보려 했지만 장비의 상대가 안 된다. 유현덕도 쌍고검을 들고 닥치는 대로 찌르고 걸리는 대로 죽인다. 서주 성문 앞까지 밀고 들어가니 도겸이 성문을 열어준다. 성 위에서 장비랑 유현덕이 싸우는 거 보면 마치 스타크래프트 중계 보는 기분일 거야. 도겸이 반갑게 맞아들여 잔치를 열어주는 중에 미축에게 '준비한 걸 가져와라.'고 이른다.

미축이 서주지역의 관인을 가져온다. 그러니까 자신을 대신해서 아예 벼슬을 맡아 서주를 다스려달라는 이야기다.

유비가 깜짝 놀라

퀵서비스 회사 이름을 만들어보았다(상호등록 안 했음).

"아니, 이걸 왜 나를 주시려고 합니까?"

도겸이 "공께서는 왕실의 종친이시고 사직을 구할 능력도 있는 분입니

죽은 동탁의 뿌리 혹박테
리아 같은 놈들이 다시
장안에서 세력을 잡아보겠고
수작들을 부리고 있습니다.
허니 조정을 먼저 생각하시고
서주의 군사들을 거둔어
천하의 일을 먼저 생각하시고
사적인 원수는 나중에 갚으면
어떨까요.

유비 쓰고
김 관 형 代筆하다.

다. 저는 나이가 들어 이제 힘이 없으니 서주를 맡아주십시오. 제가 조정에 알리겠습니다."

"아이구, 제가 평원상이 된 것도 과분한 일인데……. 벼슬 같은 걸 받으려고 여길 온 건 아닙니다."

실랑이가 이어진다. "받아라 ― 마라 ― 안 돼 ― 무슨 소립니까 ― 그냥 받으세요 ― 술이라면 한 잔 받겠습니다."

미축이 상황을 조정한다.

"자, 자, 일단 성 밖에 조조가 있으니까 저놈들부터 물리치고 이 이야기는 나중에 하지요."

유현덕이 "우선 조조에게 편지를 보내 화해를 한번 유도해보지요. 그래

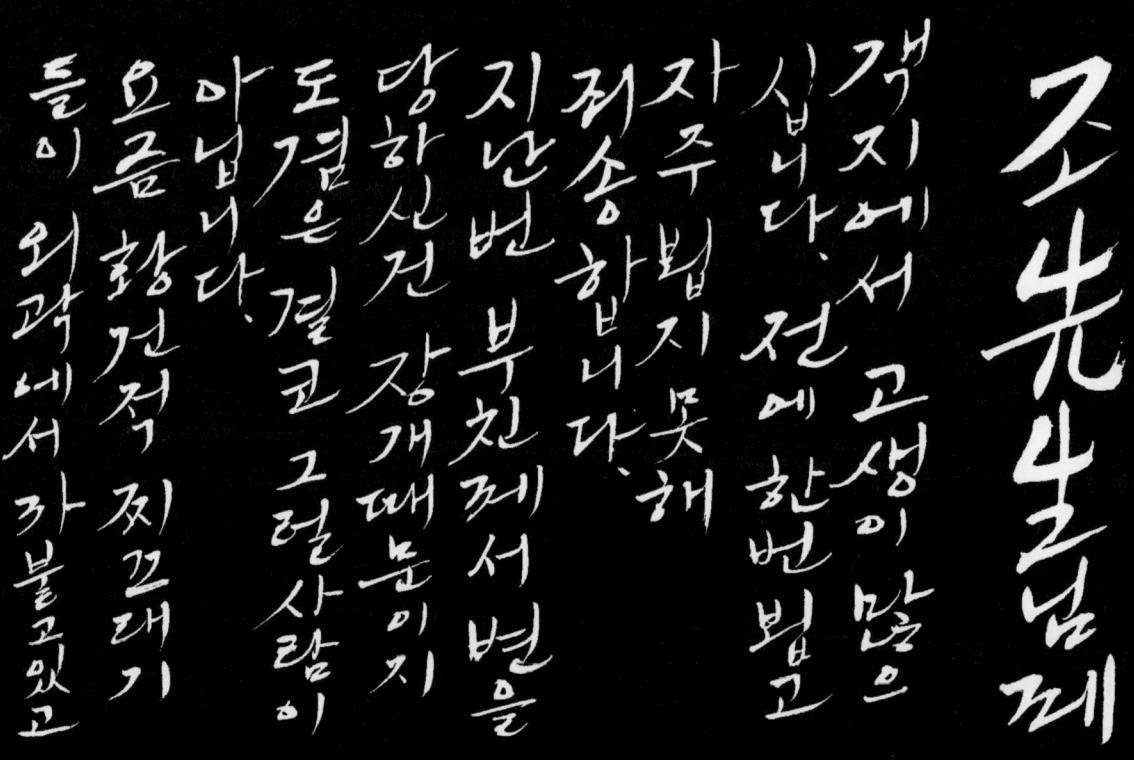

도 안 되면 그때 쳐부수지요. 에, 또…… 편지 서두를 무슨 말로 시작해야 하나?"

편지를 받아든 조조.

"유비 이거 아주 건방진 놈이네!"

편지를 발기발기 찢어버린다 (발기?)

"이거 가지고 온 놈 누구냐? 오토바이도 뺏고 당장 목을 베어버려라. 그리고 서주 공격대형으로 집합!"

곽가가 나선다.

"유현덕이 편지를 보낸 걸 보면 지금 당장 군사를 일으키지 않겠다는 거 같네요. 먼저 좋은 말로 답장을 보내시고 그들이 안심할 때 공격하면 반드시 성공할 것 같은데요."

조조가 "그렇다면 편지 첫 문장을 뭘로 쓰지? 너도 객지에서 고생이 많구나. 밥은 먹고 댕기냐? 이렇게 써?"

편지 문안 초안을 잡고 있는데 갑자기 얼라 하나가 뛰어들어와 "큰일 났습니다."

"뭐가 큰일이냐?"

"여포가 연주를 치고 복양으로 진격 중이라고 합니다."

이 와중에 갑자기 웬 여포가 등장하는가. 그럼 그간에 벌어졌던 여포의 행적을 추적해보자.

(1) 여포는 이각과 곽사의 난을 피해 원술에게 갔으나 빼찌당함.

(2) 다시 원소에게 가니 받아들여줌. 상산땅에서 장연(張燕)을 함께 격파하니 여포의 어깨에 힘이 들어가 건방을 떨기 시작함.

(3) 원소가 이런 자기의 건방을 싫어한다는 것을 눈치 까고 장양(張楊) 밑으로 피신.

(4) 여포의 친구 방서(龐舒)라는 놈이 여포의 소실인 초선이를 숨겨준 것이 들통이 나서 이각과 곽사에게 걸려 죽게 됨. (군대 간 친구의 애인을 가로채는 놈들도 있던데!)

(5) 이각과 곽사가 장양에게 편지를 띄워 여포를 죽이라고 충동질을 하니 여포는 다시 장막에게로 피신해 들어감.

(6) 여포, 완전히 동네 축구공 됨.

(7) 장막의 아우 장초(그럼 장초의 동생 이름은 꽁초인가? 하하. 썰렁한 농담 다시는 안 할 자신 없음.)가 진궁을 데려와 형인 장막에게 소개함. 진궁이 장막에게 "지금 말이죠, 천하가 어지러워요. 서로 천하를 자기 손에 넣겠다고 별것들이 다 설쳐댑니다. 당신이 이각, 곽사의 컨트롤을 받고 있는 건 말도 안 돼요. 지금 조조가 군사들을 이끌고 서주로 갔으니까 연주는 텅텅 비어 있거든요. 이게 바로 대박 기회 아닙니까? 쌈 잘하는 여포가 옆에 있을 때 연주를 먹어버리면 천하를 손아귀에 넣을 수 있지 않겠습니~~~까?"

상황은 이렇게 된 거다. 그리하여 여포는 장막에게서 군사를 받아 연주

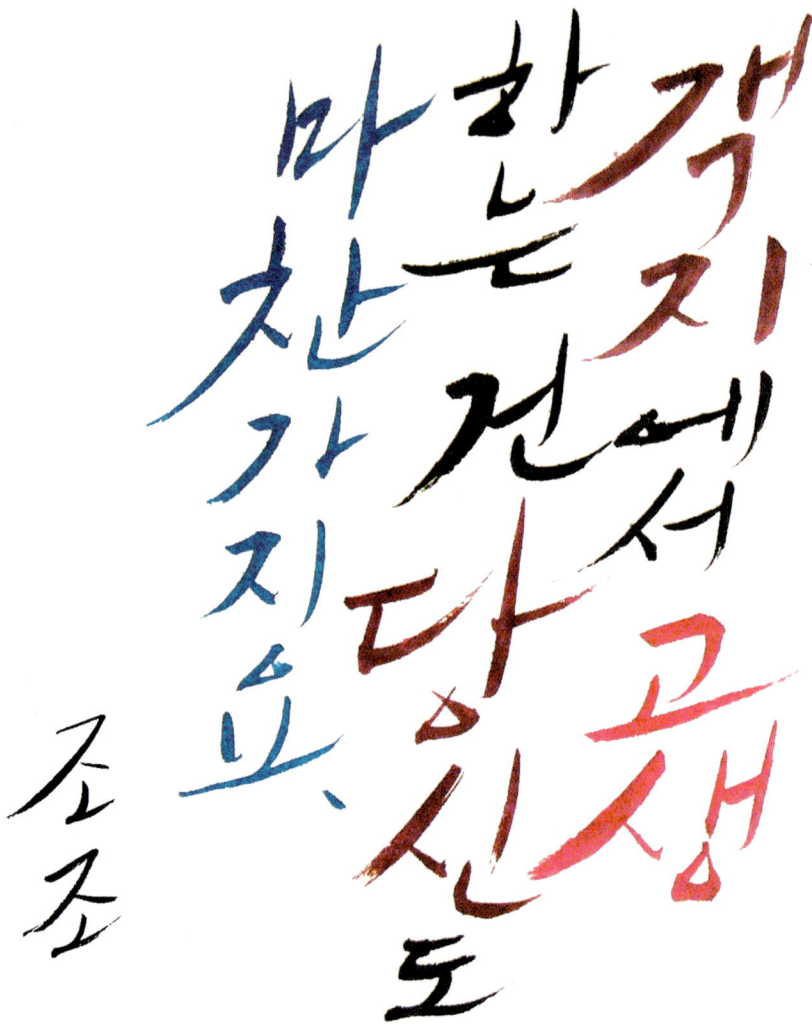

객지에서 고생 한 건 당신도 마찬가지요,

조조

를 공격하고 복양까지 치고 올라오고 있는 중이었다. 조조는 당황해서 "젠
장, 연주가 먹히면 내가 돌아갈 데가 없어지잖아??!! 얘들아 언능 가자!"

누군가가 "가실 때 그냥 가지 마시고 유현덕의 말을 들어주는 것처럼 하
고 연주로 가셔야지요. 그래야 유비랑 원수 질 일은 없는 거지요."

"야, 아까 그 퀵서비스맨 아직 안 죽였지? 오토바이 새 걸로 하나 사줘
라! 우리도 빨리 연주로 가자. 야야, 편지 갖고 가야지."

새 오토바이를 얻어 탄 퀵서비스맨이 조조의 편지를 전한다.

6

강한 者가 제일 두려워 하는 것은?

– 조조와 여포의 잔머리 싸움

조조가 물러나니 자연스럽게 잔치가 벌어진다. 몇 순배 돌아가자 도겸이 다시 "나는 이미 늙고 병들어서 일선에서 물러나야 할 것 같습니다. 아들들이 있지만 아직은 그릇이 되지 못합니다. 한 황실의 후예이신 유현덕께서 서주를 맡아주시오. 저는 슬슬 쉬면서 병이나 고쳤으면 합니다. 지금은 한나라 황실이 무너지고 천하가 흔들리고 있습니다. 이곳을 발판 삼아서 사나이로 태어난 큰 뜻을 세우십시오. 서주는 인구도 100만이나 되고 땅이 기름져서 무엇 하나 부족한 게 없는 곳입니다."

여기서 잠깐, 서주의 인구가 100만이라고 했다. 한국으로 치면 어느 정도의 도시가 서주의 규모일까. 바로 울산이다. 2004년 12월 31일을 기준으로 울산의 인구는 108만 7,958명이다. 그러니까 유비는 현재 울산시장 정도의 역할을 맡아달라는 권유를 받고 있는 중이다.

옆에 있던 진등이 "몸이 아프다지 않습니까. 공께서 여기를 맡아주십시오."

관운장이 "도공의 뜻이 간곡하니 형님께서 잠시 맡으시지요."

장비도 "강요한 것도 아니고 호의로 주는 건데 왜 그렇게 고민하세요?"

옥신각신 끝에 도겸이 "정 서주를 맡을 의향이 없으시다면 여기서 멀지 않은 곳에 소패란 곳이 있습니다. 소패는 군사를 주둔시킬 수 있으니 그곳에 머무르면서 서주를 보살펴주시면 어떨는지요?"

주변의 여러 장수들도 권하니 유현덕은 소패로 가기로 결정한다. 잔치가 끝나자 조자룡은 공손찬에게 돌아가겠다고 한다.

"여기서 자고 내일 아침에 떠나지."

"괜찮습니다. 앞으로도 쌈할 일 있으면 언제든지 불러주십시오."

공융과 전해도 모두 돌아갔다. 다음 날 소패로 떠난 유현덕은 관운장, 장비와 함께 머물면서 백성들을 돌봤다. 한편 조조는 조인에게서 여포와 관련한 후속 보고를 듣는다.

"연주와 복양도 여포에게 뺏겼습니다. 다만 순욱이랑 정욱이가 지키고 있는 견성, 동아, 범현은 아직 괜찮구요."

하지만 조조는 크게 개의치 않는다.

"여포는 내가 잘 안다. 그놈이 힘이 쎄고 쌈은 잘하지만 머리가 나쁘니까 염려 말아라. 군대나 잘 정비하고 있어라."

여포는 여포대로 "조조쯤이야 조조할인감이지." 하며 서로를 깔본다. 여포가 "설란(薛蘭)이하고 이봉(李封)아, 내가 군사 만 명을 줄 테니 둘이서 연주를 지켜. 내가 너희들 좋아하는 거 알지? 나는 지금 당장 조조를 치러 갈 테다!"

이제는 거의 여포의 모사격이 되어버린 진궁이 "장군께서 연주를 놔두고 어디로 가시려구요?"

"나는 복양에 군사를 집결시키고 조조를 기다리겠다."

진궁이 "아직 설란은 연주를 지킬 재목이 못 됩니다. 그리구요, 기왕 쌈을 하실 거면 머리를 좀 쓰는 게 어떨까요. 여기서 200여 리 떨어진 태산의 좁은 길목에 군사를 매복시키고 있으면 조조 군사는 틀림없이 그 길로 올 것입니다."

여포가 "아니다. 복양에 군사를 매복시키려는 내 아이디어가 더 낫다. 설란아, 연주를 부탁한다. 자, 그럼 가자꾸나."

허나 진궁의 생각대로 조조는 태산의 좁은 길목으로 들어왔다. 이때 곽가가 "복병이 있을지도 모르니깐 조심하십시오." 하고 말하자 조조는 "어허! 여포는 머리가 모자라는 놈이라니까. 아마도 설란에게 연주를 지키라고 하고 복양으로 갔을 터이니 여기에 매복할 군사는 없을 것이다. 조인아! 연주를 포위해라. 나는 복양으로 가서 여포랑 붙을란다."

여포 진영에서도 진궁이 "조조 군사가 먼 곳에서 왔기 때문에 지쳐 있을 겁니다. 초전에 박살을 냅시다."

"야, 걱정 마라. 조조는 안 두렵다. 나타나기만 하면 나의 이 무쇠팔, 무쇠다리로 사로잡아버릴 테다!"

여포가 5만 군사를 이끌고 나오니 방청객들의 함성이 북소리와 함께 천지를 진동한다. 드디어 맞닥뜨린 조조와 여포.(보통 만화에서 보면 이런 장면에서 꼭 '쿠궁—!' 하는 효과음이 나온다.)

조조가 먼저 여포에게 말을 건넨다. (삼국지에서도 보면 싸우기 전에 한마디씩 서로 던지는 경우가 있다. 가만히 보면 큰 의미는 없는 말인 거 같은데, 서로의 신경을 건드리면서 화를 돋운다. 전투에 대한 자신의 명분을 찾는 거 같기도 하고.)

"나는 그대하고 원한을 가진 일이 없는데 왜 남의 땅을 뺏으려고 하느냐?"

"모두가 한나라 땅인데 니 땅 내 땅이 어딨냐?"

말이 끝나자마자 여포네 장패가 나가니 조조네 악진(樂進)이 달려나온다. 30여 합을 싸워도 승부가 안 나니 다시 조조네 하후돈이 나선다. 여포네는 '어쭈!' 하면서 장요가 같이 나가 싸운다. 싸움이 지지부진하자 여포가 화극을 들고 직접 나가니 조조네의 하후돈과 악진이 겁을 먹고 달아난다. 여포가 욱! 하고 치받는 성격 때문에 직접 나선 것이다. 욱! 하는 성질, 이거 문제다. 이것 때문에 사표 던지고, 밥상 날아가고, 이혼하고, 때리고,

중국 심천 〈중국 민속 문화촌〉의 기마쇼

엎어버리고, 국 쏟고, 대야 던지고, 재떨이 날아가고……!!!

● 구라 심리학 _ '욱하는 성질'이라는 표현을 뜯어보면 '욱'하는 것은 감정, 즉 정서의 문제이고, 성질이라는 말은 개인의 특성에 기인한다는 것이다. 다시 말해 자신의 감정 조절을 잘 못하는 특성을 가진 사람을 '욱하는 성질을 가진 사람'이라고 표현한다는 이야기다. 결국 감정이 격해질 때 그 감정 조절에 실패하는 것이라고 볼 수 있다.

　일반적으로 볼 때 사람들은 사회화의 과정을 통해 감정을 조절하는 학습을 받게 된다. 누구나 자신의 감정대로 행동을 한다면 이 사회는 어떻게 될까? 아비규환 그 자체가 될 것이다. 그러니 짐승이 아닌 바에야 자신의 감정을 그대로 드러내는 것은 주변 사람들로부터 좋은 평가를 받기 어렵다. 욱하는 성질을 가진 사람이 욱하는 감정을 그대로 드러냈을 때 단기적으로 후련한 기분(정화, 카타르시스)은 들겠지만 이내 곧 후회를 하는 경우가 많으니 조심할 필요가 있다. 그렇다면 욱하는 성질이 없는 사람은 마냥 좋은 것일까? 사람들은 크든 적든 누구든지 화가 난다. 그러나 그때마다 표현하지 않고 마음속에 묻어둔다면 주변 사람들로부터는 좋은 평가를 받을지언정 자신의 속마음은 타들어간다. 따라서 욱하는 상황이 닥쳤을 때 가장 효과적인 대응 전략은 우선 극단적인 행동은 자제하고, 그로 인해 쌓인 스트레스는 다른 해소 방안을 통해 풀어내는 것이다.

여포가 욱하는 성질을 참지 못하고 조조네 군사들에게 달려들어 닥치는 대로 베어버리고 죽여버리니 조조네 군사들은 도망을 가버리고 여포도 밥 먹으러 지네 진지로 돌아간다.

조조가 "(짐짓 태연한 척) 야—, 이거 생각지도 않게 우리 편이 많이 죽었네."

우금이 "제가 여포네 적진을 살펴보니까 복양 서편에는 군사가 별로 눈에 띄지 않았습니다. 아마도 그쪽이 좀 허술한 거 같습니다. 승리감에 도취되어 있을 때 야습을 해서 그쪽 본부를 우리 손에 넣으면 여포도 겁을 먹을 겁니다."

조조가 "그래, 그거 좋은 아이디어다. 출석부 가져와라." 하고 출석을 부르며 각 장수들을 확인한 후 "이름 불린 장수들은 아랫것들 데리고 조용히 집합해라. 오늘밤 야간전투가 있다."

이름 불린 장수들은 "야, 오늘 날밤 까겠네!"

"야근수당 나오는 거냐?"

"그 칼 내 거 아냐?"

"건빵 챙겼냐?"

조조가 전투를 준비할 때 여포는 진지 안에서 오늘의 승리를 자축하며 뒷풀이를 하고 있었다.

여기에서도 몇몇 군사들은 "오늘 보너스는 안 주나??"

"전번 것도 못 받았잖아!"

"고향에 애 학원비 보내줘야 하는데……."

술자리에서 진궁이 슬며시 여포에게 다가가 "우리 본부가 있는 서채는 군사적으로 중요한 요새입니다. 이렇게 한잔하고 있다가 기습이라도 당하면!!"

"걱정도 팔자슈! 오늘 낮에 혼이 났는데 기습할 여력이 어디 있소."

"조조는 보통 인물이 아닙니다. 방비는 든든히 할수록 좋습니다."

여포가 하는 수 없이 고순, 위속, 후성에게 가서 서채를 지키라 명령한다.

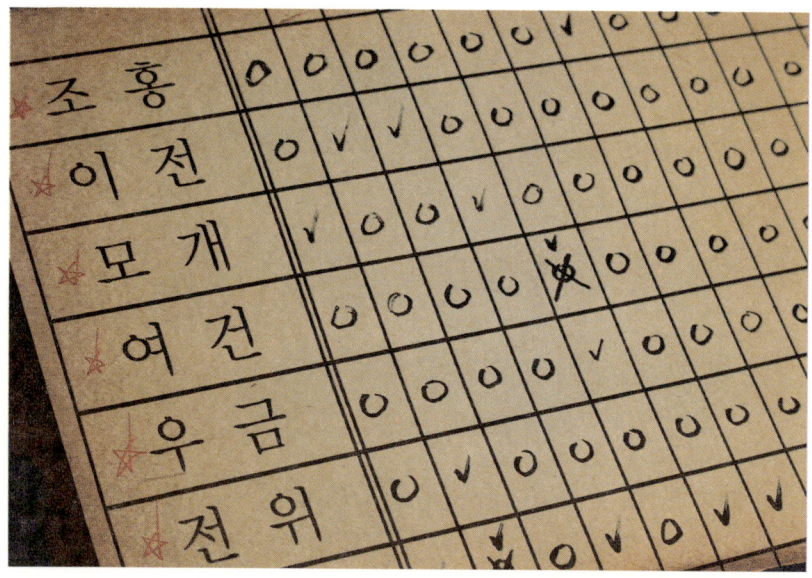

'우리 부대가 또 뽑혔어? 술 마시다 말고 이게 뭐야.'

사람뿐이 아니다. 말도 투덜댄다.

'야, 이 인간들은 밤에 잠도 안 자냐?'

말과 사람이 투덜대며 서채로 가고 있는데 조조가 동서남북에서 공격을 개시하니 서채에 있던 여포 군사는 자다 말고 잠옷 바람으로 사방으로 흩어져 달아나버린다. 조조는 야참으로 서채를 꿀떡 삼킨 셈이다. 후식으로 뭐 먹을 게 없을까? 자스민 차나 한잔할까 하고 있는데 뒤늦게 도착한 고순이 서채를 탈환하려고 맞붙으니 서채가 온통 아수라장이 되고 만다. 동이 훤하게 틀 무렵, 마찬가지로 뒤늦게 소식을 들은 여포는 해장국도 못 먹고 바로 출동하니 조조는 서채를 소화도 못 시키고 도로 뱉어내고 달아나버린다. 후성이 조조를 뒤쫓아가고 우금, 악진이 여포를 맞아 싸우는 동안 조조는 북쪽으로 달아나버린다.

한참 도망가던 조조가 산모퉁이를 돌아서니 여포네 장요와 장패가 좌우에서 나타난다. 조조네 조홍과 여건이 맞서 싸웠으나 게임이 불리하다. 할 수 없이 조조네는 북으로 달아나던 말머리를 급좌회전, 끼익!하여 서쪽으로 달아난다. 갑자기 좌회전을 하자고 말고삐를 당기니 말 왼쪽 입이 얼마나 아팠을까? —유성생각—

이번에도 여포네 학맹, 조성, 성렴, 송헌이 앞을 가로막는다. 조조네 장수들이 싸우는 사이 포위망을 뚫고 나온 조조가 목이 터져라 "사람 살려~! 조조 살려~! 나 좀 구해줘!"

목이 터져라 소리를 질러대니 조조네 전위가 쌍지창을 겨드랑이에 끼고 나타난다.

전위가 손에 단검 열 자루를 들고 있다가 여포네 장수들이 가까이 다가오자 한꺼번에 파팟! 하고 단검을 뿌린다. 단검 열 자루에 한 명씩 다 맞아 열 명이 그 자리에서 죽었대! 그래서 여포네 뒤쪽에서 따라오던 군사들이 '말걸음아, 나 살려라!' 하고 도망을 갔대!

조조가 "아이고, 이젠 살았구나!" 하고 안도의 숨을 내쉰다. 흩어졌던 군사들도 다시 조조 좌우로 모여든다. 이때 갑자기 화극을 든 여포가 "역적 조조야, 게 섰거라!"

"짜식이 기차 화통을 삶아 먹었나?"

말머리를 남쪽으로 돌리다가 열받은 조조네 하후돈이 다시 여포랑 한판 붙는다. 아침 먹고 붙고, 점심 굶고 붙고, 저녁이 되도록 붙어도 좀처럼 싸움이 끝날 것 같지 않더니 갑자기 소나기가 퍼붓는다. 비가 오는데 어쩌냐. 양측은 각기 군사를 이끌고 지네 본부로 돌아가버린다.

조조가 "전위야, 고맙다. 니가 생명의 은인이다. 영군도위란 직책을 줄 터이니 빨리 명함부터 만들거라."

여포는 비에 젖은 갑옷을 집어던지고 진궁과 함께 회의를 하니 진궁이 "저한테 한 가지 아이디어가 있긴 한데요."

"아이디어가 있으면 빨리 실천하자. 오늘 회의 끝!"

그렇다. 아무리 좋은 아이디어라도 실천하지 않으면 말짱 꽝! 이다. 전 조조가 "전위야, 고맙다.
니가 생명의 은인이다. 영군도위란 직책을
줄 터이니 빨리 명함부터 만들거라."

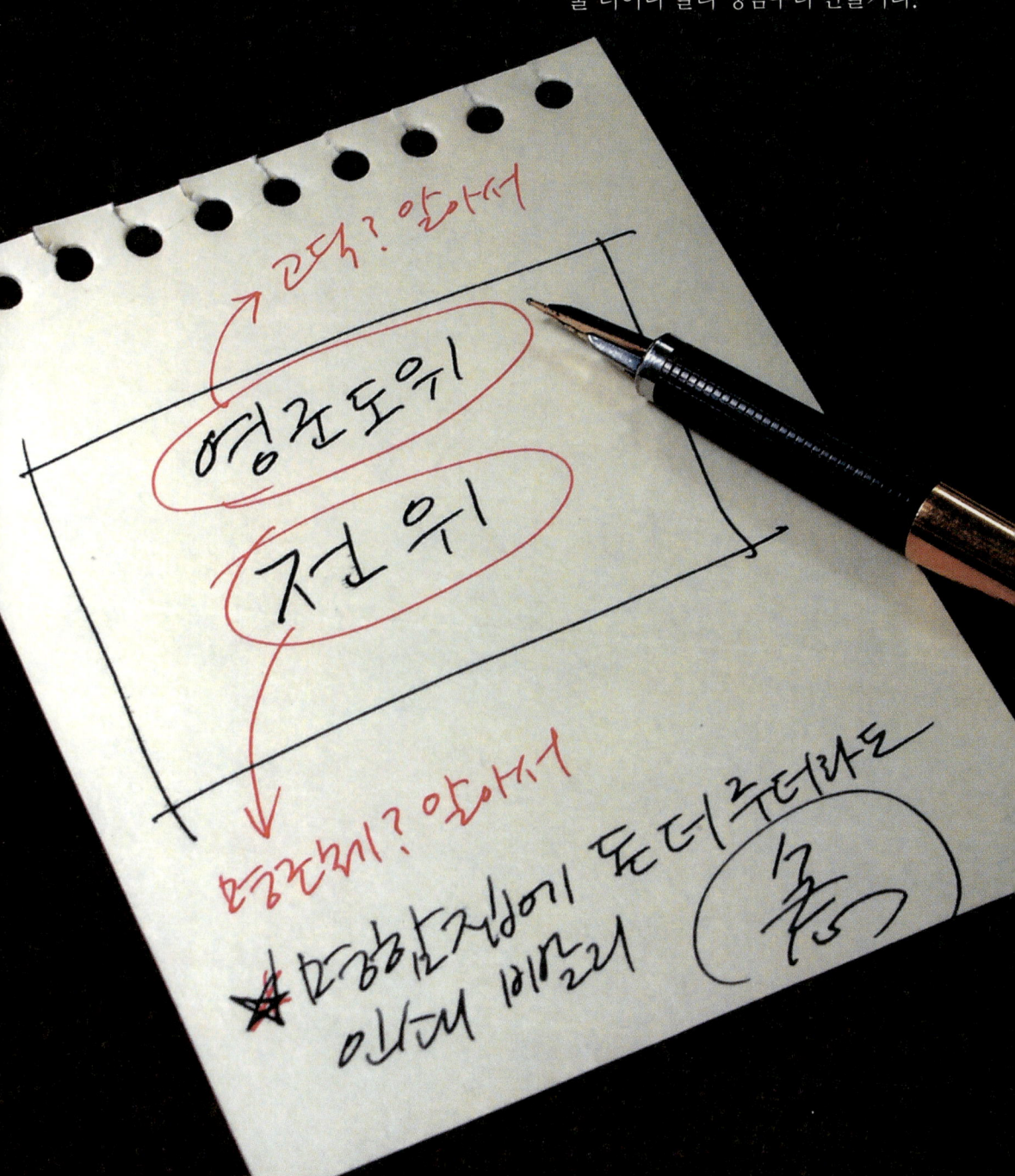

투에서 지고 온 조조가 우울한 나날을 보내고 있는데(이럴 땐 코미디 프로그램이 최곤데!) 편지 한 통이 전해진다. 복양성에서 조상 대대로 살고 있다는 복양 토박이 전씨에게서 온 편지다.

조조가 "이것 봐라, 새해에 좋은 일이 생길 조짐이네."

(이 글을 2005년 1월 1일 새벽 1시 10분에 쓴다. 새해다. 닭의 해다. 조조네 달력이랑 상관없이 내 달력은 새해다.)

옆에 있던 부장 유엽이 "여포는 멍청해도 진궁은 똑똑한 사람이니 쳐들어가고 싶으시다면 삼 분의 일 전법을 써보시면 어떨는지요?"

"삼 분의 일 전법이라니!!!"

전씨가 조조에게 보낸 편지 전문.

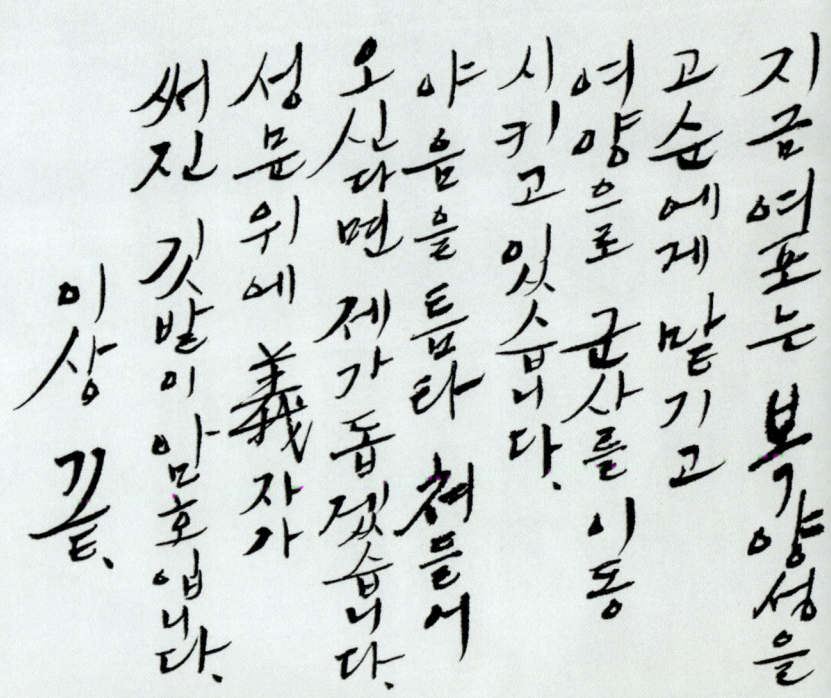

"삼 분의 일만 쳐들어가고 나머지 삼 분의 이는 성 밖에 매복시키자는 거지요."

잡채 추가 구라 _ 아주 오래전 여행사를 하던 대만 친구들이랑 친하게 지냈는데 어느 날 이런 이야기를 들은 기억이 난다.

"한국 사람들은 참 이상해요. 예를 들어 1,000만 원을 가지고 사업을 시작한다면 300만 원으로 사무실 얻고 700만 원으로 자동차를 사고 은행 대출 2,000만 원 받아서 사업해요."

'야, 야, 지 돈 가지고 사업하는 놈이 어딨냐? 남의 돈 가지고 사업하는

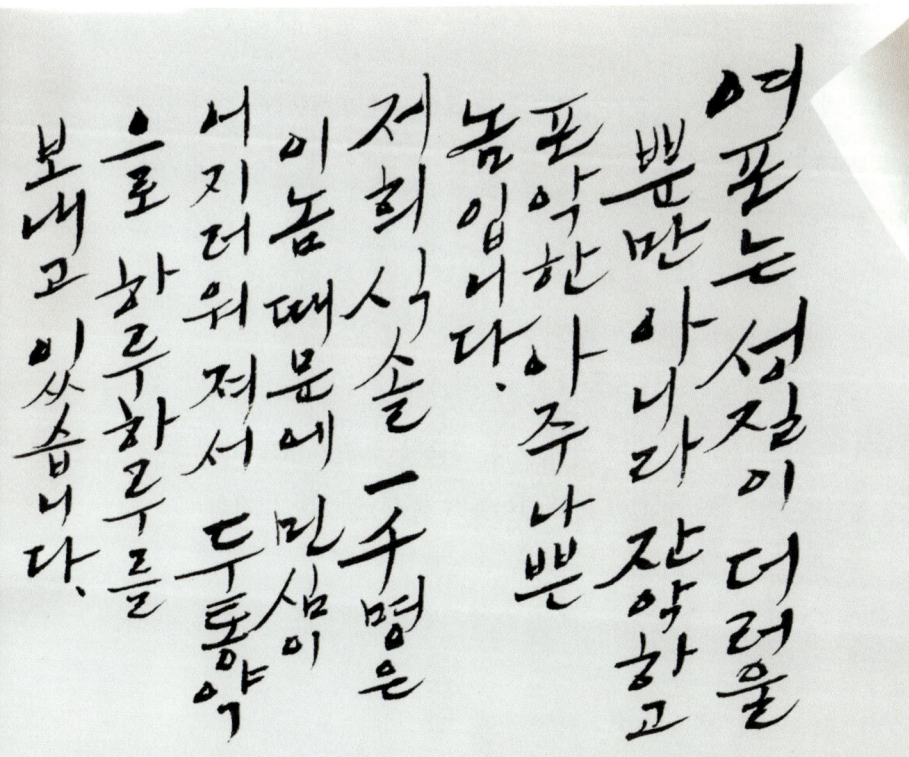

게 사업가지.' 하는 말들이 정설처럼 여기저기 떠돌아다니고, 나도 내심 그 게 맞다고 생각하던 시절이 있었다. 그래서 내가 물어봤다.

"그럼, 너네는 어떻게 하는데?"

"우리는 1,000만 원 있으면 300만 원짜리 사업을 구상해요. 그리고 한 번 망하면 다시 300만 원으로 시작하고 또 망하면 나머지 400만 원으로 사업을 하면 그동안 경험도 많이 쌓았기 때문에 사업이 잘 안 망해요. 처음에 자기가 하고 싶었던 사업을 끝까지 해보는 거지요."

실속과 허세의 차이, 이거 교훈이다, 밑줄 그어라! 은행돈이 안 나와서 망했다는 사업가들 많이 봤다. 처음에 300만 원짜리로 시작했으면 700만 원의 뒷돈이 있다. 남에게 아쉬운 소리 안 해도 다시 한번 도전할 수 있는 기회가 있는 것이다.

조조가 삼 분의 일로 나뉘어진 군사들을 이끌고 복양성에 도착했다.

"(성 위를 보며) 야, '의(義)'자 써진 깃발 보이냐?"

"네, 저기 보입니다."

정오가 되자 한 떼의 군사들이 성 밖으로 달려나온다. 대낮부터 한판 붙는데 이 와중에 전씨가 보냈다는 또 한 통의 편지가 도착했다.

이제 조조네는 볶음밥 등등을 시켜먹고 차 한 잔 하고 있는데 드디어 기다리던 징소리가 울린다. 조조는 좌측에 하후돈, 우측에 조홍을 내세우고 자신이 직접 성안을 치려 하니 이전이 불쑥 끼어들며 "선두에 서는 건 저희

초저녁에 징소리를 신호로
城門을 열어 드리겠습니다,
중국 집에서 저녁 일찍
드시고 징소리를 기다리십시오.

에게 맡기시고 성 밖에서 구경이나 하세요."

조조가 화를 벌컥 내며 "전투에 앞장서는 건 누구나 두려워
하는 일인데 내가 앞장서야 하지 않겠냐?"

조개구이 추가 구라 _ 언젠가 역도산 아들의 인터뷰를 본 기억이 있
다. 기자가 강한 아버지를 둔 아들의 심정을 묻자 그는 이렇게 대답했다.

"집에 있는 아버지는 늘 상대에 대한 두려움 때문에 겁먹는 나약한 분
이셨어요."

싸우러 나가기 전에는 어떤 놈이나 다 겁을 먹는가보다. 그렇게 스트레
스를 받으며 겁을 먹는 이유는 도대체 뭘까?

● 구라 심리학 _ 스트레스 유발에 영향을 미치는 요인들은 다양하
다. 그중 단연 으뜸은 불확실성이라고 할 수 있다. 사람들이 과학적
연구 활동을 하는 이유는 불확실성을 감소 혹은 제거하기 위함이
고, 우리가 사람들을 처음 대면하는 자리에서도 상대가 어떤 사람
인지에 대해 관심을 갖는 이유도 불확실성을 감소시키기 위함이라
고 할 수 있다.

한 가지 예를 들어보자. 시내버스와 시외버스를 결과적으로 똑같
이 30분을 기다렸다고 해보자. 어떤 경우가 더 스트레스를 받을까?
물론 시내버스이다. 이 역시 불확실성 때문이다. 결과적으로야 똑

같은 30분을 기다렸지만 시외버스는 정확한 시간표가 있기 때문에 이미 30분 후에 버스가 온다는 사실을 알고 있다. 하지만 시내버스는 언제 올지 모르는 막연한 시간을 30분이나 보낸 것이다. 그렇다면 그 차이가 무엇을 의미하는 것일까. 30분이라는 시간을 기다려야 한다는 사실을 미리 알게 되면 우리는 그 시간을 우리가 마음 먹은 대로 사용할 수가 있다. 바로 그 상황에 대한 통제력을 갖게 된다는 사실이다. 이러한 상황에 대한 통제력으로 인해 우리는 스트레스를 덜 받게 되는 것이다. 역도산은 강했다. 하지만 싸워야 할 상대가 어떤 사람들인지는 항상 베일에 가려져 있었다. 즉 예측불가능이라는 것이다. 역도산이 두려워한 것은 바로 불확실성, 즉 예측불가능 때문에 유발된 것이다. 사실 역도산은 '앞으로 상대할 강한 상대' 때문에 두려웠던 것이 아니라 오히려 '불확실성 그 자체'가 더 두려웠던 것이다.

갑자기 성 위에서 징소리며 쇳소리, 함성이 폭포처럼 쏟아져내리며 횃불이 밝혀지고 구름다리가 내려온다.

조조네 군사들이 말에 박차를 가해 구름다리를 타고 성안으로 들어섰지만 성안에는 단 한 사람도 눈에 띄지 않는다.

"앗, 속았구나! 군사를 물려라!"

기다렸다는 듯이 북소리, 쇳소리, 깽깽이소리, 함성소리가 불꽃과 함께 조조 군사들의 넋을 빼놓는다. 동쪽에서 장요가, 서쪽에선 장패가 경적을 울리며 달려든다. 직진하여 달아나니 이번엔 학맹과 조성 두 장수가 '잠시 검문 있겠습니다!' 하고 앞을 막는다. 유턴하여 달아나려고 하지만 이번에는 고순과 후성 두 장수가 눈에 불을 켜고 서 있으니 조조는 포위된다.

한편 조조네의 이전과 악진이 조조를 찾아 성안을 두 바퀴나 돌았지만 헛수고였다. 기왕 찾는 거 한 바퀴만 더 돌아보자고 하면서 계속 찾는다.

소란 중에 조조는 계속해서 살길을 찾아나서지만 영 신통치가 않다. 허둥대며 살길을 찾아나서는데, 조조의 앞을 떡하니 화극을 든 여포가 가로막는다. 어이쿠! 조조가 잔머리를 굴려 얼굴을 가리고 도망치려고 하는데, 여포가 조조의 투구를 툭, 치면서 "야, 너 조조가 어디 있는 줄 아냐?"

조조가 반대편을 가리키면서 "저기 누런 말을 타고 있는 놈이 조조입니다."

두뇌가 비교적 간단명료한 여포가 냉큼 누런 말을 쫓아 달려간다. 조조는 속으로 "어허! 어리석은 놈. 껄껄껄!!"

잠깐 숨도 돌리고 말머리도 돌려 동문 쪽으로 가니 지네 편 전위가 기다리고 있다. 전위가 조조를 호위하며 적들을 무찌르며 성문에 다다르니 불이 붙은 짚단이 후두둑 떨어져 땅바닥이 불바다가 된다. 조조가 성문을 막 통과하려는데 문 위에 있던 대들보가 불붙은 채로 말 엉덩이에 떨어진다. 말이 '히히힝 뜨거워!' 하며 엉덩이를 흔들어대니 조조가 땅에 떨어지지 않겠어? 조조가 불붙은 대들보를 치우려다가 손이며 어깨, 심지어 수염에도 불이 붙어 온 몸에 화상을 입게 된다.

　하후연이 달려와 불을 끄고 쓰러져 있는 조조를 자기 말에 태우고 진지로 돌아오니 저 멀리 동이 터온다.

　조조가 "덜떨어진 놈에게 속아 개망신을 당했어. 꼭 갚아주마!"

양장피 추가 구라 _ 심형래가 바보 역할로 한참 잘나갈 때 개그맨들끼리 가끔 사우나에 모여서 고스톱을 친 적이 있었다. 근데 이상하게 다른 사람에게 피박 쓰면 괜찮은데 심형래에게 피박 쓰면 정말 열받았다. 왜 그랬

문 위에 있던 대들보가 불붙은 채로 말 엉덩이에 떨어진다.
말이 '히히힝 뜨거워!' 하며 엉덩이를 흔들어대니 조조가 땅에 떨어지지 않겠어?

을까? 심형래는 바보 이미지가 강하기 때문이었다. 바보한테 피박을 썼으니 자기는 '바보에게 당한 더한 바보'라는 생각이 은연 중에 솟구치는 거다. 조조도 마찬가지지! 여포가 쌈은 잘하는지 몰라도 머리는 나쁘다고 생각했기 때문에 더 약이 올랐을 거다.

7

밀어줄 땐 확실하게 밀어주자
– 찝찝한 마음을 접은 유비의 지혜

조조가 자기 측근들을 불러놓고 "내가 하는 말을 잘 들어라! 지금부터 너희들은 내가 화상을 입어서 죽었다고 소문을 퍼트려라. 아마 여포는 내가 죽었다는 소문을 들으면 곧바로 쳐들어올 것이다. 너네들은 길목에 있는 마릉산(馬陵山)에 군사를 매복시켰다가……… 누가 들을라, 귀를 가까이 대라!"

조조 군사들이 일단 상복을 구해서 입고 소문을 퍼뜨리기 시작했다.

'조조가 복양성에서 중화상을 입고 죽었대!'

마릉산에서 조조의 장례식이 치러진다는 소문이 퍼지고 퍼지고 퍼져서 여포의 귀에도 들어간다. 여포는 이를 듣자마자 바로 출동 명령을 내린다. 조조의 계략에 걸려든 것이다.

여포의 군대가 마릉산으로 들어가니 갑자기 북소리가 울리면서 조조 군사들이 쏟아져 나온다. 무서운 기세로 퍼부어져 나온 조조네 군사들이 여포네 군사들을 박살내기 시작하자 여포는 가까스로 제 목숨만 건진 채 다시 자기 성으로 돌아가 굳게 문을 걸어 잠궜다. '장군 하니 멍군 하는' 장기 한 판이 끝난 셈이다. 그 후 조조네랑 여포네랑은 큰 싸움은 없는 대신 아랫것들끼리 어쩌다 부딪치는 작은 싸움이 몇 번 일어났을 뿐이다. 큰 싸움이 안 난 이유는 또 있다. 싸우고 싶어도 먹을 식량이 다 떨어져가는 데다가 메뚜기 떼들이 맑은 하늘을 까맣게 덮으며 닥치는 대로 곡식을 먹어치우니 당장 백성들조차 먹을 식량이 없는 판이다. 양쪽 편 모두 다 군량미 조달이 제일 큰 문제다.

조조는 견성으로, 여포는 산양으로 먹이를 구하러 간 사이 싸움은 자연스럽게 중지될 수밖에 없다.

전투가 없어진 지금 서주태수 도겸은 무얼 하고 있을까? 도겸은 나이도 일흔에 가까워졌고 게다가 병까지 앓고 있는 상태라 이미 자기가 저 세상 갈 날이 가까이 온 걸 알게 된다. 사람은 자신이 갈 때가 되면 자연스럽게 후계자 문제를 논의하기 마련이다. 옆에 있던 미축과 진등에게 후계자 문제를 상의하자 미축이 먼저 "조조가 물러간 건 여포가 연주를 쳐들어갔기 때문이에요. 지금 조조는 쌀이 떨어져서 어쩔 수 없이 갔지만 내년 봄에는

다시 쳐들어올 게 분명합니다. 빨리 후계자를 정하시는 게 좋을 듯합니다.
…… 음, 유현덕이 어떨까요? 지금은 공께서 건강도 좋지 않고 하니 간곡
히 부탁하면 들어줄 것 같기도 한데요."

도겸이 이 말에 힘을 받아 "얼렁 가서 모셔오도록 하라."

얼마 되지 않아 장비, 관우와 함께 유비가 달려와 문안인사를 올린다.

도겸이 유비를 반갑게 맞으며 "나는 늙고 병들어 얼마 안 있으면 죽을
거외다. 한나라를 바로잡아야 할 어른은 유 공 당신밖에 없소이다. 서주를
받아주시오."

"자제분이 두 분이나 있지 않습니까?"

"제가 볼 적엔 둘 다 서주를 맡을 그릇이 안 됩니다. 부디 서주를 맡아주십

시오."

유현덕은 여러 가지 핑계를 대본다.

제가 아직 능력이 안 돼서, 붓글씨를 잘 못 써서, 변비가 있어서, 길눈이 어두워서, 배운 게 없어서……. (뭘 시키면 넙죽넙죽 하는 인간들을 우리는 무진장 많이 봐왔다.)

너무 빼는 것 같아서 유현덕이 대안을 제시하는데 "정 그러시다면 제가 도울 수 있는 사람을 한 명 소개해드리지요."

미소를 띠고 유비를 바라보던 도겸은 손을 가슴으로 가져가더니 곧바로 운명하고 만다. 현덕은 사람이 죽었는데도 끝까지 안 하겠다고 우기니 상복을 입은 서주 백성들이 관청으로 몰려와 울며 불며 "유 공께서 반드시 이곳을 맡아주셔야 합니다."

도겸

관운장과 장비도 옆에서 같이 권하니 유비는 "그럼 일단 수습 차원에서 맡기로 하자."

조간신문을 읽고 흥분한 조조는 "아니, 내가 원수도 갚기 전에 도겸이가 누구 허락받고 죽은 거야! 유비가 서주를 날로 먹다니. 내 이 손으로 유비를 죽여서 도겸의 시체와 같이 섞어서 돌아가신 부친의 한을 풀리라."

조조가 바로 군사를 일으키려고 하니 옆에 있던 순욱이 뭔가를 잠시 생각하더니 이내 조조를 말린다.

구라일보

www.GURA DAILY.com

162년 10월 9일 목요일 날씨 : 겁나게 흐림

속보 도겸, 지병으로 끝내 숨져

서주는 당분간 유현덕이 맡을 듯…보좌관에 손건, 미축 임명

한때 조조의 오해를 받아 궁지에 몰렸던 도겸이 끝내 지병으로 사망했다.

도겸은 어제 밤 11시경, 미축과 진등, 관운장이 함께 있는 자리에서 자택에서 숨을 거뒀다.

당시 도겸은 마지막 후계 문제를 논의하다가 유비가 서주를 맡아줄 것을 간곡하게 부탁했다고. 당시 유비는 끝까지 서주를 맡는 것을 거부하다가 할 수 없이 '당분간만 맡겠다' 는 말을 하면서 수락했다는 후문이다.

당시 성 외곽에서 '도겸-유비' 의 협상 과정을 예의주시하고 있던 백성들이 몰려와 유비의 지나친 겸손에 항의, 시위를 벌일 조짐을 보이기도 했으나 극적인 타결 소식이 전해지면서 자진 해산했다.

당시 유비는 서주를 맡을 인물로 손건을 천거하기도 했는데 도겸의 사망 직후 유비의 보좌관에 임명됐다. 미축 역시 보좌관에 임명, 당분간 유비를 도울 예정이다. 장례는 황하의 원류에서 치러진다.

〈서주 = 이구라 기자〉

〈긴급입수〉 요즘 뜨는 신종사업 사기주의

여자가 입었던 속옷을 '화살 피해가는 부적'으로 속인 일당 긴급 체포

'선착순 50명 한정 판매'로 소비자 유혹

한때 전쟁터에서 고질적으로 유행했던 다단계 부적판매 일당이 다시 활개를 치고 있다.

이들은 여자들이 입었던 속옷을 싼값에 사들여 비싼 값에 부적이라고 속여서 판매, 거액을 챙겨왔다. 하지만 얼마 전 황실에서 주도했던 '부적판매 일당과의 전쟁' 이 성과를 거둔 후 자취를 감춘 것으로 알려져 왔다. 그러나 최근 남아 있던 잔당들이 새롭게 조직을 결성, 전쟁터 일대를 배회하며 삐끼들을 통해서 '화살이 피해가고 도망간 여자들도 돌아온다' 는 속설을 퍼뜨린 후 대량으로 판매하고 있다는 사실이 확인됐다.

최근 조조의 산동성 평정 전투에 참여했던 한 병사는 "전투에서 죽은 동료병사의 시신을 확인한 결과 이상한 문양이 그려진 여자 속옷을 입고 있었다"며 "만일 그 부적이 진짜 효험이 있었다면 화살이 피해갔어야 맞는 것 아니냐"며 분개했다.

특히 판매조직은 손님 10명을 데리고 오면 부적 속옷 2개를 공짜로 준다는 신종 마케팅 방법을 사용, 손님들 스스로가 손님을 끌어오는 기발한 아이디어를 개발했다는 후문이다.

조조 군의 한 고위 간부는 "싸움에서 살아나는 길은 용맹하게 싸우는 것뿐"이라며 부적으로 어떻게 살아나보려는 병사들을 냉철하게 비판하기도 했다.

〈이구라 기자〉

"지금 계신 곳은 천하의 큰 근거지입니다. 연주를 버리고 군사를 움직여 서주로 간다면 여포에게 허점을 보여 연주를 잃게 될 것입니다. 반면에 서주를 먹기에도 만만치 않습니다. 서주 백성들이 새로 온 유비에게 충성을 다할 것이기 때문입니다. 만약에 연주도 잃고 서주도 먹지 못하면 주 공께서는 어쩌시려구요?"

조조가 "금년같이 흉년이 들어 군량미가 없는 마당에 가만히 있는 것도 대장이 할 일이 아니잖아?"

순욱이 "제 생각에는 말이죠. 차라리 진(陳) 땅으로 가는 게 어떨까요? 거기에는 황건적의 잔당인 하의와 황소가 여남과 영주를 약탈해서 모아놓은 금은보화와 현찰이 좀 있거든요. 이것들을 소탕해서 금은보화를 빼앗아 군사들에게 보너스로 좀 준다면 군사들도 좋아하고 조정에서도 황건적을 토벌했다면서 좋아할 것입니다. 이것이 순리가 아닌가 합니다." (만만한 게 홍어좆이다. 만만한 게 황건적인가?)

"그래, 가자, 진 땅이든 맨땅이든!"

조조의 특징은 맞다고 생각하면 바로 행동하는 거다.

＊ 뒷산이 아무리 낮아도 안 올라가면 천길 태산이다. ‒ (어디서 읽었더라?)

조조는 하후돈과 조인에게 연주의 견성을 지키게 하고 자기는 진 땅을 공략한 후 여남과 영주로 쳐들어갈 계획을 짰다.

조조가 쳐들어온다는 소리에 하의와 황소는 애들을 집합시켰다. 그 꼬락서니들이 그럴 듯하다. 자다 말고 나온 놈, 술 덜 깨서 나온 놈, 세수 안하고 나온 놈, 신발 뒤축 눌러 신고 나온 놈 — 그야말로 약한 모습이다. 싸움에서 약한 모습을 보이면 바로 먹힌다. 어디 싸움뿐이랴. 포카판도 그렇고 부동산판도 그렇고 정치판도 그렇다. 약한 모습을 보여 상대의 한 끼 식사가 되는 모습을 우리는 매일매일 보고 살아간다.

하지만 황건적의 졸개들이라고 해서 다 약했던 건 아니다. 하만이라고 쌈 좀 하는 놈이 기세등등 나서서 조조네의 조홍과 수차례 싸웠지만 결판이 잘 나지 않는다. 그러나 조홍이 꾀를 내어 말머리를 돌려 도망가는 척하다가 바로 '유턴전법'으로 하만의 모가지를 날려버린다.

여기서 유턴전법이란? 말을 타고 도망가다가 갑자기 말머리를 돌리면서 칼로 내리치는 전법인데, 당시 '칼싸움 잘하는 열 명보다 유턴 잘하는 한 놈이 더 낫다.'는 말도 있었다. 그 정도로 파괴력이 있었다는 이야기다. 훈련 방법으로는 말꼬리에 먹이를 달아서 말이 제 꼬리를 물기 위해서 뱅뱅뱅 돌게 하는 방법이 있었다. 물론 말 혼자만 시켜서는 안 되고 말에 타서 함께 연습을 해야 했다. 일부에서는 '말뺑뺑이' 과외가 유행했다고 한다.

황건적 하의가 남아 있는 졸개들을 이끌고 갈파로 허둥지둥 도망을 가는데 갑자기 낯선 놈들이 나타나 길을 막는다. 이놈들은 또 누군가? 적장을 살펴보니 키가 8척에 허리통이 절구통만 한 커다란 놈이 커다란 칼을 들고 서 있네.(그 커다란 놈을 일단은 '거한'이라고 부르기로 하자.)

하의가 칼을 들고 덤벼보지만 거한이 올가미를 던져 덮어버린다. 올가미에 갇힌 하의는 나름대로 푸드덕거려본다. 가끔 영화에서 보면 새나 사람이 올가미에 갇힌 걸 볼 수 있다. 대개 한 번씩은 푸드덕거리곤 한다. 본인은 답답해서 그러겠지만 사실은 참 쪽팔리는 행동인 거다. 허나 그 반대로 올가미에 씌었다고 그대로 그냥 가만히 '나 잡아 잡수~.' 하고 앉아 있을 수도 없는 노릇을 우리는 이해해줘야 한다.

하의가 잡혀가니 다른 졸개들도 자연뽕으로 거한에게 잡혀서 갈파의 진지로 끌려간다. 한참 하의를 추격하던 조조네 전위가 갈파에 다다르니 아까 그 거한이 군사를 이끌고 또다시 전위를 가로막는다.

전위가 "니들도 황건적이냐?"

거한이 "니 눈에 뵈는 게 황건적뿐이냐? 내가 황건적을 잡아놨다."

"내놔!"

"니가 뭔데 내줘! 황건적이 니 거냐?"

"어쭈!"

"내 칼을 뺏으면 황건적을 주마."

이렇게 된 스토리로 두 장수가 싸움을 시작하지만 아무리 싸워도 끝장이 나질 않는 거다. 말들도 피곤에 지쳐 "이 자식들은 밥도 안 먹나?"

"내일 다시 싸우자."

"좋다."

그날은 끝을 보지 못하고 둘은 일단 헤어진다. 전위가 조조에게 '여기 굉장한 놈 하나가 있는데요.'라고 전보를 치자 조조가 급히 군사들을 이끌고 달려온다.

조조가 "저놈을 사로잡아 우리 편으로 만들면 어떻겠냐? 그렇다면 내 말대로……(속닥속닥)."

날이 밝아 또다시 싸움을 시작한다.

거한이 "어제도 안 된 놈이 오늘은 될 것 같아서 나한테 덤비냐?"

약 30여 회를 싸우다가 전위가 도망가니 거한이 쫓아오다가 미리 만들어놓은 <u>깊은 함정에 빠져버린다.</u>

누룽지 추가 구라 _ 아주 오래전에 개그맨 후배의 집들이가 있었다. 우리 일행은 늦은 저녁에 후배 집으로 가는 도중이었다. 앞에서 자전거를 타고 가던 사람이 갑자기 우리 눈앞에서 사라졌다. 바로 쫓아가서 살펴보니 자전거를 타고 가다 커다란 하수도에 빠진 거다. 마치 거한이 갑작스럽게 함정에 빠진 것처럼 말이다. 우리 일행 중에 최모 군이 "괜찮으세요?" 하고 아래를 향해 물으니 밑에서 들려온 대답, "여기 빠졌는데 괜찮을 리가 있냐?!!"

신음소리와 함께 신경질적인 소리가 들려왔다. 아니, 하수구에 빠진 놈이면 살려달라고 하든지 구해달라고 해야지 그 와중에 성질을 내면서 '괜찮을 리가 있냐.'고 소리를 치니까 기분 안 나쁘겠어?

"예이, 이놈아, 화를 왜 내냐? 내가 빠트린 것도 아닌데!!! 그냥 갑시다." 하고 구해주지도 않고 집들이하는 집으로 간 적이 있었다. 지금 생각하면 그냥 '녀석, 참 유머가 있네!'라고 가볍게 생각하고 구해줘도 괜찮았을 텐데, 그땐 그 사람의 대답이 왜 그렇게 괘씸하게 들렸던지.

전위가 거한의 두 손을 꽁꽁 묶어 조조 앞에 데리고 간다.

"손을 풀어줘라. 네 이름이 뭐냐?"

거한이 자신의 관등성명을 대고 그간의 스토리를 풀었다.

조조가 호방하게 "나랑 같이 일합시다."

"좋소. 나도 원하던 바요."

아까 '거한'이라고 부르던 놈, 사실 원래 이름은 '허저(許褚)'였다. 이런 사연으로

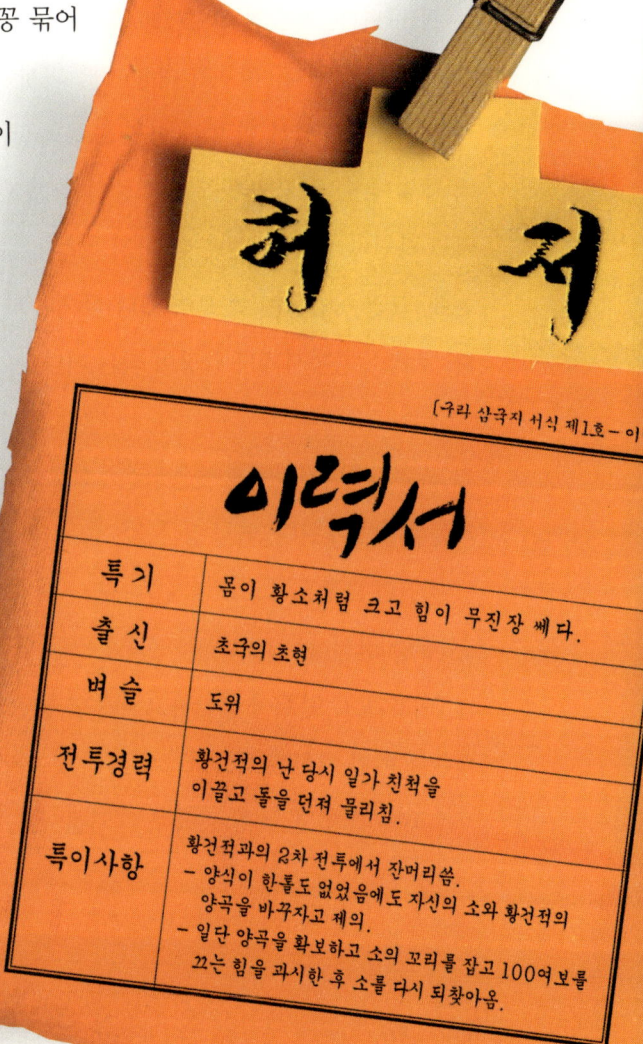

허저

[구라 삼국지 서식 제1호 – 이력서]

이력서

특기	몸이 황소처럼 크고 힘이 무진장 쎄다.
출신	초국의 초현
벼슬	도위
전투경력	황건적의 난 당시 일가 친척을 이끌고 돌을 던져 물리침.
특이사항	황건적과의 2차 전투에서 잔머리씀. - 양식이 한톨도 없었음에도 자신의 소와 황건적의 양곡을 바꾸자고 제의. - 일단 양곡을 확보하고 소의 꼬리를 잡고 100여보를 끄는 힘을 과시한 후 소를 다시 되찾아옴.

인해 허저가 일가 백여 명을 데리고 조조 밑으로 들어오니 조조는 허저에게 <u>깨끗한 옷과 '도위(都尉)'란 벼슬 그리고 상까지 내린다.</u>

깍두기 추가 구라 _ 시골에서 올라온 깍두기들도 처음부터 양복을 입는 건 아니다. 처음엔 고향에서 엉성한 옷 한 벌 입고 올라와서 멋모르고 사고를 한 건 친다. 깍두기 대장이 딱 봐서 '저 놈은 깍두기가 될 만하군.' 하고 생각하면 양복 한 벌과 가짜 로렉스 한 개를 하사한다. 그때부터 깍두기 대열에 들게 되고 양복을 소중하게 간직하면서 로렉스 시계를 열심히 차고 다닌다. 이때 이들은 한 가지 특징적인 모습을 습관적으로 보이게 되는데, 그건 사람들이 좀 모여 있다 싶으면 자주 로렉스 시계를 본다는 것이다. 로렉스 가짜시계가 완장이 되는 거다.

오랜만에 황건적에게 뺏은 금은보화로 보너스를 받은 조조의 장군들과 군사들은 살맛이 난다. 역시 장군들은 쌈을 해야 월급을 받아도 안 미안하다.

조인과 하후돈이 조조에게 "한 건만 더하지요."

"무슨 건인데."

"여포가요, 연주에 설란하고 이봉만 남긴 후 애들 데리고 노략질을 나갔다는데 이번 기회에 쳐들어가서 성을 뺏어버리지요."

"그래? 그럼 몸 풀린 김에 한번 가볼까?"

연주로 쳐들어가니 설란과 이봉이 쌈질할 폼을 잡고 나와 있다. 허저가 "저놈들을 제가 산 채로 잡아다 바치겠습니다."

싸움을 오래 끌 필요도 없이 이봉이 나가 떨어졌다. 설란도 도망가다가 여건에게 화살 맞고 나뒹굴어버린다. 계획대로 연주를 먹게 된 조조는 이어서 전위, 허저를 앞세우고 하후돈, 하후연을 왼쪽, 이전과 악진을 오른쪽 대장으로 삼고, 뒤에는 우금과 여건을 배치하고 복양으로 향한다.

이 소식을 들은 여포가 "조조가 쳐들어온다는데 가만있을 순 없지. 나가서 싸우자, 아자 아자 파이팅!"

진궁이 여포를 말리며 "지금 바로 나가서 싸우지 말고 장군들을 모아서 대책회의를 하시지요."

"내가 그놈들을 겁낼 게 뭐가 있는데!"

여포가 큰소리 빵빵 치면서 진궁의 말을 무시하고 화극을 손에 들고 싸우러 나간다. 허저가 1번 타자로 나가 공격을 시작하지만 승부가 나지 않으니 전위, 하후돈, 하후연, 이전, 악진 등 여섯 명이 한꺼번에 달려드니 천하의 여포도 당해낼 수가 없다. 말을 몰아 복양성으로 들어가려 하는데 성 위에서 싸움을 내려다보던 전(田)씨란 놈이 구름다리를 들어올리고 성문을 닫아버린다.

"문 열어, 문 열란 말이야, 나야 나 여포!"

전씨가 성 위에서 얼굴을 내밀며 실실 쪼갠다.

"나는 이미 조조에게 항복했으니 딴 데 가서 알아보쇼."

"아니 저놈이 미쳤나?"

하지만 어쩔 것인가. 배신자는 성문을 닫아놓고 뒤에서는 조조네가 밀어닥치니 여포는 정도(定陶)로 도망가는 수밖에 없었다. 성안에 있던 진궁은 전씨가 변절한 걸 알게 되자 여포의 가족들을 이끌고 복양성을 빠져나왔다. 조조는 성으로 들어가 지난 날 자신을 속인 전씨의 잘못을 용서해줬다. 유엽이 "쇠뿔도 단김에 빼랬다고 여포를 지금 바로 쳐버리시지요."

"그럼 넌 여기를 지켜라. 우리가 갔다 오마."

조조가 여포를 쫓으니 여포는 장막, 장초와 함께 성안에 틀어박혀서 꼼짝도 안 하고 내다보지도 않는다. 여포의 부하 장수들인 고순, 장요, 장패, 후성은 양곡을 약탈하려고 바닷가를 헤매고 있다는 소문만 들릴 뿐이다. 조조가 여러 날을 기다려도 여포가 대꾸가 없으니 40리 떨어진 먼산 기슭에 진을 친다.

때는 보리타작하는 철이라 조조는 군사들에게 보리타작을 명령했고 이 소식이 여포네로 흘러든다. 여포가 군사들을 이끌고 몰래 조조네 진지 가까이에 와본다. 하지만 좌우를 살펴본 후 혹시 숲속에 복병이 있지 않을까 지레짐작하고 자기 진지로 군사를 이끌고 돌아가버렸다.

소주 추가 구라 _ 경상도 출신 후배가 대학교에 들어가서 술을 배우기 시작했다. 신입생 환영회다 뭐다 술 마실 일이 점점 늘어나니 술 실력도 늘어만 갔다. 집에서는 이 사실을 어머니만 알 뿐 아버지는 모르고 있었다.

하루는 저녁에 술이 취해서 집으로 돌아와 초인종을 누르는데 평소에는 엄마가 문을 열어주러 나오는데 그날따라 아버지가 문을 열어주러 나오더란다.

'아이쿠! 큰일났다. 아버지한테 술 먹은 거 걸리면 안 되는데! 어떡하지, 그냥 도망가버릴까? 어떡하지?'

후배는 지레짐작으로 조바심을 쳤다. 아버지의 목소리가 들렸다.

"누고?"

문이 딸깍, 열리면서 아버지의 얼굴이 보였다. 후배는 오히려 버럭 소리를 질렀다고 한다.

"아부지는 내 나이 때 술 안 묵었나? 와 이라는데! 술 좀 묵으면 안 되나?"

아버지는 아무렇지도 않은 표정을 지으며 혀를 끌끌 차며 한마디.

"이기 미쳤나? 빨리 드가서 자라."

그러나 더 큰 문제는 다음 날 아침이었다.

'어떻게 아버지를 보지? 아이구~'

근데 막상 아버지는 아무 말도 없으시더란다. 지레짐작. 이거 괜히 했다가 오히려 지 마음만 불편한 경우도 많다.

여포가 잠시 왔다가 갔다는 보고를 받은 조조는 껄껄 웃으며 "그놈이 저 숲을 보고 복병이 있을까 겁을 먹었구먼! 내게 묘책이 있으니 우선 깃대를 만들 길고 반듯한 나무들을 준비해라."

다음 날 여포가 진궁과 고순에게 진을 지키라 하고 군사를 이끌고 다시 조조네로 갔다. 숲속에 보니 수많은 깃발이 바람에 나부끼고 있는 것이 아닌가. 여포가 회심에 찬 미소를 지으며 "그럼 그렇지, 나도 짱구가 있는 놈인데. 저 수풀에 불을 질러라."

불을 지르자 불길이 점점 타오른다. 근데 이상하다. 불을 지르면 '앗 뜨거!' 든지 '안 뜨거워!' 든지 뭔가 소리가 나야 할 것이 아닌가. 아무 소리가 없이 불길만 타들어가는 것이 왠지 이상하다.

그때였다. 갑자기 등 뒤에서 천둥 같은 북소리가 요란하게 울리더니 조조네 군사들이 마치 수문이 열린 듯 물밀 듯 쏟아져 온다.

하후돈, 하후연, 허저, 전위, 이전, 악진이 힘을 합쳐 여포를 향해 달려든다.

"사로잡자, 여포! 때려잡자, 여포!"

제아무리 여포라고 하더라도 여섯 명이 한꺼번에 달려드는 데에는 당해낼 도리가 없다. 급히 도망가는 중에 악진이 쏜 화살에 여포네 장수 성염이 맞아죽고 말았다. 여포가 도망갔다는 소식을 접한 진궁은 여포네 가족들을 이끌고 성 밖을 빠져나갔다.

2005년 1월 9일, 내장산에 있는 백양사 운문암에 놀러갔었다. 지선 스님은 우리 일행 중에 신혼부부가 있다는 걸 아신 후 이런 말씀을 하셨다.

"성(城)은 짓기보다 지키기가 힘든 법이니라."

'가정'이라는 성을 잘 지켜나가라는 의미이다.

여포도 마찬가지다. 성을 지키는 데는 실패한 거다. 조조가 여세를 몰아 찌르고 베고 짓밟으며 얼굴에 튀긴 피를 닦을 새도 없이 정도성으로 쳐들어간다. 조조의 군사가 무서운 기세로 들어오는 것을 보자 여포네 장수 장초는 자결하고 장막은 원술에게로 도망을 가버린다. 조조는 이렇게 삽시간에 산동성 일대를 장악하고 백성들에게는 '잘살게 해주겠다.'는 공약으로 안심시켰다.

도망간 여포는 어디에 있을까? 오랜만에 여포 한번 불러보자.

"여기는 구라 삼국지 본부입니다. 여포? 어디에 있습니까?"

"나 말이오? 지금은 진궁과 함께 해빈(海濱)이란 곳에 있소."

"지금 심정은 어떻습니까?"

"방금 운이 나빠 패했지만 조조는 언제든지 내 밥입니다."

"그렇습니까? 앞으로의 계획 좀 말씀해주십시오."

"군사를 모아야지요."

"진궁의 생각은 어떻습니까?"

"네, 저도 여러 장수들과 회의를 해본 결과 조조네가 워낙 상승세라 잠시 숨을 고른 다음, 때를 기다려야 한다고 생각하고 있습니다."

"네, 잘 알겠습니다. 그럼 식사 잘 하시고 다음에 또 뵙겠습니다. 여기는 구라 삼국지 본부였습니다!"

후식 추가 구라 _ 고스톱 좋아하시는 분들은 진궁의 심정을 알 거다. 그날따라 정말 패가 안 풀리는 때가 있다. 이렇게 해도 안 되고 저렇게 해도 안 된다. 상대방은 뒷장이 짝짝 맞는데 나는 내기만 하면 설사요, 먹으려고만 하면 앞사람이 낼름 먹어버려서 도저히 안 되는 경우가 있다. 이럴 때 제일 좋은 방법은 무조건 쉬면서 때를 기다리는 거다. 초짜들은 여포처럼 열 받아서 열 번을 고(go)를 하는 경우가 있는데 이럴 땐 백발백중 잃게 되어 있다. 진궁처럼 몇 판 쉬는 거다. 담배를 피우러 나간다든가 밖에 나가서 목 운동을 한번 하든가 화장실에 가서도 오줌이 안 나오면 찬물로 세수라도 해야 한다.

여포가 "그렇다면 기주에 있는 원소한테 가면 안 될까?"

상황을 파악한 원소가 참모들을 불러모아 '조조와 여포가 싸우고 있다는데 누구 편을 들 것인가?'를 주제로 회의를 열었다. 결론은,

- 여포 그놈은 표범 같은 놈이다. 연주를 손에 넣으면 기주를 넘볼 놈이니 조조를 돕는 게 낫겠다.
- 안량(顔良)에게 군사 5만을 주어 조조를 돕자.

이 소식을 들은 여포는 "그렇다면 우리는 어디로 가야 하나? 소문에 유현덕 공이 새로 서주를 다스린다는데 서주는 어떨까?"

여포가 서주로 오고 있다는 소식을 들은 유비네도 마찬가지로 회의를 연다. 미축이 "여포는 시한폭탄 같은 놈이니 그를 받아들이면 손해입니다." 하고 말하니 유비가 "여포가 연주를 습격하지 않았으면 우리 서주가 조조의 화를 면할 수 있었겠소? 어려울 때 찾아오는데 받아줍시다."

장비가 끼어들며 "형님은 너무 좋게만 해석하시는데요. 받아들인다 해도 대비는 하셔야지요."

"아우야, 알았다."

이왕 맞아들이기로 한 거 30여 리 밖까지 나가 여포를 맞이해 사이좋게 어깨를 걸고 성으로 나란히 들어온다.

[구라 삼국지 서식 제1호 – 이력서]

이력서

특기	활쏘기와 말타기
출신	구원
별명	봉선
주변의 평가	당대의 뛰어난 용장 VS 여우 같은 놈
특이사항	- 처음에는 동탁을 죽이려다 나중에는 동탁의 심복이 되었다가 다시 동탁을 죽인 '왔다갔다' 하는 캐릭터. - 싸움을 무지무지하게 잘했으며 당시 여성들이 좋아하는 스타일이었다는 이야기도 있지만 확인은 안됨. - 한때 패장이 되어 이곳저곳 떠돌다가 유현덕과 함께 잠시 일을 도모하기도 했음.

양념게장 추가 구라 _ 여기서 우리 교훈을 하나 발견해보자. 이왕 여포를 밀어주기로 한 거라면 확실하게 밀어주는 거다. 세상 살다보면 이런 일 많다. 도움을 주긴 줘야 하겠는데 썩 내키지 않는 경우 말이다. 이때는 찜찜한 마음 접고 확실하게 밀어주는 것이 좋다. 괜히 뜨뜨미지근하게 도와줘봐야 나중에 생색도 안 난다. 어려울 때 확실하게 도와줘야 나중에 조그만 티라도 난다.

"같이 일해봅시다."

유현덕의 동업제의에 여포는 반가울 따름이다.

"근래에 이곳을 다스리던 도겸 공이 세상을 떠나 서주를 맡아 다스릴 자가 없어서 잠시 제가 맡고 있었습니다. 이제 다행히 공께서 서주로 오셨으니 이곳을 맡아주시오."

유현덕이 관인을 가져다주려고 한다. 여포가 뒤에 서 있는 관우, 장비와 눈이 마주치자 상황이 영 멋쩍다.

"저는 무관인데 서주 목사가 하던 행정 일을 어찌 알겠습니까."

여포가 한 발짝 물러선다. 유현덕이 재차 권해보지만 끝내 사양하고 만다. 유현덕은 여포 일행을 위해 잔치를 베풀고 묵을 저택을 마련해주었다. 며칠 후 여포네서 집들이를 한다고 잔치를 베푼다. 유비, 관우, 장비가 초대 손님으로 참석하여 주거니 받거니 몇 순배 돌아갔다. 여포가 갑자기 젊은 처 초선에게 "유비에게 절을 올려라."

하지만 유비는 극구 사양한다.

여포가 "아우님, 뭘 그렇게 사양하십니까. 그러지 마시고……."

여포의 말이 채 끝나기도 전에 장비가 또 흥분한다.

"이놈아, 내 형님한테 아우라니! 나랑 한판 붙자!"

유비가 장비를 향해 → "장비야, 너 왜 그러니? 취했니?"

유비가 여포를 향해 → "아우가 주사가 좀 있습니다. 대신 저를 꾸짖어 주십시오."

여포는 그래도 영 수그러들 생각을 않는다.

"밖에 나가서 나랑 한판 붙어보자니깐!!"

술판 분위기는 자동적으로 깨지고 말았다.

마늘 추가 구라 _ '아우'란 말을 함부로 쓰다가 낭패를 당한 사람을 본 적 있다. 어릴 때 내가 근무하던 영화사 사장과 같이 부산에 갔을 때다. 우리 영화사는 신생이었고 부산에 간 이유는 부산 지방의 영화 흥행사에 영화 제작비 일부를 부탁하기 위함이었다. 우리보다 큰 영화사도 지방 흥행사들에게 잘 보여야 하던 시절이 있었다. 지금처럼 영화를 펀딩 받아서 하던 시절이 아니고, 좋은 시나리오가 있으면 지방 흥행사들에게 시나리오를 보여주고 그 사람들이 돈을 밀어주면 영화가 완성이 되는 거고 돈을 안 밀어주면 영화를 못 만들던 시절이었다. 낮에 사무실에 가서 인사를 나누고 저녁에 술자리가 펼쳐졌다. 물론 술 마시다가 돈 이야기를 좀 할 심산이

"나이가 어리면 어린 거지,
동생이 무슨 말이오, 동생이.
세 살밖에 안 많으면서!"

었다. 한참 술을 마시다가 우리 회사 사장님이 지방 흥행사에게 나이를 물어봤다.

"노 사장은 올해 나이가 몇이오?"

"마흔두 살입니다."

"아! 그러면 나보다 세 살 어리네. 내 동생하면 되겠네."

흥행사가 잠시 침묵을 지키더니 "동생이라고요? 내가 왜 동생해야 되는데요?"

"그거야 나보다 나이가 어리니까!!!"

"나이가 어리면 어린 거지, 동생이 무슨 말이오, 동생이. 세 살밖에 안 많으면서!"

"(당황) 그게 아니고……"

"나 김 사장하고는 거래 몬 하겠는데요. 비즈니스로 술 마시다가 동생이 뭐요? 동생이?"

그날 밤 분위기 완전히 박살났다. 나는 중간에서 민망해서 혼났고 사장은 연신 굽신거릴 수밖에 없었다. 술 사주고 미친 놈 된 거다. 갑자기 튀어나온 '내 동생하면 되겠네.'라는 말 한마디 때문에 본전에서 한참 손해보고 왔다. 사회에서는 '형—동생'이 그리 쉽지만은 않더라. 세상의 모든 형님들! 동생뻘 되는 사람이 '말씀 낮추십시오. 제가 형님이라고 부르겠습니다.'라고 할 때까진 참아야 하느니라!

● 구라 심리학 _ 나이에 집착하는 행동은 여성보다는 남성들에게서 두드러지게 나타난다. 남성들은 여성에 비해 큰 무리를 만들어 노는 것을 선호한다. 떼로 몰려다니는 것이다. 집단이 형성이 되면 자연스럽게 집단 내에서 서열이 형성된다. 파워를 갖는 자가 생기고 그 파워에 굴복하는 자가 생기는 것이다. 이러한 행동은 사회화 과정을 통해 습득이 되고, 자연스럽게 어른이 되어서도 서로 간에 감투를 쓰거나 대접을 받는 위치에 앉으려고 경쟁을 하게 된다. 그렇다면 남성들이 나이에 집착을 하는 이유는 뭘까? 그것은 대접을 받는 위치를 점하고자 하는 목적에서 나타나는 행동이라고 할 수 있다. 서로 다 큰 성인끼리 만나서 대접을 받는 위치를 정하는 데 있어 나이만큼 객관적인 척도는 없다고 할 수도 있다. 더욱이 우리 사회는 장유유서(長幼有序)라 하여 연장자가 우선시되고 대접받는 사회이기 때문이다. 그러니 연장자라 여겨지는 사람은 나이를 들먹거리게 되고 나이 어린 사람의 입장에서는 뒷맛이 개운치가 않게 되는 것이다. 장유유서의 전통(?) 덕분에 사소한 시비가 발생하여 싸우다가도 시간이 지나면 시시비비를 가리기보다는 나이를 들먹거리며 싸우는 모습을 흔히 목격할 수가 있다. 또한 직장 내에서도 나이 어린 상사를 모시는 것에 대해 상당히 힘들어하는 이유도 바로 몸에 배어 있는 장유유서와 위배되기 때문이다.

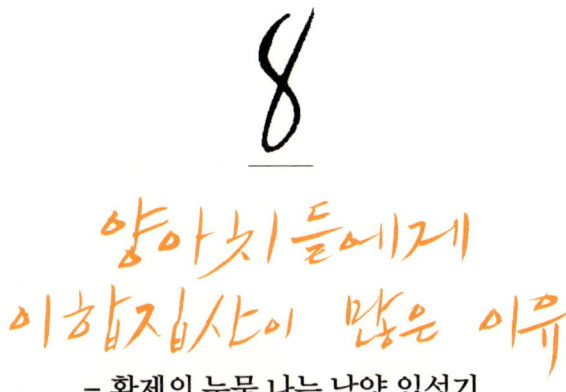

8

양아치들에게
이합집산이 많은 이유
– 황제의 눈물 나는 낙양 입성기

며칠 후 여포가 유현덕을 찾아와 "제가 딴 데로 가야겠습니다."

"아우를 대신하여 제가 다시 한번 사과드리겠습니다. 이대로 가시면 제가 뭐가 됩니까?"

이미 돌아선 여포의 마음을 돌릴 수는 없다.

오성 볼링장의 광고문안이 재미있다. 〈돌아선 여인의 마음은 돌릴 수 없지만 쓰러진 볼링핀은 다시 세울 수 있습니다.〉

유현덕이 "이 근처에 소패라는 곳이 있습니다. 제가 전에 머물렀던 곳인데, 그곳에 가 계시면 어떨까요? 거기라면 양식 걱정도 별로 없을

양귀비도 이것만은 못해봤다
방앗간 만남 주선
매파연락처 : 잽싸게-빨리빨리, 가다가-오락가락

구라일보

www. GURA DAILY .com

122년 3월 5일 창간

"조조, 드디어 산동성 평정하다"

〈속보〉 그간 엎치락뒤치락해오던 '조조-여포'의 전투가 조조의 승리로 일단락됐다. 전씨의 결정적인 배신으로 조조에게 쫓긴 여포는 그간 갈 곳을 찾지 못하다 유비네에 가서 겨우 한숨을 돌리고 있는 상황이고, 조조는 산동성 백성들을 추스르며 안정적인 정치를 펼쳐나가고 있는 형세이다. 익명의 제보자에 의하면 여포가 일종의 '설화' 사건을 일으켜 다시 소패로 가게 되었다고 한다. 여포가 유비에게 '아우'라고 불렀다고 장비가 발끈, 이에 찜찜한 마음을 참지 못하던 여포가 마침내 자진해서 소패로 쫓겨나듯 갔다고 한다. 한편 조조는 다음 전투를 위해서 무언가를 준비하고 있다는 제보가 속속 들어오고 있으나 아직 그 명확한 실체는 밝혀지지 않고 있는 상황이다.

한편 이번 전투에서 매 국면을 좌지우지했던 '복양성 전씨'의 실체에 대한 궁금증이 높아져 가고 있다. 전씨는 애초에는 여포의 편에 있다가 나중에 조조 편에 투항, 조조의 승리를 이끌었던 결정적인 인물 중의 하나였다. 우선 전씨의 행적을 살펴보자. 그는 조조에게 편지를 보내 '야음을 틈타 쳐들어오면 제가 돕겠다'고 약을 친 후 조조가 빈 성으로 들어오도록 유인, 소소의 패전을 유도해냈다. 하지만 그는 며칠 후 다시 마음을 바꿔 조조와의 전투에서 여포가 싸움에 밀려 성으로 들어오려고 하자 문을 굳게 걸어 잠궈 결국 조조가 복양성을 빼앗을 수 있도록 했다. 그의 이러한 갑작스러운 변심에 대해서 의문을 제기하는 네티즌들이 한둘이 아니다. 특히 일부 네티즌들은 전씨의 경제적 부유함에 그 초점을 맞추고 있다. 복양성 내에서 갑부로 알려진 그는 거느린 식솔만 해도 천 명에 가깝다는 것. 결국 그는 '누가 성을 점령해야 저 자신에게 유리할 것인가.'에 대한 잔대가리를 굴리다가 결국 선택한 것이 조조라는 이야기. 하지만 또 일각에

조정, 건덕장군 비정후 벼슬내려
조조와 부하 장수들 사기충천

서는 '조조-전씨 막후 협상설'도 제기하고 있다. 특히 조조가 복양성을 점령한 후 지난 날 자신의 패전을 유도했던 전씨의 잘못을 너무도 스스럼없이 용서해줬다는 점에서 사전에 무언가 '밀약이 있었던 것이 아니냐는 것. 특히 자신이 투항했을 경우 조조가 자신을 용서할지 안 할지도 모르는 상태에서 쉽게 마음을 바꿨다는 것도 의심을 더하는 대목이라고 할 수 있다. 그의 행동에서 부자들 특유의 '보수성'이 전혀 보이지 않았기 때문이다. 어쨌든 '복양성 전씨'의 행동 배경에는 아직도 많은 의문점이 남아 있지만 전씨 스스로가 이를 밝히지 않은 한 사건의 배후는 밝혀지지 않을 가능성이 매우 높다고 할 수 있다.

〈이구라 기자〉

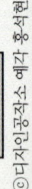

ⓒ 디자인공작소 솔개가 홍석원

거구요. 다시 한번 동생을 대신해서 제가 미안하다는 말씀을 드리고 싶습니다."

여포는 부르는 데도 없고 갈 데도 없으니 소패로 가기는 하지만 심정이 말이 아니다. 속으로 다짐하기를 '유현덕은 괜찮은데 동생들이 문제네! 장비야, 언젠가 한번 붙어보자! 장비에게 모욕당한 걸 잊지 않으리라! 잊지 말자, 장비! 붙어보자, 장비!'

연예인들이 야간업소 일을 할 때 사장은 좋은데 지배인을 싫어해서 야간업소 일을 못하게 되는 경우도 많이 있다. 잊지 말자, 지배인! 붙어보자, 장비!

한편 옛날 동탁의 똘마니였던 이각과 곽사 두 놈이 동탁의 DNA를 물려받았는지, 둘이 나눠서 나쁜 짓을 경쟁적으로 해대는데 말릴 사람이 아무도 없다. 스스로 대

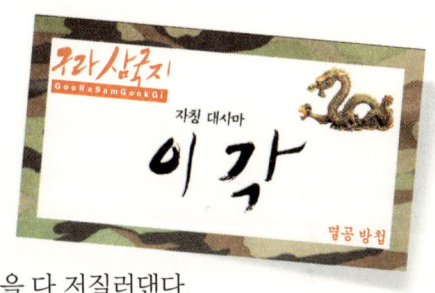

사마와 대장군이라 칭하며 온갖 부정을 다 저질러댄다.

어느 날 태위 양표와 주전이 헌제를 몰래 찾아와 말한다.

"요즘 조조에게는 20만 이상의 군사는 물론, 머리 좋은 모사들과 장군들이 많습니다. 그를 끌어들여서 이각, 곽사 같은 간신배들을 제거하면 천하가 평화롭고 조용해질 것입니다."

헌제는 눈물을 흘리며 "당신들은 알 거야. 짐이 그 두 놈들에게 얼마나

수모를 당하고 있는지. 조조를 불러들이면 그놈들을 없앨 수 있을까?”

“먼저 이각, 곽사 두 놈을 이간질을 시켜서 둘 사이를 떨어지게 한 후 조조에게 밀명을 내려 그것들을 소탕하게 하면 틀림없이 성공할 것입니다. 곽사의 아내가 질투심이 강하다는 말을 들었습니다. 질투심을 잘 이용하면 두 놈들끼리 서로 물고 뜯고 싸우게 될 것입니다.”

어전에서 나온 양표는 집으로 돌아와 자기 아내에게 자초지종을 설명하고 곽사네 집으로 보낸다.

양표의 아내가 “마님, 제가 여기 온 건 다름이 아니오라 곽 장군께서 이각의 부인과 은밀히 정을 나눈다는 소문이 있기에 혹시나 알고 계신가 해서요.”

요거 정말 많이 써먹는 수법인데 예나 지금이나 먹히는 수법이다.

＊ 질투는 인류만큼 오래된 것이다. 아담이 한번 늦게 들어왔을 때 이브는 늑골을 세기 시작했다. – L.베 (뭐 하던 인간인지 모르지만 재미는 있네.)

“안 그래두요, 요즘 외박이 잦고 집에도 맨날 늦게 들어오더만요. 또 나한테 짜증을 잘 부려서 이상하다 했는데 정말 고마워유.”

백제 의자왕 때 이야기다. 삼천궁녀가 낙화암에서 떨어져 죽었다고 했는데, 삼천궁녀가 낙화암에서 떨어진 시각은 몇 시일까? 떨어지는 데 걸린 시간은? 줄은 나이순으로 섰는지 일찍 온 순서대로 섰는지? 떨어져 죽자고 결정났을 때 그날 안 나온 궁녀는 무슨 핑계를 대고 안 나왔을까? 아버님 제삿날이라서? 몸살감기 때문에? 감자 캐러 가야 하니까? 빨래 걷어야지! 그날은 생리휴가날이라?

마찬가지다. 외박을 하거나 집에 늦게 들어왔던 곽사는 집사람에게 어떤 이유를 말했을까? 오다가 친구 만나서 한잔하느라고! 말발굽 수리하러 갔는데 말에 딱 맞는 발굽이 없어서 기다리다가, 막차가 끊긴 줄 모르고 술 마시느라.

며칠 후 곽사가 이각의 집에서 연회가 있다는 연락을 받고 외출하려는데 부인이 슬슬 딴지를 걸기 시작한다.

"아니, 다 늦은 저녁에 어딜 간다는 거예요. 모처럼 일찍 들어왔으면 쉬든가, 애들 숙제도 좀 도와주고 그러지."

쩝, 곽사는 부인이 하도 안달을 하니 그냥 집에 주저앉는다. 연회에 참석하지 않으니 이각 집에서 저녁 늦게 하인을 시켜 음식을 보내온다. 이미 질투심에 사로잡힌 부인은 스스로 일을 꾸미기 시작한다. 몰래 이각이 보내왔다는 음식에 독을 탄 후 태연히 "귀하신 몸이 아무 음식이나 막 드시면 되겠어요? 혹시 모르니까……." 하며 음식을 한 조각 떼어 마당에서 놀고 있는 개에게 던지니 개가 꼬리치며 널름 받아먹는다. 독을 넣은 음식을 주니 개가 당연히 그 자리에서 괴로운 얼굴(?)을 하더니 죽어버린다.

곽사가 "어쭈, 이각 이놈이 나에게 독이 든 음식을 줘?"

며칠 후 조정에서 회의가 끝나고 이각이 곽사에게 전에 연회에 참석하지 못함을 섭섭하게 여기며 다시 집으로 초대한다. 곽사는 속으로는 꺼림칙했지만 조정 대신들이 모두 가는 자리라 빠질 수도 없다. 그날 술이 과했는지 음식이 상했는지, 공교롭게도 곽사는 복통을 하게 됐다.

"아이고 배야. 끙! 끙!!"

"고 봐요, 내말이 맞쥬!"

"옛날에 같이 큰일을 했던 놈이 이제 와서 나를 없애고 혼자 해보겠다 이거지. 싸가지 없는 놈!"

흥분한 곽사가 군사를 거느리고 이각의 집으로 쳐들어가니 이각은 황당하다.

'어, 이놈이 왜 이러지!'

일단 군사들이 들이닥쳤으니 이각네도 대항을 하지 않을 수는 없다. 일단 처음에는 군사들끼리 가볍게 붙기 시작했다. 하지만 싸움이란 게 일단 시작하고 나면 그렇게 호락호락하고 대충 끝날 수가 없다. 점점 싸움에 참여하는 군사들이 많아지고 다치는 놈들도 늘어나니 양쪽의 군사는 수만 명으로 늘어나고 다치는 놈들도 천 단위로 생긴다. 점점 큰 싸움으로 변하기 시작한 것이다. 이놈들이 지네들끼리만 싸우면 되는데 그 와중에 백성들을 약탈하는 놈들도 생기니 민심이 차츰 흉흉해질 수밖에 없다. 이각이 조카 이섬(李暹)을 시켜 천자를 납치해 지네 편으로 만들려고 선수를 친다. 이섬은 천자와 황후를 두 채의 수레에 나누어 태우고 내시와 궁녀들은 걷게 해서 자기네 진지로 끌고 왔다. 이각의 칼날 앞에 꼼짝없이 당하는 천자

이하 모든 내시와 궁녀들은 울음을 그칠 수가 없었다. 이러한 사실도 모르는 곽사. 궁궐로 들어가 금은보화를 챙기고 군사 녀석들은 궁녀들을 겁탈하기에 여념이 없다. 뒤늦게 천자가 이섬에게 납치되어 미오로 갔다는 사실을 알고 이각의 진지로 달려갔으나 이미 천자와 황후 일행은 외부와 단절된 상태였다. 이각 이놈이 천자에게 음식을 주는데, 냄새 나는 양곡에 썩은 고기라. 천자는 기가 막힌다.

"아무리 역도들이라고 하더라도 이런 음식을 보낸다는 건 나를 우롱하는 짓이다."

꺼이, 꺼이. 대신들도 울고 천자의 눈물이 옷깃을 적신다. 그럼에도 일부 신하는 뒷일을 도모하기 위해 천자에게 참을 것을 당부하기도 했다.

"이각이란 놈이 원래가 포악하고 못된 놈이니 지금 바로 불만을 털어놓으면 저놈이 어떤 일을 저지를지도 모르니 지금은 참고 기다리십시오."

잡곡밥 추가구라 _ 아! 생각난다. 그때 그 시절, 미아리에 살던 신혼 시절. 번듯한 집을 구할 돈이 없어서 미아리 재래시장 지나 언덕배기에 살 때였다. 돈이 떨어져 다섯 끼니 정도를 굶었을 때였다. 도저히 안 되겠다 싶어 시내에 돈 좀 구하러 나갔었지. 시내라고 다녀봐야 명동과 종로 일대에 다방 DJ하던 친구나 후배들 만나는 게 전부였다. 차마 쌀이 떨어졌다는 말은 못하고 그냥 돈 좀 달라고 말할 수밖에 없었다. 근데 돈 주는 놈은 한 놈도 없고 술 사주는 놈들은 많더만. 술도 술이지만 나는 안주라도 집어먹었으니 그나마 낫지! 라면, 라면, 라면만 먹다가 몇 끼 굶고 있는 집사람 생각에 술이 더 취하더군! 겨우 집에 갈 차비 구해 집으로 가니 배가 고파서 쓰러져 자고 있더라구! 돈 못 구해온 게 미안해서, 혼자 술 취한 게 미안해서, 혼자 안주 먹고 온 게 미안해서 엉엉 울다 잠이 들었지!

다음 날인가 또 미아리에서 종로까지 걸어가서 어떻게 어떻게 우여곡절 끝에 쌀값은 안 돼도 짜장면 두 그릇값 정도를 얻어서 집으로 가고 있는 중이었지. 우연히 쌀가게를 들여다봤더니 정부미인지 뭔지 가격이 적혀 있는데 내가 가지고 있는 짜장면 두 그릇 값으로 그 쌀 반 포대를 살 수 있는 거야! 눈에 불이 들어오더군. 쌀을 샀지. 그 쌀 들고 오면서 울었어.

차마 쌀이 떨어졌다는 말은 못하고 그냥 돈 좀 달라고 말할 수밖에 없었다.

눈물이 쏟아지는 거야! 서럽기도 하고 반갑기도 하고. 더 결정적인 건 내가 이렇게 싼 쌀이 있는 줄 모르고 이 세상을 지금까지 살아온 게 뼈저리게 쪼다 같아서 반성도 하면서 기쁜 마음으로 집으로 돌아왔지! 자기야, 쌀 사왔다. 밥 해먹자! 쌀포대를 여는데 쌀 색깔이 시커먼 거야. 쌀알도 무지하게 작고. 그래도 뭐 어떠랴. 이것도 쌀인데. 박박 깨끗이 씻어서 한 솥 가득 밥을 지었지. 보골보골 끓고 김이 나고 뜸을 들이고 뚜껑을 열었지. 근데 이거 무슨 냄새야! 밥에서 썩는 냄새가 나는 거야. 밥도 떡처럼 뭉개져 있고.

아이고! 데이고! 아무리 굶었어도 그 냄새나는 밥은 죽으면 죽었지 못 먹겠더구만! 결국 버렸지. 하나도 안 아깝고 열만 받더만. 아니 이걸 먹으라고 파는 거야, 개자식들! 모르는 사람들은 나보고 '이 자식이 배를 덜 곯아봤구만.' 하겠지만 정말이지 도저히 그 밥만큼은 못 먹겠더라구. 나중에 푸대에 남아 있는 쌀을 자세히 보니 쥐똥도 들어 있더라구! 일개 이름 없는 개그맨이 몇 끼니를 굶은 후에도 도저히 먹을 수 없었던 그 냄새나는 쌀밥을 천자와 황후에게 먹으라고 내놓으니 얼마나 기가 막히고 억울하고 미치고 팔짝 줄넘기를 하겠어!

이렇게 몇 날을 보내고 있는데 군사들의 함성이 어디선가 들려온다. 천자가 "저게 무슨 소리냐?"

"곽사네 군사인 거 같습니다."

이번에는 다른 방향에서 함성이 들린다.

"이쪽 함성은 이각 군사 소립니다."

황제는 겁이 나서 어쩔 줄을 모른다.

곽사와 이각이 맞닥뜨려 한판 싸울 기세에 앞서 말싸움부터 한다.

곽사가 "야, 이 역적 놈아, 황제를 내놓아라."

이각이 "역적이라니, 이놈아, 내가 지금 황제를 보호하고 있는 거다."

"그게 보호야? 감금이지!"

제육 불고기 추가 구라 _ 보호냐, 감금이냐. 이거 정말 자기 좋을 대로 해석하는 거다.

개그맨 김한국이 목포에서 보고 온 이야기다. 두 놈이 싸우고 있는데 이쪽 놈은 덩치가 크고 저쪽 놈은 왜소한 몸을 가졌더란다. 먼저 덩치 큰 놈이 한마디한다.

"야, 이 좀만 한 새끼야! 너 같은 건 때릴 때도 없다."라고 말하니 조그만 놈이 바로 맞받아친다. "때릴 데가 없는 거이냐? 빈틈이 없는 거이지!"

과연 누구의 해석이 옳은 것인가. 결국에는 '이긴 놈의 해석'이 맞는 경우가 참 많더라.

곽사가 본격 전투를 제안한다.

"자, 긴말 필요없다. 싸워서 이기는 사람이 황제를 모시기로 하자."

'황제 따먹기 전투'를 100여 회 했으나 승부가 나질 않는다. 이때 양표가 나타나 둘이 화해하기를 청하니 서로가 핑곗김에 잘됐다는 마음을 속으로 감추고 각자 자기 진영으로 돌아갔다.

다음 날 날이 밝자 양표와 주전이 여러 대신들과 함께 곽사를 찾아가 화해를 청한다. 하지만 곽사는 '꿩 대신 닭'이라고 이놈들마저 감금해버린다. 이에 양표와 주전이 심하게 항의하니 두 사람만 풀어줬다. 이들은 "한나라 신하의 몸으로 나라와 군주를 바로 모시지 못하니 하늘을 우러러볼 수가 없도다." 하고 비탄의 눈물을 뿌렸단다. 우리도 살면서 하루에 한 번씩 맘먹고 하늘을 쳐다보자. 하늘은 우리를 언제나 보고 있다.

풀려나온 주전은 집으로 돌아왔지만 홧병으로 죽어버린다.

그 후 이각과 곽사의 '황제 따먹기 전투'가 무려 50일이나 계속되면서 죽어나가는 병사들도 하염없이 많았다. 그 와중에 이각은 무당을 좋아해서 매일 굿을 해대는데 옆에서 누가 말려도 도대체 말을 듣질 않는다. 참다못한 가후가 한마디했지만 이 역시 무시를 당한다. 가후는 혀를 차며 굿하는 곳을 빠져나왔다. 조정의 신하 중 한 명이 은밀히 황제에게 속삭이기를 "지금은 가후가 이각의 신하이기는 하지만 본심은 황제에게 있는 거 같습니다. 가후하고 앞으로의 일을 도모하시는 게 어떨는지요?"

가후

잠시 후 가후가 황제 앞에 나타났다. 황제는 반가운 마음에 "가후야, 네가 나 좀 구해다오."라고 간청을 하니 가후는 "그건 저도 원하는 일입니다.

황제폐하, 제가 알아서 돕겠습니다."

또 잠시 후 굿을 끝낸 이각이 허리에 칼을 차고 황제 앞에 나타나니 황제는 두려움에 몸이 떨린다. 이제 이각 눈에는 뵈는 게 없다.

"곽사 그놈, 아주 맹랑한 놈입니다. 조정의 신하들을 감금하고 말입니다. 제가 아니었으면 폐하는 곽사에게 붙잡혀 갔을 겁니다."

황제가 이각의 손을 잡고 마지못해 "자네, 수고가 많았네." 하며 치하하니 이각은 기뻐하며 물러난다. 이각이 돌아간 후 구라가 다소 쎄고 이각과 같은 동네에서 자란 황보력(皇甫酈)이 나타난다. 황제는 그에게 이각과 곽사를 한번 화해시켜보라고 명을 내렸다.

굿판이 벌어졌다. 무당은 신명이 났는지 버선발로 붕붕 날랐다. 연희 보살.

황보력이 먼저 곽사를 찾아와 "만약 이각이 황제를 돌려보낸다면 공께서는 대신들을 풀어주시겠소?"

곽사가 "OK."

황보력이 다시 이각을 찾아가 "곽사는 황제의 뜻에 따르기로 했소이다. 공께서는 어떻게 하시겠소?"

"나는 여포를 쫓아낸 공이 있고, 정사를 돌본 지 벌써 4년이나 됐소. 곽사 그놈은 일개 마적이요, 마적! 그런 놈이 나한테 까불다니!! 나는 화해할 이유가 없소."

갓김치 추가 구라 _ 어떤 사람의 옛날 일에 관해서 잘 안다고 그걸 다른 사람에게 함부로 말하지 마라! 정말 싫어한다. 특히 동창이나 가족 모임 나가서 너네 아버지 옛날에 담배 피우다 걸린 일, 담치기하다가 선생한테 빠따 맞던 일, 술 먹은 다음 돈 안 내고 도망가던 일들을 마누라랑 자식 앞에서 하지 마라. 아무리 말을 잘해도 원수된다. 특히 아이들 상처가 크다. 무심코 던진 한마디에 마누라 개구리, 아들 개구리 가슴에 화상 입는다. 동창 중에 '똥개'라는 별명을 가진 친구가 있었다. 녀석은 미국에서 살던 중에 미국에서 자란 한국 여자랑 결혼을 했다. 오랜만에 부부가 함께 동창회에 왔는데, 동창들이 오랜만에 만나니 "야! 똥개야, 반갑다." 하며 불렀다. 그랬더니 와이프가 '왜 이 사람의 별명이 똥개인가.'를 꼬치꼬치 물어대는데, 아주 곤혹을 치렀다.

'똥개라면 똥을 먹는 개라는 의미인데, 왜 이 사람이 그런 별명을 가지게 됐어요?'

'언제부터요?'

황보력도 호락호락 물러서지 않는다.

"공은 지금 세상의 권세를 한손에 쥐고 있고 공의 자손과 친척들은 낙하산 타고 훨훨 날아서 높은 벼슬에 많이 앉지 않았소. 곽사가 대신을 감금한 거나 공께서 천자를 감금하고 있는 거나 뭐가 다르단 말이오."

열받은 이각이 냅름 칼을 빼들고 "천자가 시키더냐? 어디서 그 따위 말버릇을!" 하며 죽일 태세를 취하자 양봉이라는 자가 말리며 똑똑한 소리 하나 한다.

"천자의 사자를 죽이면 곽사가 군사를 일으킬 명분을 만들어주는 겁니다. 그렇게 되면 제후들은 곽사를 도울 것입니다."

옆에 있던 가후도 같이 합세해 말리니 그제야 이각이 칼을 내려놓는다. 밖으로 나간 황보력은 분이 풀리지 않았는지 대로변에서 '이각이 천자를 죽이고 스스로 천자가 되려고 한다.'며 고래고래 소리를 질렀다. 이 소리를 들은 이각 신하 중 한 명인 왕창(王昌)이 냉큼 달려와 "속삭이는 말도 다 도청이 되는 세상인데, 그렇게 소리를 지르면 어떻게 하려구 그러세요."라고 말린다.

황보력은 씩씩대며 기개를 멈추지 않는다.

"임금이 욕을 당하면 신하는 마땅히 죽어야 한다. 내 비록 이각에게 죽임을 당한다 하더라도 할 말은 해야겠다. 사냥개야, 길 비켜라."

황보력의 고함에 사람들이 몰려드니 더욱 더 큰 소리로 "이각은 모반자다. 그를 따르는 자는 역적이다."라고 외치면서 서량으로 내려가버렸다. 이 소문을 들은 이각이 왕창에게 황보력을 죽이라고 명령했다. 왕창은 황보력을 아끼는 마음이 있어 잡으러 가는 체하다가 그냥 돌아와 "어디로 갔는지 모르겠네요?" 하고 <u>거짓 보고를 해버렸다.</u>

나박물김치 추가 구라 _ 때로는 거짓 보고가 상황을 더 좋게 만드는 경우도 있다. 지금부터 약 30여 년 전 부산에서 전인권이랑 같이 살 때였다. 둘이서 사는 집에 아는 사람들이 많이 놀러왔다. 나는 전인권에게 "야, 나가서 맥주 좀 사와라." 하고 시키면 인권이는 밖으로 나간다. 하지만 우리는 맥주를 살 돈이 없었다.

잠시 후에 전인권이 들어오면서 이야기한다.

"형, 맥주 다 떨어졌다는데요."

"야 임마, 그러면 소주라도 사와야 할 거 아냐?"

"네, 그래서 소주를 사왔습니다." 하고 소주병을 꺼내 놓는다.

사실은 전인권이 나간 뒤에 내가 뒤따라나가서 시켰다. 맥주 다 떨어져서 소주 사왔다고 말하라고. 이 '거짓 보고' 때문에 우리 집에 온 사람들은 비록 소주를 먹을지언정 모두 맥주 먹은 기분이 되어 돌아가곤 했다. 내가

맥주 다 떨어져서 소주 사왔다고
말하라고. 이 '거짓 보고' 때문에
우리 집에 온 사람들은
비록 소주를 먹을지언정
모두 맥주 먹은 기분이 되어
돌아가곤 했다.

시킨 거짓 보고와 자발적으로 한 거짓 보고는 다르지만 하여튼 옛날 부산에서 인권이랑 살 때 생각이 갑자기 났다.

황보력의 외침은 생각보다 파장이 강했다. 이각의 군사 대부분이 서량 사람들이었으니 서량으로 내려온 그의 말을 들으려고 사람들이 모여들었다.

"그래, 듣고보니 이각이 그놈이 나쁜 놈이구먼!"

"저런 쳐죽일 놈이 있나!"

"인제 그놈을 도와주면 안 되겠구먼!"

웅성웅성 이야기가 삐져나오는 와중에 한 사람이 의미심장한 이야기를 한다.

"안 그래도 이런 쪽지를 봤시유!"

"무슨 쪽지?"

"천자께서 우리더러 빨리 귀환하래유! 귀환하면 상도 주고 벼슬도 내려주겠다는 거유!"

"흐음! 그래? 이각을 위해 일해봤자 상도 못 받고 벼슬도 못 받았는데 마음을 달리 먹어야 되는 거 아니야?"

"근데 이상하지유! 천자께서 이각에게 대사마란 벼슬을 내렸대유!"

"뭐가 이상해? 미운 아이 떡 하나 더 주는 거겠지?"

"미운데 떡 하나를 왜 더 줘유?"

"한국 속담에 그런 게 있어. 한국이 얼마나 앞서가는 나란 줄 알어?"

"그렇긴 하지만…… 혹시 겁먹은 건 아닐까유!"

"하여튼 벼슬도 내려주고 상도 주니깐 이각 이놈이 뭐라고 했는 줄 알아?"

"뭐라고 그랬대유?"

"이게 다 무당굿빨 덕이구나!"

"저런저런!"

"장군들에겐 상도 안 주고 무당에게 보너스를 지급했대나, 어쨌대나!"

"그럼 같이 싸웠던 장군들은 가만 있었남유?"

"아니지. 양봉하고 송과(宋果)가 '우리들이 목숨 걸고 싸웠는데 우리가 무당보담 못하단 말이냐. 그 역적 놈을 잡아 죽이고 천자를 구하자.'고 의기투합을 했지!"

"그래서유?"

"에유~, 얘기 자꾸 끊을래?"

"아녀유, 마저 하셔유."

"근데 이걸 어떤 놈이 이각이한테 고자질을 해갖고설랑……."

"저런 쳐죽일 놈!"

"그날 밤 자객 두 놈이 바로 송과의 목을 날려버리니 양봉은 군사를 데리고 서안으로 도망쳐버렸지."

"근데 나쁜 소식만 있는 게 아냐."

"뭔 좋은 소식이래유?"

"이각 밑에 있던 장수들도 한 명 두 명 빠져나가기 시작하는 거야. 이런 와중에……."

"이런 와중에?"

"섬서성의 장제(張濟)가 대군을 이끌고 쳐들어와서 이각하고 곽사에게 두 사람이 화해하지 않으면 군사를 끌고 와 공격을 하겠다고 엄포를 놓은 거야."

"얼씨구! 잘한다!"

"할 수 없이 두 인간이 화해를 하기로 했지! 지들이 별 수 있어? 장군들도 빠져나가지, 군사들도 줄어들지, 전투도 너무 오래했지! 피곤하잖아! 박카스가 있는 것도 아니고. 있어도 한두 병 가지고 해결될 일도 아니고."

"잘됐네그랴!"

"황제가 장제에게 표기장군이란 벼슬을 내리고 곽사가 붙잡아둔 대신들을 풀어줄 때만 해도 황제는 그리워하던 낙양으로 탈 없이 갈 줄 알았지. 이각도 황제가 탄 수레를 정중히 호송해줬구!"

"근데 무슨 일이 있었구먼!"

"어허! 말 끊지 말어! 고만할까?"

"아녀유, 계속해봐유!"

"황제의 행차가 신풍(新豊)을 지나 패릉(覇陵)에 도달해서 다리를 건너려고 하는데 누가 막더래!"

"누가유?"

"곽사의 부하들이 수레를 막고 누구냐고 물었지. 당연히 수레를 모시던 신하들은 '천자의 행차이니 길을 비켜라.'고 했겠지. 근데도 그놈들은 '직접 얼굴을 봐야쓰것다.'며 직접 황제의 얼굴을 확인하고 길을 터줬대."

"건방진 자식. 지가 천자의 얼굴을 알기는 아남유?"

"허긴 그러네! 어쨌거나 곽사의 부하들이 곽사에게 '황제가 다리를 통과했다.'고 보고를 하자 곽사 이놈은 화가 머리끝까지 나서……."

"왜 화가 나유? 이각이랑 다 그렇게 합의를 한 거 아녀유."

"그러니까 곽사 그놈이 뭔가 꼼수가 있었던 게지. 곽사가 '장제네의 대군을 당해낼 수가 없어서 할 수 없이 거짓으로 화해하는 체했다가 황제가 다리에 나타나면 미오로 납치하려고 했는데 길을 터줬던 네놈들 때문에 일을 다 망쳤다.'고 하면서 그 자리에서 목을 쳐버린 거야."

"다리 지키던 놈은 그런 계획을 몰랐나유?"

"몰랐으니까 그냥 보내줬지? 알았으면 보내줬겠냐?"

"얼굴도 확인해보겠다는 둥 하면서 자기 딴에는 잘해보려다 엿된 경우네유."

(대화가 길어지니까 독자 여러분들께서 도대체 이 두 사람은 누굴까라는 궁금증이 생길 것 같다. 그러니까 이름이 없는 이 두 사람들로부터 나중에 '시사문제 전문가'라는 직업이 생겨나지 않았을까 생각이 든다. 그러니까 '시사문제 전문가'의 원시적인 형태라고 봐야 되지 않을까!)

"그렇지! 곽사는 그놈들을 처단한 후 황제를 뒤쫓았지. 게 섯거라! 하니 황제가 겁을 잔뜩 먹고 눈물을 글썽이면서 대신들에게 물었지!"

"뭘 물어유?"

"어떻게 하면 좋겠냐는 거지. 언제나 물어보기만 했지 아이디어는 별루 없잖아, 황제가!"

"대신들에게서 좋은 아이디어가 나왔어유?"

"나오긴 뭘 나와? 머리를 굴려야 하는데 눈알만 굴리고 있었지."

"눈알 굴리는 소리도 여럿이 굴리면 소리가 크겠지유?"

"뭘 소리야, 지금? 담배나 있으면 한 가치 줘봐."

"얼마 전에 담배 끊었는디유."

"그 좋은 담배를 왜 끊냐? 하여간 곽사네 군사가 몰려오는데 다른 쪽 산모퉁이에서 함성이 나더니 양봉이 다시 나타난 거야. 아까 도망갔다고 말했지?"

"그랬나유?"

"시험에 안 나온다고 안 외우냐?"

"양봉이랑 송과가 의기투합해서 이각을 죽이려고 했는데, 들통 나서 송과는 목이 뎅겅 잘리고 양봉은 도망갔다고 했잖아. 그 양봉이 다시 나타난 거야. 양봉이가 곽사네 군사들을 물리쳐버리니 곽사네는 20여 리나 도망치고 말았지."

"담배 없어?"

"아까 없다고 했잖아유!"

"에이씨! 집에 갈게."

"뭘 화를 내구 그래유! 여기 꽁초 있어유!"

"하여튼 황제는 낙양으로 가고 싶어했는데 고생이 많았지. 양봉이 다시 나타나 곽사네 군사를 몰아내고 황제를 홍농으로 모셨는데, 다시 곽사가 밤에 쳐들어오고 난리가 아니었지."

"황제가 밤잠도 설쳤겠네유!"

"말이라고 하냐?"

"그럴 땐 부부생활도 힘들겠쥬?"

"그걸 내가 아니, 임마! 아무리 황제라도 그 와중에 되겠니?"

"그래도 황젠데 안 될까유?"

"시끄러! 그런데 곽사 이놈이 워낙 기가 세게 밀고 들어오니 황제와 양봉은 위기에 처했어. 그런데 느닷없이 또 다시 동승이라는 자가 나타나 곽사를 물리쳐준 거야. 여기서부터가 더 재밌어. 동승에게 밀린 곽사는 이각을 만나서 우리 둘이 다시 힘을 합쳐 홍농으로 쳐들어가 황제를 죽여버리고 천하를 반땅하자고 약속을 했지. 언제는 서로를 죽일 듯이 하더니 다시 만나서 의기투합을 한 거지."

"어이구, 그 양야치 놈들, 도대체 왜 그런데유?"

● 구라 심리학 _ 우리는 여기서 양아치들은 왜 이렇게 이합집산이 많은가에 대해서 한번 생각해볼 필요가 있다. 사람들은 사회화 과

정을 겪으면서 나름대로 인생관, 세계관, 가치관을 형성하게 된다. 사회화 과정이 서로 다르니 각기 서로 다른 인생관, 세계관, 가치관을 갖게 되는 것은 당연하다. 쉽게 이야기를 풀어보자. 돈이 더 중요할까? 학식이 더 중요할까? 아마 모든 사람들이 돈이 더 중요하다고 하지도, 또는 모든 사람들이 학식이 더 중요하다고 생각하지도 않을 것이다. 즉, 어떤 사람들은 돈이, 그리고 다른 어떤 사람들은 학식이 더 중요하다고 생각할 것이다. 이러한 차이가 바로 가치관의 차이이다.

필자의 처가는 조그마한 사업을 한다. 그리고 필자의 집안은 교육자 집안이다. 처가는 돈을 더 가치 있게 여기는 반면, 본가는 학식을 더 가치 있게 여긴다. 그러니 결혼 이야기가 오고갈 때 적잖은 냉기류가 흘렀다. 처가에서는 경제력도 없는 허울 좋은 박사 과정생이 마음에 들지 않았고, 본가에서는 장차 박사가 될 아들이 아깝다는 생각을 하는 듯했다. 자, 그렇다면 양아치의 행동을 살펴보자. 양아치는 인간의 도리를 더 가치 있게 여길까, 아님 자신이 원하는 일을 성취하는 것을 더 가치 있게 여길까? 물론 양아치는 인간의 도리보다는 당장의 이득이 훨씬 더 가치 있는 일이라 여긴다. 다른 사람들의 눈에야 인간의 도리도 모르는 한심한 인간으로 비춰질지 모르지만, 양아치의 입장에서는 결코 포기할 수 없는 마땅한 일을 하는 것이다.

"양봉과 동승이 이각과 곽사를 맞아 싸우면서 한편으로 황제를 섬북으로 어렵게 모시고 달아났어. 이각, 곽사 군사들은 한편으로는 황제를 쫓아가면서 부녀자를 겁탈하고 백성들을 약탈하고 온갖 지랄을 다 해댔지."

"하여튼 양아치 같은 새끼들이구먼유!"

"그걸 인제 알았나?"

"나중에 이락(李樂)이란 산적이 도와줬대매유?"

"급하니까 황제 대신들이 한섬(韓暹), 호재(胡才), 이락에게 원병을 청했지. 도와달라고. 산적질하면서 지어왔던 지난 죄를 사하여주고 벼슬도 주겠다고 옵션을 걸었지. 이것들이 신이 날 수밖에. 근데 이락이란 놈이 산적 출신이란 걸 알고 곽사가 산적들에게 고도의 심리전을 펼쳤지."

"고도의 심리전이라니유?"

"곽사가 자기편 군사들이 입고 있는 의복과 못 쓰거나 안 쓰는 물건들을 길거리에다 버린 거야! 그랬더니 이락 졸개들이 이게 웬 횡재인가 싶어 줍느라고 정신이 없어진 게지. 이 틈을 타서 이각, 곽사네가 사방에서 공격하니까 산적들의 대오가 흩어지면서 그냥 산속으로 도망가버리는 놈이 거의 다였다는 거야."

"그럼 황제는유?"

"황제는 말에서 내려 걸어서 도망을 갔지! 무진장 추운 겨울이라 고생 많았지. 강을 건너야 하는데 배가 작아서 황제 측근 몇 명만 겨우 얻어 타고 황하를 건넜지. 그나마도 이락 이놈이 어디서 작은 배를 얻어온 거야."

"배를 못 탄 사람들은 어떻게 되구유?"

"그거야 내가 아나? 배에서 내리니 양봉이 어디서 소달구지를 구해와 황제는 소달구지에 타고 대양(大陽)에 다다랐지."

"갑자기 소달구지는 어디서 구했담?"

"얌마, 군대에서 안 되는 게 어딨냐?"

"당신, 군대는 갔다 왔어유?"

"그런 건 왜 물어! 짜샤!"

"그래서 황제가 낙양에 무사히 도착했어유?"

"근데 또 새로운 문제가 생겼어!"

"또 무슨 문제가 생겼는데유?"

"당연히 어이가 없는 일이 생겼지."

"뭔데유."

"자꾸 재촉하지 마! 지금 말하려고 하잖아!"

"그래, 알았어유, 여기 담배 한 대 피워유."

"아깐 없다고 했잖아!"

"몰라유, 꽁초를 오래 뒀더니 담배가 커졌네!"

"마찬가지야. 산적이었던 이락이란 놈이 황제를 좀 구해줬다고 거들먹거리는데 이게 정도가 지나친 거야! 있는 폼 없는 폼 다 잡고 안하무인이 된 거야!"

"산 넘어 산이구만. 내가 황제가 아니길 다행이쥬!"

"너 방금 뭐라 그랬냐?"

"아녀유, 하던 말 계속해유."

"니가 임마 황제를 우습게 보는 거 아냐?"

"그냥 해본소리라니까유!!"

"이락이란 놈도 그냥 한번 폼을 잡아보니까 이게 먹히는 거야. 황제에게 음식을 엉망으로 먹이는 건 아무것도 아니고 지네 부하들 있잖아. 노비, 무녀, 하다못해 하인배들까지 합해서 200여 명에게 교위(校尉)나 어사(御史) 같은 벼슬을 내려달라고 압력을 가했거든. 근데 황제한테는 옥새도 없잖아. 옥새가 있어야 무슨 임명장을 내리든지 말든지 할 거 아냐. 그랬더니 그냥 나뭇조각에 송곳 같은 걸로 글씨를 파서 옥새를 만들어 임명장을 만들어 달라고 하지 뭐야!"

"황제 체통이 말이 아니었겠네유."

"그럼, 이놈이 나중에 황제가 환도하는 것도 반대했다니까."

"지가 뭔데!!!!"

"그러면서 양봉에게 정 가고 싶으면 당신들이 모시고 가라고 했다는 거야! 동승이 할 수 없이 황제를 모시고 낙양으로 떠났지!"

"끝이어유?"

"말 좀 끊지 마!"

"알았어유. 계속해봐유. 황제가 떠나면 지들이 할 일이 없으니깐 나는 끝난 줄 알았쥬!"

"이락이란 놈이 이각과 곽사한테 황제를 납치하자고 제안을 한 거야. 이러한 사실을 미리 알아낸 황제의 측근들은 황제를 물 샐 틈 없이 호위하기 시작했어. 근데 황제의 측근들이 자신들의 계책을 안다는 사실을 이락이 또 알아채버렸지. 마음이 급해진 이락이 이각과 곽사의 군대가 오기를 기다릴 수가 없어서 단독으로 범행에 나섰어. 한참을 쫓아가 황제의 수레를 발견하고 '우리는 이각과 곽사의 군대다! 잠시 검문이 있겠다.' 하고 겁을 주면서 납치를 시도했지."

"황제가 놀랐겠네유."

"놀랐겠지. 근데 양봉은 이락이 이각, 곽사네를 사칭한 걸 알고 서황이란 자를 내보내 이락의 목을 베어버렸지."

"고놈 쌤통이네유! 까불다가 죽은 거지!"

"어렵게 어렵게 황제가 탄 수레가 기관(箕關)이라는 지역에 도착하니 태수 장양이 눈물을 글썽이면서 맨발로 달려나와 황제를 맞아줬지. 텔레비전에 소개된 맛집 멋집으로 모시고 가서 맛있는 음식도 대접하고 맞춤집에 가서 옷도 해드렸지!…… 황제의 눈물 나는 도망기는 이렇게 겨우 마무리가 된 거야."

"근데 정말 궁금한 게 있는데유?"

"뭔데?"

"지금까지 한 이야기를 잘 들었는데유, 당신 말이야 어떻게 이렇게 잘 알아유?"

특종이 풍부한 종합 시사삼국신문

일요삼국

www.ilyosamkuk.com 제646호 발행 9월 21일

기산태수 **장양** '대사마 벼슬 사양'

"황제에게 신하로서 할 일을 했을 뿐"

NO! IDEA

▶ 길에 나와 곡식과 비단 바치며 눈물 흘려
▶ 벼슬 거부 후 가던 길 다시 떠나, '후대에 귀감'

충격사진 단독입수

'정강이뼈로 자치기, 해골로 족구' 성채 주변 아이들

황실건축 자원봉사자 모집 나선 속사정?

대신들 땔나무 구하러 이산 저산 헤매 '이 산이 아닌가벼'
"아까 그 산이 맞는 것 같은디" VS "아니랑께" 팽팽히 맞서

新 연재 – 화류계 아낙네들
주모가 직접 고백한 '외상의 세계'

화백의 급성 고뿔로 이번주 만평 쉽니다
(고뿔은 개뿔…원고료 안 준다고 삐쳤지?)

독자 말 한 필 타기 퀴즈

속표지에 나오는 사진 제목은 무엇일까요?
1. 나 오늘 한가위예요 2. 나 오늘 한과 먹어요
3. 나 오늘 한 가지만 할래요 4. 나 오늘 한가해요

황제 직격인터뷰

충격 고백

"난 정국 운영의 아이디어 없다" 내막

● "단지 주변의 말만 듣고 오락가락…하지만 난 살고 싶었다"
● 주변 모사꾼들의 감정싸움 전말, "이런 날이 올 줄 알았다"

특종 | 군사들의 성생활! 백태

야외전투 중 성행위 명당은 바로 이곳!

이쪽에선 보이고 저쪽에선 안보이는 곳 찾기…똥누는 곳이 바로 명당?

화이트 군복 디자인 한 **안드레 킴**

"백의종군하자는 의미와 어~럭셔리~ 패셔너블…"

화이트 군복으로 첨단 유행을 이끌고 있는 안드레 킴의 예술세계와
유럽 겨냥한 그의 럭셔리 파숀가이드와 인생을 샅샅이 들여봤다

여행지 가이드 "요즘 한창 뜨는 이곳!"
'황제가 갔던 도망길' 관광 체험단 급증

9 771739 422005
ISSN 1739-4228

"이 사람아, 내가 〈선데이 삼국〉 창간호부터 지금까지 정기구독자야! 나도 궁금한 게 있는데?"

"뭐가유?"

"당신은 누구야?"

"지 말이유? 지는 지나가던 과객이유!"

9

'안면이 많은데요!'라는 말의 유용성

– 장비 때문에 곤경에 빠지는 유비

    황제는 그야말로 거지꼴로 낙양에 도착했다. 마음은 썰렁하고 인걸은 간 곳 없고 잡초만 무성하다.

    산동지역에 있는 조조는 황제가 귀환했다는 소식을 듣고 회의를 시작했다. 순욱이 먼저 "지금 황제를 도우면 장군님을 알릴 수 있는 좋은 기회라고 생각합니다. 지금 황제께서는 대단히 어려운 처지에 놓여 있으니 황제를 잘 보필하면 백성들에게도 좋은 이미지를 심으실 것입니다. 기회를 꽉 잡으십시오."

    머리가 팍팍 돌아가는 조조 역시 "맞는 말이다."

잽싸게 군사들을 이끌고 낙양으로 향한다. 한편 황제는 이제 '이각, 곽사'라는 이름만 들어도 심장이 뛰는데 이놈들이 또 몰려온다는 소식이 들린다.

동승이 "지금은 성곽도 무너지고 군사들도 없는 최악의 상황입니다. 지금 저들과 싸운다면 우리는 도저히 이길 수가 없습니다. 산동(山東)으로 몸을 피하는 것은 어떨까 합니다."

황제는 그날로 산동으로 출발하려 했는데, 문무백관들이 타고 갈 말들이 없다. 마음 약한 황제가 낙담을 하고 있는데 조조네 장수 하후돈이 도착하고 이어 조홍, 악진, 이전 등이 속속 군사들을 이끌어 황제 앞에 나타난다. 다소간 안심이다.

곽사네 군사들이 몰려들었지만 하후돈과 조홍이 좌우를 맡아 이를 무찌르니 곽사네 군사들 수만 명이 죽었다.

다음 날이던가? 조조가 드디어 맨 마지막에 군사들의 함성과 박수소리를 받으며 조용필처럼 나타난다. 조용필 같은 국민가수는 언제나 마지막에 나타나고 그래야 폼이 난다. 조용필이나 조조나 같은 조씨니까 조용필을 예로 들었지만 하여튼 제일 마지막에 나타나는 게 그날 최고의 스타다.

조조는 성 밖에서 "우리들은 여기서 묵는다. 텐트를 쳐라." 명령하고 궁 안으로 들어와 계단 밑에서 황제에게 엎드려 절을 한다. 황제가 버선발로 뛰어 내려가 조조를 일으켜 세운다.

"소인은 나라의 은혜를 입은 몸으로서 그 은혜에 보답할 길을 마음속 깊이 새기고 있었습니다. 폐하, 이제 걱정하지 마십시오. 한나라의 사직이 폐하 한 몸에 달려 있습니다."

조조의 명함이 그날부로 달라진다.

한편 이각과 곽사는 조조가 멀리서 왔으니 피곤하기도 하고 아직 자리잡기 전이니 빨리 가서 해치우자고 결론을 내린다. 하지만 참모 가후가 "안 됩니다. 그건 무리입니다. 왜냐하면 조조의 장군들은 맹장이기도 하고 군사들 역시 막 뽑은 신출내기들이 아닙니다. 지금이라도 항복하고 용서를 받으면 어떨까요?"

"뭣이라고라고라? 항복을 하고 용서를 받으라고!"

이각이 칼을 빼들고 가후를 죽이려 하나 주위에서 말리니 가후는 겨우 목숨을 건진 후 그날 밤 보따리를 싸들고 고향으로 가버렸다. 다음 날 이각은 군사를 이끌고 조조네 진지 앞에 가서 조카 이섬과 이별을 앞세웠다. 허나 역시 조조의 군대는 강했고 가후의 예상은 정확했다. 조조네 장수 허저의 칼에 이섬의 몸이 날아가고 그 목이 땅에 떨어지기도 전에 놀란 이별이 제 풀에 말에서 떨어진다. 이별의 목도 당연히 날아간다. 조조가 기분이 좋아 몹시 기뻐하며 허저에게 "그대는 진정 나의 오른팔이다. 알겠냐?"

"네."

"내일은 나도 오랜만에 몸 좀 풀어야겠다."

아마 그 다음 날이 맞을 거다. 조조가 직접 보검을 빼들고 밤낮으로 적을 무찌르니 항복하는 놈, 죽는 놈, 다치는 놈이 부지기수다. 이각은 꽁지 빠진 개꼴이 되어 홀로 산속으로 숨어들었다. 조조는 군사를 이끌고 다시 낙양성 밖에 떡하니 버티고 있다. 그리고 그 다음 날이지?

세상 돌아가는 꼴을 보니 조조가 힘이 세지고 있다. 양봉과 한섬이 '앞으로 우리 입장이 난처해지겠는데.' 하고 불안감을 느낀다. 이어 '우리가 지금이라도 이각하고 곽사를 없애버리겠다고 황제께 건의를 합시다.' 의기투합하고 황제에게 문의를 하니 당연히 허락이 떨어진다. 둘은 신나서 군사를 이끌고 대량으로 향한다.

또 그 다음 날이다. 천자가 보낸 사자가 조조에게 어전으로 들라는 메시지를 전하러 왔다. 조조가 그의 첫인상을 보고 속으로 '아니 지금 같은 흉년에 군과 관민이 굶고 있는 터에 얼굴에 기름기가 흐르고 있는 묘한 인상이로다. 도대체 어떻게 지냈기에……'

서로 명함을 교환한 후 조조는 자리를 고쳐 앉는다.

"이름을 들은 지는 오래됐소이다. 애들아, 여기 술상 차려라!"

고들빼기 추가 구라 _ '이름을 들은 지는 오래됐소이다.'라는 조조의 말. 이거 비즈니스에서 아주 중요한 멘트다. 내가 너를 기억한다, 알고 있다, 관심 있다, 너를 인정하고 있었다, 등등의 뜻이 포함되어 있다. 이러면 당연히 상대방은 좋아한다. 한 번 만났음에도 불구하고 그 사람을 기억하지 못하면 상대방은 오히려 기분이 나빠질 수도 있다. 근데 만났던 사람 얼굴을 전부 기억하기는 힘들다. 이럴 때 도대체 어떻게 해야 하나. 얼굴을 죄다 스캔해서 수첩을 만들어 가지고 다닐 수도 없는 노릇이다. 이때 사용할 수 있는 팁을 하나 소개한다. 선배 중에 장모 씨라는 분이 계신다. 이분은 누구를 소개해주면 상대방에게 무조건 "안면이 많네요." 하고 첫마디를 건넨다. 그 말을 들은 상대방의 반응은 대체로 두 가지다. 실제로 그 전에 장모 선배를 만난 경우와 그렇지 않은 경우로 나눠지는 것이다. 한 번쯤 만난 사람은 "전에 영등포에서 칠성이 형이랑 같이 인사한 적 있죠."라고 답하게 된다. 여기서 이 친구가 예전에 만났는지 안 만났는지 알 수 있을 뿐더러 선배인지 동료인지 후배인지 대강의 족보가 드러난다. '칠성이 보고 형이라고 하면 이놈한텐 반말을 해도 되겠구만.' 하는 식이다. 그러면 "아, 그런가? 요즘 칠성이는 뭐 하나?" 하고 다음 이야기를 자연스럽게 이어간다. 만약 진짜 처음 보는 사람이면 상대는 "전 처음 뵙는데요." 하고 대답하면 다음과 같은 멘트를 날리면 된다.

장모 선배 : "아, 그래요? 근데 어디서 많이 본 사람 같아서."

상대방 : "제 인상이 너무 흔해서 그런가봐요."

이렇게 하면 '아, 이놈은 정말로 처음 보는 놈이군.'이라고 생각하며 다음 대화를 이어나가게 된다.

술상이 들어오자 조조는 순욱을 합석시키고 술자리를 시작한다.

"술 한잔 받으시지요. 마침 오늘 잡은 돼지고기로 만든 안주가 있는데, 요거 아주 맛있습니다."

"죄송합니다. 제가 30년 동안 줄곧 채식만 해왔기 때문에……."

"아, 그렇습니까? 얘들아, 여기 야채샐러드 한 접시 가져오너라."

"아유, 감사합니다."

조조는 마음속으로 '저놈 얼굴이 맑았던 게 채식을 오래 해서구나. 호! 이거 나도 채식으로 바꿔볼까?'

조조와 동소가 술을 주거니 받거니 하는데 군사1이 들어와 "지금 한 떼의 군사가 지나가는데 어느 쪽 군사인지 알 수가 없습니다."

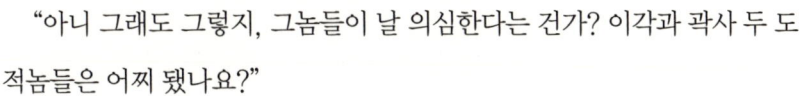

동소가 "아! 걔네들은 이각 밑에 있던 양봉하고 한섬이란 자인데 조 장군께서 이곳에 오시니 어떻게든 살아보겠다는 마음으로 대량으로 가는 길일 겁니다. 조무래기들은 신경쓰지 마시고 제 술이나 한잔 받으시지요."

"아니 그래도 그렇지, 그놈들이 날 의심한다는 건가? 이각과 곽사 두 도적놈들은 어찌 됐나요?"

"거기에 대해선 신경 끄세요. 그것보다 공께서는 조정에 들어가 천자를 보좌하시는 게 어떨는지요. 그렇게 되면 약간의 반발이 예상되니깐 황제를 허창으로 천도케 하는 게 좋을 것 같아요. 공께서 군사를 이끌고 이곳에 오래 있으면 너무 불편하시지 않겠어요? 아이구, 좀 취하네요. 그럼 오늘은 이만!"

동소는 자리에서 일어나면서 슬며시 메모 한 장을 조조에게 남긴다.

〈천도 이유〉

천도를 하는 데 명분이 필요합니다. 다음의 논리를 펴서 명분을 만드세요.

1. 낙양에는 먹을 게 없다.

2. 우리가 천자를 모시고 있는데 궁핍하게 모실 수는 없지 않냐.

3. 비교적 양곡을 구하기 쉬운 노양(魯陽)이 가까이에 있는 허창으로 가자.

4. 싫다는 놈이 어느 누구냐? 그럼 네놈은 천자를 이 궁핍한 곳에 모시자는 이 야기냐?

5. 야이 자식아, 그건 천자에 대한 충절과 예의가 아니지 않느냐.

6. 내 말 안 따를 놈들은 없지? 그럼 가자!

동소의 메모를 본 조조는 흐뭇한 표정을 지으며 속으로 '동소는 라이터 같은 놈이야. 왜냐구? 내 가슴에 불을 질렀으니까!'

그 다음 날이던가? 그때부터 천도에 대한 모사가 비밀스레 꾸며진다. 또 그 다음다음 날이던가? 조조에게 이상한 첩보가 하나 날아든다. 첩보의 진원지를 찾으니 시중 왕립(王立)이라는 놈이다. 왕립은 천문을 볼 줄 아는 자인데, '한나라 천자의 운이 다하여 새로운 천자가 나타날 것이다.'라는 말을 공공연히 하고 다닌다는 것 아닌가. 조조는 왕립을 조용히 불러 "함부로 떠들 일이 못 되니 조용히 입 닫고 계시지요."라며 은근히 겁을 줘 돌려보낸다.

당시엔 별의 운행, 일식과 월식 등의 천지변화를 살펴서 인간의 운명과 자연의 조화를 예언하는 천문이나 역리가 최고의 학문이었다. 지금으로 치면 주가시세표를 기가 막히게 잘 읽는 경제통이나 대중의 심리를 잘 읽어서 정치마케팅에 이용하여 선거를 승리로 이끄는 선거참모들이 이런 사람들이 아닐까?

다음 날 조조는 천자를 찾아뵙고 "지금 이곳은 황폐하고 먹을 것이 없으니 하남 허창으로 천도를 하시지요. 거기는 물자가 풍부한 곳입니다."

컴퓨터 수리하러 가면 꼭 이런 말을 듣는다.

"새로 사는 것보담 수리비가 더 듭니다. 이번 기회에 새 걸로 하나 장만하시지요."

정말 존심 상하는 문제다. 이 상황에서 그래도 수리하겠다고 우기는 사람도 있지만 하는 수 없이 새 걸로 장만하는 사람들도 개중에는 있다. 마찬가지다. 황제는 머리만 끄덕일 뿐이고 즉각 대답을 못 하기는 대신들도 마찬가지다. 이렇게 되면 가는 수밖에 없지 않은가? 가야지! 그 다음다음 날이던가? 조조는 천자를 호위하고 허창을 향해 떠났다. 어디만큼 왔을까?

갑자기 어디선가 우렁찬 목소리가 들린다.

"네 이놈 조조야, 황제를 끌고 어디를 가느냐?"

"저놈은 서황이란 놈 아니냐! 저놈 저거 참 아까운 놈인데 허저야, 나가서 혼 좀 내줘라."

허저가 냉큼 달려가 칭! 팽! 챙! 창! 팡! 50여 합을 싸워도 승부가 나지 않는다. 둘이 싸우는 사이 조조가 참모들에게 "양봉, 한섬은 조무래기지만 서황은 죽이기에는 좀 아까운 놈이다. 어떻게 사로잡을 수 있는 방법이 없을까?"

만총이란 자가 "제가 서황이랑 좀 아는 사입니다. 제가 한번 만나보겠습니다."

그날이던가? 만총은 병사를 이끌고 서황네 텐트로 찾아갔다.

"친구야, 오랜만이야."

"아니, 자넨 만총 아닌가? 이 늦은 밤에 웬일인가?"

"나는 지금 조조네서 일하고 있어. 오늘 싸움터에서 조 장군이 당신의 그릇을 알아보고 같이 일하고 싶으시다는 거야. 그래서 내가 죽음을 무릅쓰고 자네를 만나러 왔네. 나와 함께 조 장군에게 가서 대의를 위해서 일을 해보지 않겠나?"

서황의 마음이 돌아설 눈치가 보이자 만총이 기회를 놓치지 않고 "이왕이면 이번에 양봉하고 한섬의 목을 조 장군에게 선물하면 어떨까?"

"…… 내가 하루 이틀 한섬, 양봉이랑 일한 것도 아닌데, 인물이 크지 못하다는 건 알지만 부하인 내가 주인을 죽일 수는 없네."

"그래, 내 당신 마음 알아. 역시 자네는 의리의 사나이야……. 하지만 섬길 가치가 없는 주인을 억지로 섬기는 것도 대장부가 할 일이 아니지 않은가?"

그날 밤 서황은 바로 만총의 뒤를 따라 조조네로 투항하러 간다. 양봉이 잠자리에서 서황이 도망갔다는 말을 듣고 비상을 건다. 수천 명의 부하들을 이끌고 뒤를 쫓는데 산골짜기와 산꼭대기에서 횃불이 나타난다. 조조가 친히 군사를 대기시키고 있었던 것이다.

"이놈아, 내가 너를 기다린 지 오래다."

사골 우거짓국 추가 구라 _ 오래 기다렸다. 기다린 지 오래다. 이 말을 아주 재미있게 쓰는 곳이 있다. 후배 개그맨이 하는 대학로의 피자집이 있다. 맛있는 걸로 유명하지만 후배 개그맨의 손님 맞는 인사가 재미있다. '어서 오세요.' 아니면 '안녕하세요.'가 인사의 대부분인데 이 친구는 손님이 들어오는 가게 문 앞에서 '기다리고 있었습니다.' 하고 인사를 건넨다. 나도 처음 들었을 때 정말 재미있었다. 그가 잠시 쉬는 사이에 물었다.

" '기다리고 있었습니다.' 하고 인사를 하면 손님들 반응이 어떠냐?"

"웃어요. 가끔 어떤 손님들은 '언제부터요?' 하고 묻기도 하구요."

"그럼 뭐라고 하냐?"

"저도 그냥 웃어요."

"다음부터는 웃지만 말고 '언제부터요?' 하고 물어오면 '전생부터요.', '88올림픽 열리던 날부터요.', '지난해 광복절부터요.' 하고 말해봐."

후배 개그맨은 바로 써먹어본다. 손님들 반응이 달라진다. 처음에는 그냥 미소만 짓던 사람들이 소리내어 웃는 경우도 늘어났다고 한다. 손님들이 갈 땐 또 이렇게 말한다.

"다음에 또 오시게 됩니다."

그러면 손님은 또 의아해한다.

"왜요?"

이럴 땐 긴말 필요없다. 그냥 '맛!' 한마디만 하면 된다.

조조가 사방을 포위하자 한섬이 군사를 이끌고 뒤이어 나타나 조조 군사와 붙어보지만 상대가 안 된다. 결국 한섬과 양봉은 가까스로 빠져나와 몇 안 되는 군사쪼가리들을 데리고 원술에게로 달아났다.

조조가 진영으로 돌아오니 만총이 서황을 소개시킨다. 이렇게 난리굿을 치르며 조조는 황제를 모시고(데리고?) 허창에 도착한다. 허창에 이른 조조는 대궐을 리모델링하고 성곽도 다시 쌓는다. 이 자식들이 이런 거 쌓을 때 일당 얼마 줬는지는 기록에 없다. 얼마를 떼먹는지, 세금은 제대로 내고 있는지, 분식회계 하는 건 아닌지 알 도리가 없는 것이다. 그 다음은 바로 개각 발표다. 조조는 자기하고 친한 측근들에게 온갖 벼슬을 밥 한술 푹푹 떠주듯이 배급한다.

❀ 개각 발표문 ❀

무평후(武平侯) 조조		
시중상서령(侍中尚書令)	순욱
군사(軍師)	순유
사마좨주(司馬祭酒)	곽가
사공연조(司空椽曹)	유엽
전농중랑장(典農中郎將)	모개, 임준
동평상(東平相)	정욱
낙양령(洛陽令)	범성, 동소
허도령(許都令)	만총
장군(將軍)	하후돈
	조인
	하후연
	조홍
교위(校尉)	여건
	이전
	악진
	우금
	서황
	허저
도위(都尉)	전위

이제 상황이 좀 묘하게 돌아간다. 모든 권력의 중심에 조조가 들어선 것이다. 이젠 조정에서 뭔 일이 생기면 조조를 거쳐서 천자께 아뢴다. 대권을 쥔 조조가 대신들과 앞일을 상의하는 자리를 마련한다. 허저가 먼저 "가장 마음에 거슬리는 놈들이 바로 유비랑 여포입니다. 만약 둘이 힘을 합쳐 이곳으로 쳐들어오면 여간 불편한 게 아니거든요. 제게 군사 5만 3명만 주시면 유비와 여포 목을 쳐서 쌍으루다가 갖다 바치겠습니다."

순욱이 보다 현실적인 계략을 펼친다.

"지금 허창으로 도읍을 정하자마자 군사를 일으키는 것은 우리에게 득이 될 게 별로 없습니다. 유비하고 여포의 후환을 막으려면 지들끼리 싸우게 하는 게 상책입니다. 지금 유비는 천자의 허락도 없는 상태에서 서주를 다스리고 있거든요! 천자께 말씀드려 정식으로 임명장을 주면서 여포를 죽이라는 밀서를 같이 보내는 겁니다. 여포는 유비가 자기를 죽이려는 걸 알면 서로가 죽이려고 할 것입니다."

발 빠르게 움직인다. 유비에게 줄 임명장과 유비 명함 100장들이 열 통, 그리고 밀서 한 통을 퀵서비스맨에게 건넨다.

그날 밤 밀서를 읽은 유비가 아우들과 상의하니 장비가 "의리도 없는 여포 이놈을 이번 기회에 죽여버립시다."

유비가 "야, 궁지에 몰려서 우리에게 투항했는데 우리가 그를 죽이면 우리도 의리가 없는 놈 아니냐?"

그 다음 날이던가, 아님 그 다음다음 날이던가? 유비가 천자의 정식 임명장을 받았다는 이야기를 듣고 여포가 축하 인사차 찾아왔다. 장비가 대뜸 칼을 빼들고 또 흥분하기 시작한다.

"너 이놈, 여기가 어디라고 찾아오느냐?"

유비 : "장비야, 참아. 너 왜 이러니? 응?"

여포 : "너는 대체 전부터 왜 날 못 잡아먹어서 난리냐?"

장비 : "임마! 나만 그런 게 아니고 조조도 니가 의리가 없는 놈이라고 죽이라고 했어. 이 자식아!"

여포 : "뭐, 조조가?"

유비 : "장비야, 너 입 좀 다물고 있어라. 덩치 값 좀 해라."

장비 : "형님은 사람이 너무 좋아서 탈이야. 그래봤자 저런 것들은 안 알아준다구요!"

장비가 삐쳐서 뛰쳐나간 사이에 유비는 여포에게 밀서를 보여주며 전후 사정을 이야기한다. 감동 먹은 여포는 눈물을 흘린다.

유비 : "조조가 우리를 이간질 시키려는 수작이오. 나는 절대 불의의 편에 서지 않는 사람이니까 걱정 마시오."

여포 : "고맙습니다. 으허엉!"

유비 : "사나이가 그깟 일로 눈물을 보이다니. 자, 다른 사람 보기 전에 콧물 닦고 우리 술이나 한잔합시다."

술자리가 끝나니 장비랑 관우나 나타난다.

장비 : "형, 질문 있어요."

유비 : "무슨 질문?"

장비 : "여포를 왜 안 죽이는 거예요? 아까 술 마실 때 뒷통수를 까버리면……."

유비 : "조조가 밀서를 보낸 이유를 모르겠냐? 여포랑 나랑 힘을 합쳐서 자기네한테 쳐들어올까봐 겁이 나잖아! 둘이 싸우면 누가 이익을 보겠냐? 조조 아니냐, 조조! 남의 손에 제 코를 푸는 거지!"

옆에서 듣고 있던 관우가 "형님 말이 맞는 거 같아요. 역시 형님이야."

추어탕 추가 구라 _ 여기서 우리는 관우가 '역시 형님이야.'라고밖에 말을 못 하는 이유를 알아야 한다. '역시 우리 형님은 잔머리를 잘 굴려!'라고 말하면 좀 분위기 이상해진다. 우리나라는 윗사람에게 칭찬하는 말이 거의 없다. 아버지에게 대놓고 '아버지는 영리해.' 하고 말하기 힘들다. '아버지의 잔머리는 알아줘.'라고 할 수도 없다. 기껏 할 수 있는 말이 '역시 우리 아버지야!', '우리 아버지가 최고야.'가 무난하고 최고의 찬사가 되는 거다. 왜 바로 앞에선 칭찬하는 말이 없는가? 이것은 유교의 영향 때문인가? 뒤에서는 할 말이 많으면서도 막상 앞에서 하게 되면 마치 아부처럼 비치게 된다.

● 구라 심리학 _ 칭찬을 하는 행위에 있어서 서양과 동양은 큰 차이

가 난다. 즉, 서양 문화권에서는 상대를 칭찬하는 말, 특히 아랫사람이 윗사람을 칭찬하는 표현(Very good!)을 자주 사용하는 데 반해 상대적으로 유교의 영향을 받은 한국, 중국, 일본 등 동북아 지역에서는 아랫사람이 윗사람을 칭찬하는 표현이 거의 사용되지 않는다. 이처럼 문화 간에 차이가 나타나는 이유는 서양 문화권에서는 개개인을 하나의 독립된 인격체로 여기고 개인의 독립성을 강조하는 개인주의 문화이기 때문이다. 서양에서는 젊은 사람이나 나이 든 사람이나 동등한 인격체로 인정을 받기 때문에 상호 간에 칭찬을 하는 행위가 자연스럽게 받아들여진다. 그러나 동양 문화권에서는 아랫사람이 윗사람을 칭찬하는 행위는 불손한 것으로 비춰지게 된다. 왜냐하면 칭찬은 기본적으로 상대에 대한 평가가 선행되어야 하기 때문이다.

장비는 자기 방에 돌아와서 책상 앞에다가 큼지막하게 글을 써서 붙여 놓았다.

'그래도 난 여포를 죽이고 말 거야.'

유비는 돌아가는 사자에게 천자에게 감사하다는 편지와 조조에겐 '밀서 내용을 연구하겠다.'고 전하라고 일렀다. 눈치 빠른 조조는 유비가 여포를 죽일 생각이 없다는 사실을 즉각 눈치 채고 2차 작업에 돌입한다. '위조전문가' 순욱이 또 한번 지혜를 짜낸다.

"유비가 원술을 공략하자고 천자에게 상소문을 올렸다는 소문을 퍼뜨리는 겁니다. 그렇게 하면 원술은 유비를 없애려고 할 것입니다. 우리는 다시 유비에게 원술을 공격하라는 천자의 조서를 위조해 보내는 겁니다."

조조가 "얘들아, 퀵서비스맨 다시 불러라!"

천자의 위조된 밀서를 받아본 유비네 미축이 즉각 눈치를 깐다.

미축이 "이게 아무래도 조조의 계략인 거 같습니다."

유비는 "이게 조조의 계략이라고 해도 천자의 이름으로 왔으니 거역할 수는 없지 않은가?"

손건이 나서 "우리가 떠나면 성은 누가 지킵니까?"

관우와 장비가 서로 성을 지키겠다고 나선다.

유비가 상황 정리한다.

"관우는 나랑 같이 가고 성은 장비가 지켜라! 근데 장비야, 네가 성을 지킨다는 게 사실은 마음이 안 놓여. 왜냐하면 넌 다른 건 다 좋은데 술만 마시면 군사들을 패고 일을 경솔히 처리한다고 주위 사람들이 말이 많아."

"형님, 정말 술 안 마실게요. 군사들도 안 때리고 뭐든지 주위 사람 말을 듣고 신중히 결정할게요."

오징어 뭇국 추가 구라 _ 여기서 우리는 교훈을 하나 얻게 된다. 술 잘 마시는 게 자랑인 사람이 많은데 나도 부럽더라. 문제는 술을 잘 마시는 것은 술좌석에서만 필요하더라는 거다. 정작 돈 버는 일이나 중요한 일은 술 친구하고는 안 하더라구! 저놈은 사람은 좋은데 술을 너무 좋아해! 술 마시는 사람은 아무래도 아침에 일찍 일어날 수가 없지! 같이 일을 안 하더라구. 춤 잘 추는 놈은 춤추는 데서만 필요하고, 노래 잘하는 놈은 노래방에서만 필요하다는 걸 명심하자! 사업 상대는 술 상대가 아니라 차 한잔으로 진지하고 정직하게 말하는 데서 신뢰감이 생겨나더라구! 유비가 그렇잖아! '장비야, 넌 술이 문제다. 술 마시면 경솔하다. 성을 맡기기엔 불안하다. 약속하자. 나 없는 동안 술 안 마시기로!' 진지하고 솔직하게 말하니 장비가 안 마시겠다고 할 수밖에!

유비는 원룡(元龍), 진등에게 장비가 술을 덜 마시도록 하고 실수하지 않게 도와주라고 특별히 부탁하고 군사 3만 13명을 거느리고 남양(南陽)을 향해 떠났다. 우이(盱眙)란 지역에 이르니 원술의 부하 기령(紀靈)이란 놈이 50근이나 되는 칼을 들고 나타났다. 원술은 이미 유비가 자신을 치러 온다는 소식을 듣고 열이 받아서 기령에게 서주를 치라는 명령을 내렸다. 이에 서주로 가던 기령이 유비네와 맞닥뜨린 것이다. 기령이란 놈이 겁 없이 지껄인다.

"짚신이나 짜던 놈이 많이 컸구나. 나는 원술 장군의 부하야. 너 요즘 많이 커서 까분다고 원술 장군에게서 들었다. 너 남의 경계엔 왜 들어왔냐?"

유비가 "나는 천자의 조서를 받들어 너희들을 치려는 거다. 나와 싸우러 나왔다면 유서는 써놓고 왔겠지?"

기령이 열받아 달려오니 관운장이 "내 이름은 들어봤냐! 내 이름이나 듣고 죽어라!" 하고 맞서 싸우지만 여간해서 승부가 잘 나지 않는다.

기령이 "목 마른데 물이나 먹고 다시 붙자, 관우야."

관우가 "그래, 죽기 전에 마지막 물이나 한 사발 마시고 오너라."

잠시 후 기령이란 놈이 안 나오고 낯선 놈이 나타난다. 관우가 "야, 너 말고 기령이더러 나오라고 해." 하고 바로 목을 쳐버린다. 이때부터 대타가 나오기 시작했나? 대타로 얼떨결에 방송에 출연해 스타가 된 경우도 있

술 마시면서 잔 돌리지 맙시다.

지만 지금 이 녀석은 대타로 나왔다가 엿된 경우네. 대타의 목이 떨어지자 기세를 몰아 적들을 쫓아가며 목을 베는데 기령은 나머지 군사들을 이끌고 회음강(淮陰江) 입구로 도망가 좀처럼 싸우러 나오질 않는다.

잠시 휴전하는 사이 장비가……궁금한가? 그럼 지금부터 카메라를 장비가 있는 서주성으로 옮겨볼까?

유비가 떠나고 장비는 진등과 원룡에게 행정적인 문제를 맡기고 자기는 군대에 관한 문제만 관리했다. 며칠 동안은 술을 안 먹고 잘하는가 싶더니 장비가 연회를 베푼다.

"오늘 술 한잔합시다. 지금까지 아무 일도 없었는데 갑자기 오늘 무슨 일이 생기기야 하겠소? 오늘 한잔하고 내일부터 열심히 성을 지킵시다."

술잔이 돌아간다. (이젠 술 마시면서 잔을 돌리지 맙시다. 마시고 싶은 사람만 마시고 강제로 마시게 하지 맙시다. 남이 몇 잔 마시는가 술잔 세지 맙시다. '난 석 잔 마셨는데 넌 아까부터 한 잔 가지고 뭐 하냐?'라고 말하는 이런 인간들이랑 술 마시지 맙시다.)

조표 차례가 되어 술을 마시라고 하니 조표가 거절한다. 술기운이 많이 오른 장비가 "너 말이야, 여포 장인이지? 그래서 여포 믿고 나를 우습게 보는 거지?"

"아닙니다."

"아니긴 뭐가 아냐? 이놈 곤장 맛을 좀 보여줘라."

분위기가 썰렁 살벌해진다. 만취한 장비가 길길이 날뛰니 부하들 입장에서야 곤장을 안 칠 수가 있나? 술상 앞에서 곤장을 맞은 조표는 집으로 돌아와 사위 여포에게 편지 한 통을 날린다.

'지금 유비는 회남으로 떠났고 장비는 술이 떡이 되어 있다. 오늘밤 자네가 군사를 이끌고 서주를 치면……. 할 말은 태산 같으나 엉덩이가 아파서 이만!'

여포의 참모 진궁도 동의하며 "지금이 서주를 먹을 수 있는 좋은 기회입니다. 소패는 오래 있을 곳이 못 됩니다. 자, 가시지요."

여포가 결심을 한 듯 "내 갑옷 가져오너라. 말도 어서 깨우고."

여포가 선두에 서고 고순, 진궁이 뒤를 따른다. 서주성 위로 빈대떡같이 둥근달이 높이 떠 있다. 옆에 간장만 있으면 찍어 먹으면 좋으련만! 달빛은 은은, 사방은 조용. 성문 앞에서 여포가 큰 소리로 "유현덕 공의 밀서를 가져왔으니 성문을 열어주시오!"

성문이 당연히 열리겠지! 성문이 열리자 성안으로 군사들이 들이닥친다.

"여포가 쳐들어왔어유~!!!"

"야, 내 창 어딨냐? 아이고 속 쓰려!"

장비의 몸이 생각대로 따라주질 않는다. 장비의 보디가드 열댓 명이 술 덜 깬 장비를 호위하여 힘들게 힘들게 동문으로 빠져나갔다. 한참을 달리는데 번뜩 생각이 난다.

"이크! 형수님과 그 가족들을 안 모시고 나왔구나!"

장비가 성 쪽으로 돌아서려 하는데 조표가 쫓아온다. 장비가 옆의 보디가드 창을 빼앗아 던지니 그대로 조표의 심장에 꽂혀 말 아래로 떨어져 죽는다. 회남으로 도망간 장비는 우이에서 유비 일행을 만나 소식을 전한다.

"오늘만 술 한잔하고 잘하려고 했는데……, 횡설, 조표가 안 마셔서 내가 마실라니까, 수설, 내일부터는 잘하려고 했는데, 딸국, 조표가 사위 여포 믿고…… 내일부터 잘하려고 한 거, 원룡이도 알아요. 물어보세요, 자는데 비겁하게 자는데 쳐들어오는 게 어디 있어, 여포 나쁜 놈, 내일부터 잘하려고…… 앗따루비시미이이라선데이 헤벌레레~."

관운장이 "형수님하고 가족들은?"

장비가 "성안에 그대로 계세요. 내일 새벽부터 잘하려고 했는데, 에잇!"

장비가 칼을 뽑아 자결하려고 하니 유비가 칼을 뺏어 땅에다 내동댕이친다.

"장비야, 지금부터 내가 하는 말이 좀 길긴 하지만 잘 들어라. 옛말에 형제는 손발 같고 처자식은 의복과 같다고 했다. 의복은 헤지면 다시 구해 입으면 되지만 손발은 잘리면 이을 수가 없단다. (지금처럼 의학이 발달하지 않은 시대의 말이지롱!) 우리가 도원결의 때 복숭아를 안주로 먹으면서 한날한시에 죽기로 한 약속을 잊었냐? 얘기 듣고 있냐? 눈물 닦아! 비록 서주 성을 뺏기고 내 가족을 잃었다고는 하지만 서주는 원래 우리 것이 아니었잖아! 그리고 여포가 내 식구들은 절대로 안 죽일 거야. 이제 가족들을 구

마누라는 배낭이요,
자식은 물통이더라.

할 방도를 찾아보자. 장비 니가 잘못한 건 맞지만 죽을 죄를 지은 건 아니야! 관우, 너는 왜 울어? 둘 다 뚝!"

이건 내가 만든 말인데, '마누라는 배낭이요, 자식은 물통이더라.' 마누라는 등에 짐을 진 것 같고 자식은 한 잔씩 마시는 시원한 물 같아서.

10

'뻥뿌짚'의 세 가지 비밀

– 승승장구 손책, 위기일발 조조

원술은 여포가 서주성을 먹었다는 소식을 듣고 즉시 사람을 보내어 "니가 유비를 치면 곡식 5만 석과 황금 1만 2냥, 그리고 비단 천 필을 줄게. 한번 해보겠니?" 하고 꼬신다. 신이 난 여포, 부하 고순에게 군사 4만 9,972명을 보내서 유비를 습격하라고 명령을 내린다. 유비라고 그 소식을 못 듣나? 유비는 비오는 날을 틈 타 광릉으로 떠나버렸다. 고순이 우이에 도착했을 땐 유비는 이미 사라지고 없다. 이를 안 원술은 여포에게 '유비를 없애기 전까진 주기로 한 물건을 줄 수 없다.'는 글을 보냈다. 고스톱 용어로 '가리'라는 거다. 나중에 준다는 거다. 여포는 속았다고 노발대발한다. 뭔가 계략이 있다고 생각한 것이다. 화가 난 여포가 "이런 빌어먹을 놈! 지금 당장 원술을 치러 간다. 군사들은 옷 갈아입지 말고 기다리고 있어라!"

진궁이 말리며 "지금 원술이 있는 수춘성(壽春城)은 군사들도 강하고 군량도 풍족해서 가볍게 볼 수 있는 데가 아닙니다. 먼저 유비네를 돌아오게 해서 소패에 머물게 하여 우리 편을 만드는 겁니다. 그 다음에 유비를 앞장 세워 원술네를 치면 천하를 손에 넣는 데 도움이 될 것입니다."

그때 유비는 광릉을 손에 넣으려다가 원술 군사에게 크게 패하여 우울해하고 있는 중에 여포의 서신을 받게 된다. 유비가 서주로 돌아가자고 하니 이번에는 관우와 장비가 말린다.

"여포 그놈 머릿속이 지저분한 놈인데 그놈 믿고 서주로 가자는 거요?"

"그 자가 호의를 가지고 나를 대하는데 안 갈 이유가 없지 않냐!"

여포는 그 다음 날 바로 유비네 가족을 돌려보냈다. 유비의 부인 감(甘) 부인과 미(麋) 부인이 무사히 돌아왔다. 그날 밤 초저녁엔 감 부인과 누워서 조용히 물어본다.

"그놈들이 해치진 않더냐?"

"편하게 지내다 왔습니다."

"알았다. 자자!"

새벽엔 다시 미 부인과 누웠다.

"왜 인제 오시는 거예요?"

"너도 알다시피 나도 힘들다. 자자!"

"아잉!"

"고생 많았지. 자, 가까이 와라."

유비가 서주로 갈 뜻을 확고히 하고 짐을 챙기자 여포라면 원한이 사무친 장비는 두 형수를 모시고 일단 소패로 먼저 갔다. 유비가 서주에 당도하니 여포가 변명을 하는데 "장비가 술에 취해 아랫사람들을 괴롭힌다기에 제가 대신 서주성을 잠시 지켜주러 온 것입니다. 이제 서주에서 사시지요."

"고맙네. 하지만 나는 서주를 공께 양보하겠다고 전부터 이야기하지 않던가?"

"그래도 서주성은 공께서……."

"그래도 서주성은 공께서……."

서주라면

"무슨 소리야, 먼저……."

결국 유비는 서주를 여포에게 넘기고 다시 소패로 돌아왔다. 장비와 관우가 입이 나올 대로 나와 있다. 유비가 타이르며 말하길 "분수를 지키며 하늘이 기회를 줄 때까지 기다리는 것도 살아가는 요령 중에 하나야. 명심해!"

김정선의 『비굴 클럽』이란 책에 이런 구절이 나온다. "눈 딱 감고 한번만 비굴해볼래? 생각보다 유익한 일이 얼마나 많은데! 강한 자가 오래 남는가? 오래 남는 자가 강한 자인가?"

한편 원술은 여포가 자기의 잔머리에 놀아난 걸 기뻐하며 술자리를 마련하고 있었는데 '손책이 여강(廬江)의 태수 육강(陸康)에게 대승리를 거두고 돌아왔습니다.' 하는 전갈이 들어온다.

"들어오라고 해라."

손책이 절을 올린다. 손책이 누군가 궁금하신 분은,

손책 : 유표와 싸우다 전사한 손견의 아들. 손책은 아버지가 죽은 후 강남(江南)에 살다가 도겸과 그의 외숙뻘 되는 단양 태수 오경(吳璟)과의 불

화로 그의 엄니와 가족을 곡아에 모셔 살게 했다. 그리고 지는 원술네 와서 쌈질 연습으로 살아가고 있다. 원술은 그를 심하게 사랑하고 칭찬했다.

참고 사항 : 원술 생각 '나도 저런 아들이 있었으면…….'

손책

손책이 잔치를 끝내고 집으로 돌아오는데 그날따라 돌아가신 아버지 생각이 난다. 포장마차에 들러 고량주를 한 병 시켜 마시며 회한에 젖는다.

'아버지는 사나이 나이 스물한 살에 영웅으로 세상을 호령했는데 나는 뭔가? 남의 밑에 언제까지 있어야 되는가? 원술은 아직 나를 애 취급을 하는데! 이게 아닌데!'

정체성의 혼란에 빠진다. 그때 누군가 뒤에서 부른다.

"어이 손책, 자네 혼자 왔으면 나랑 한잔하세."

"나는 자네 아버지에게 신세를 많이 진 주치(朱治)라는 사람일세. 어려운 일이 있으면 내가 도와줌세! 여기 닭똥집 한 접시 더 줘!"

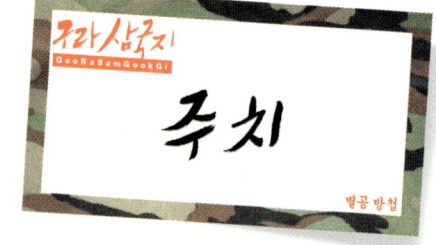
구라삼국지
GooRaSamGookGI
주치
빌공 방첩

닭똥집 한 무더기가 잽싸게 나온다.

"자네 말이야, 언제까지 남의 밑에 있을 생각인가. 지금도 너무 오래 있는 거 같애! 외숙 오경을 구하러 간다고 원술에게 군사를 빌려 강동으로 가서 큰일을 하세."

갑자기 또 어디선가 소리가 들린다. 꼭 숨어 있다가 때맞춰서 나오는 것 같다.

"저도 같이 돕겠습니다."

여범(呂範)이 말한다. "원술이 군 사를 안 빌려주려고 할 걸요?"

손책이 지혜를 낸다.

"저한테 아버지가 유물로 남겨주신 옥새가 있는데 그걸 저당잡히면 안 될

까요?”

주치가 “오래전부터 자네가 가지고 있는 옥새를 탐내고 있었으니 먹힐 것 같기도 한데……”

다음 날 손책이 어제 생각했던 대로 계획을 진행한다.

손책이 원술에게 “저는 아버지의 원수도 갚지 못해 분통해하고 있던 중, 또다시 외숙이 양주 자사 유요라는 자에게 곤혹을 당하고 있어요. 외숙에게 의지하고 있는 엄니까지 위태로울까 심히 걱정이 돼요. 군사 좀 빌려주세요. 혹시 저를 못 믿으시겠다면 옥새를 맡길게요.”

원술이 “이 옥새는 틀림없이 진품이겠지? 내가 군사 5,000에 말 500필을 빌려줄 테니 곡아 지역을 평정하고 오너라. 황제에게 말씀드려 계급도 교위 진구장군(殄寇將軍)으로 올려줄게.”

악어고기 추가 구라 _ 여기서 우리는 또 하나의 교훈을 얻게 된다. 교훈치고 재미있는 게 없지만 말이다. 뭔 물건을 봤을 때 진짜 같기도 하고 아닌 것 같기도 하면 무조건 가짜로 봐야 한다. 진짜는 남녀노소, 사방팔방, 학벌과 관계없이 진짜로 보인다. 태국의 길거리에서 파는 악어가죽으로 만들었다는 지갑은 무조건 가짜다. 하지만 라이터로 불을 붙여보질 않나 별짓을 다 한다. 보석도 마찬가지다. 진짜 보석이라고 쇠망치로 내려치면서 안 깨지는 모습을 보여주는 등 뭔가 눈앞에서 증명을 해보이려고 지랄 떠는 것은 다 가짜라는 이야기다. 진짜는 굳이 증명해 보이려고 하지 않아도 진짜처럼 보이고, 결국 그 '진짜임'이 드러나게 마련인 것이다. 사람도 마찬가지다. 자신이 '진짜 똑똑하고', '진짜 의리 있고', '진짜 성격이 좋다는' 것을 굳이 눈앞에서 증명해 보이려고 말을 많이 하는 사람치고 진짜는 별로 없더라.

그렇다면 가짜를 이용해 돈 버는 곳을 한 곳 소개하겠다. 파리 개선문 근처 어느 골목을 물어물어 찾아가면 위조 박물관이 나온다. 세계 각국을 돌아다니며 프랑스 물건 위조한 걸 찾아다 전시해 놓았다.

"야호! 신난다. 한국에서 위조한 거 무지 많이 있다. 아이고 반가워라."

옥새를 담보로 잡히고 군사를 빌린 손책은 원술에게 고맙다는 인사를 하고 주치와 여범 그리고 전부터 알고 지내던 정보, 황개, 한당 등과 함께 손 없는 날을 골라 싸움터로 향했다. 일행이 역양(歷陽)에 이르렀는데 예전에 나이가 같아 의형제를 맺었던 아

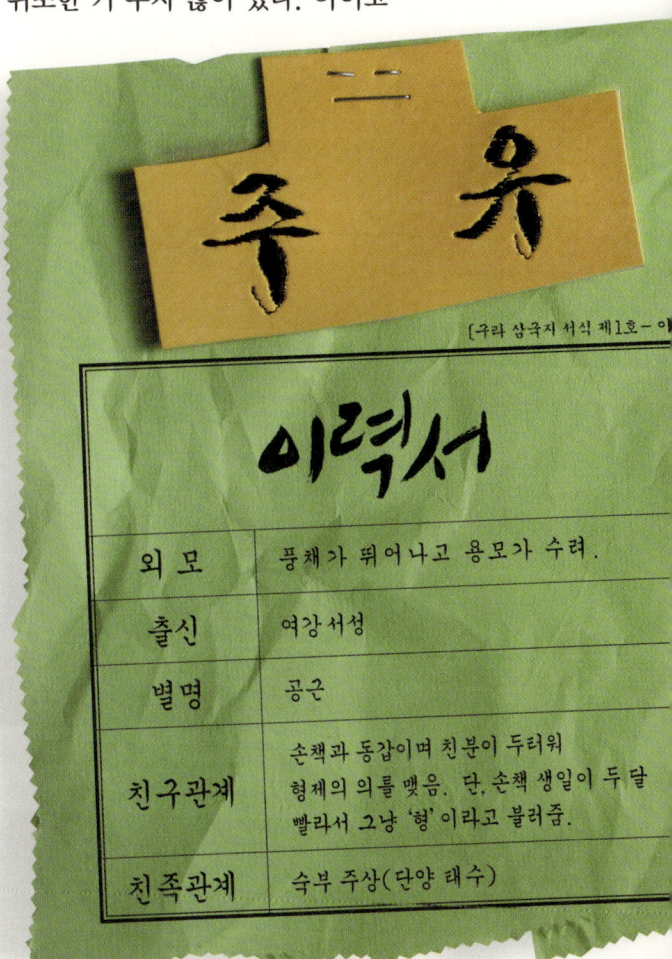

[우라 삼국지 서식 제1호 – 이

이력서

외 모	풍채가 뛰어나고 용모가 수려.
출신	여강 서성
별명	공근
친구관계	손책과 동갑이며 친분이 두터워 형제의 의를 맺음. 단, 손책 생일이 두달 빨라서 그냥 '형'이라고 불러줌.
친족관계	숙부 주상(단양 태수)

우 주유(周瑜)가 군사를 이끌고 나타나 "저도 같은 편이 되겠습니다. 형님!
강동에 가서 성공하려면 장땡을 만나야 합니다."

"장땡이라니?"

"하하하! 농담입니다. 두 장씨 장소(張昭)와 장굉(張紘)을 소개시켜드리
겠습니다. 지금은 초야에 묻혀 있지만 대단한 재주를 가진 사람들입니다."

손책이 '장땡'들에게 사람을 보내어 같은 편이 되어 도와달라고 부탁했
으나 거절을 당했다. 손책은 미안한 마음에 직접 찾아가 말씀을 드리니, 두

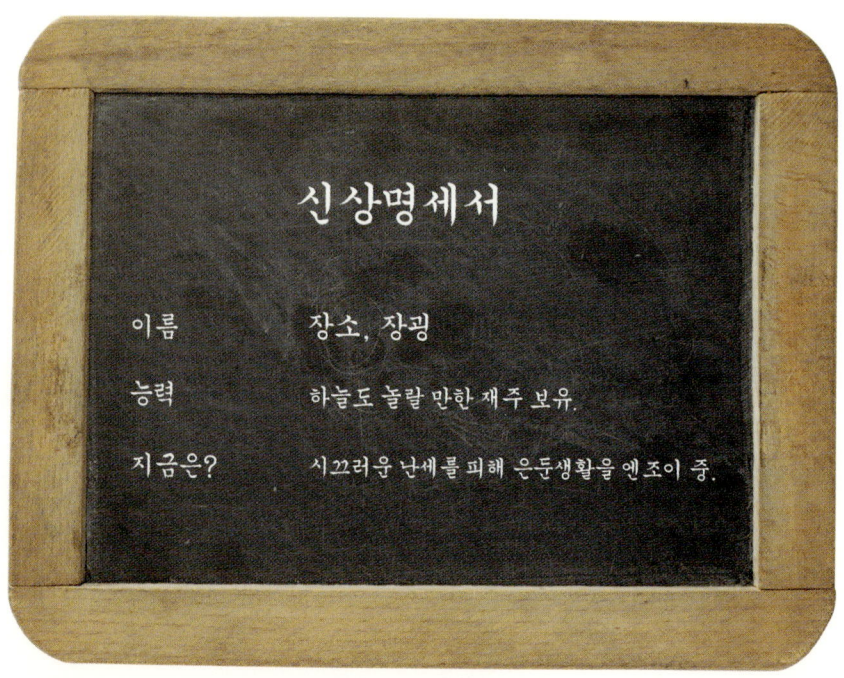

신상명세서

이름	장소, 장굉
능력	하늘도 놀랄 만한 재주 보유.
지금은?	시끄러운 난세를 피해 은둔생활을 엔조이 중.

사람이 흔쾌히 따라나선다. 근데 이 인간들은 마누라한테 허락도 안 받나? 아니면 집을 나가 있는 걸 마누라들이 은근히 좋아했던 건 아닐까???

한편 유요는 손책이 쳐들어온다는 보고를 받고 대책회의를 하고 있다. 동래 황현 사람 태사자가 큰 소리로 "제가 선봉에 나서겠습니다."

태사자는 예전에 공융을 구해준 뒤 어디론가 갔는데, 바로 유요의 장수로 활약하고 있었다.

유요가 잠시 생각한 후 "넌 아직 어리니 대장 직책을 맡기기엔 이르다. 내 곁에서 나를 도와라. 그리고 이번 전투는 장영이 나가 싸워라."

애 취급을 받은 태사자는 시무룩해져서 그 자리를 물러난다.

케첩 추가 구라 _ 애는 언제까지 애이고 어른은 언제부터 어른인가? 이거 보통문제가 아니다. 다음을 읽고 맞다고 생각하는 곳에 ○표를 치시오.

☐ 첫사랑에 실패하고 가슴 아파본 사람은 어른이다.

☐ 포경수술하고 수술자국이 아물면 어른이 된다.

☐ 키스를 하면 어른이 된다.

☐ 생리를 하면 어른이 된다.

☐ 딸딸이를 몰래 치다가 죄의식을 느끼면 그때부터 어른이다.

☐ 담배를 피우면 어른이다.

☐ 어른들이 세뱃돈을 안 줄 때부터 어른이다.

☐ 내가 어른이고 싶다고 생각하면 어른이다.
☐ 몸에 털이 나기 시작하면 어른이 서서히
되어간다.
☐ 자지를 좆이라고 부르면서 어른이 된다.
☐ 여자의 경우 남자에게 안기고 싶은 마음이
생기면 이미 어른이다.
☐ 가출 결심을 하고 실행에 못 옮긴 걸
탓하게 될 때 어른이다.
☐ 부모가 돌아가시면 무조건 어른이다.
☐ 어른이 자기에게 반말하는 것이 떫게
느껴지는 날부터 어른이다.
☐ 아버지가 우습게 보이면 어른이다.
☐ 성인잡지를 보면 어른이다.
　　도대체 애는 언제까지 애이고, 어른은
언제부터 어른일까?

● 구라 심리학 _ 어디까지가 아이고 어디서부터 어른인가의 문제는 심리학에서도 중요한 관심사 중의 하나이다. 어른과 아이를 구별하는 기준은 시대와 문화에 따라 서로 다르게 적용되어 왔다. 서양의 역사를 들여다보면 지금과 같이 아동을 성인과 구별지어 '관심과 보살핌을 필요로 하는 존재'로 인식하기 시작한 것은 극히 최근의 일이다. 고대인들은 아동을 성인과 다른 존재로 생각하지 않았으며 특별한 관심을 기울이지도 않았다. 중세의 아동관 또한 고대의 아동관과 크게 다르지 않았다. 2세 경에 젖을 뗀 다음부터 유아에게 가혹한 훈육을 실시하였으며, 그리고 그 아동들은 작은 성인의 대우를 받았다. 3세 이후부터 아동들은 성인들과 함께 도박을 하고 술을 마셨으며, 성적인 이야기나 유머를 나눌 수 있었다. 그리고 16세기까지 아동을 그릴 때 단지 신체의 크기만 작은 성인으로 묘사하고 있으며, 그들이 입고 있는 의상 역시 성인이 입고 있는 옷의 작은 형태에 불과했다. 근대에 들어 아동과 양육에 대한 태도가 변하기 시작했는데 17, 18세기에 들어 종교 지도자들은 아동들은 순수하고 무기력한 존재이기 때문에, 거칠고 무모한 어른들로부터 보호되어야 할 존재라고 강조했다. 이러한 생각은 아동에 대한 관심을 불러일으켰고, 아동기를 하나의 독립된 발달의 단계로서 중시하게 되었다. 지금도 지속되고 있지만 언제까지가 애이고 언제부터가 어른이냐의 문제는 사회마다 문화마다 서로 다르게 정의되기 때문에 딱히 뭐라 말할 수

없으며, 심리학자들도 일치된 의견을 제시하지 못하고 있어 학자들마다 이론이 다른 것이 사실이다. 그럼에도 불구하고 동서고금을 막론하고 동일한 것은 어른들은 아이들을 어리다고 보지만 정작 아이들은 스스로를 다 컸다고 여긴다는 사실과 어른들은 '요즘 아이들은 싸가지가 없다.'고 생각한다는 것이다.

장영이 겁 없이 달려나갔지만 손책네 황개가 맞받아치니 장영은 박살이 난다. 엎친 데 덮친 격이라고 장영네 진영에서 불이 난다. 손책네 군사들이 닥치는 대로 상대 군사들을 죽인다. 불을 낸 것은 다름 아닌 손책의 장수들이었으니 이름하여 장흠(蔣欽)과 주태(周泰)였다.

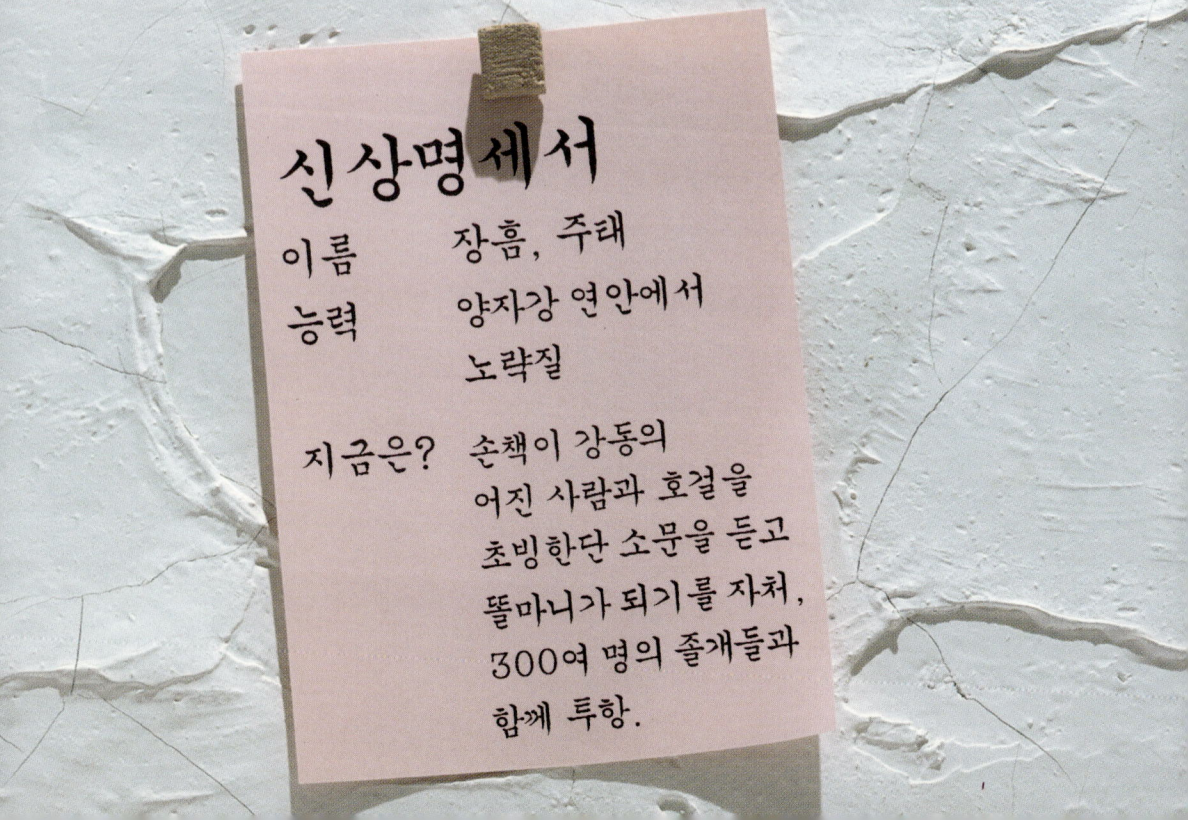

신상명세서

이름   장흠, 주태
능력   양자강 연안에서
          노략질

지금은? 손책이 강동의
         어진 사람과 호걸을
         초빙한단 소문을 듣고
         똘마니가 되기를 자처,
         300여 명의 졸개들과
         함께 투항.

장영이 도망가고 나니 유요가 직접 군사를 이끌고 나와 신정(神亭)이라는 지역의 남녘에 진을 친다. 손책은 북녘에서 진을 쳤다. 어느 날 손책이

　　"이 동네 어디엔가 광무제를 모신 사당이 있다던데 가서 인사를 드리자."

　　"사당은 저쪽 유요가 있는 남쪽이라서 위험할 텐테요."

　　"괜찮다. 지난 밤 꿈에 광무제(光武帝)를 뵈었다. 이건 광무제께서 나를 도와주겠다는 것이다. 가자!"

　　손책은 군사들은 제쳐두고 정보, 황개, 한당, 장흠 등 열두 명의 장수들과 사당 참배를 했다.

　　"만일 제가 강동에서 대업을 이루고 선친의 유업을 이어받게 된다면 즉시 사당을 리모델링하여 철마다 제사를 받들겠습니다. 저를 도와주십시오."

　　제를 마친 후 손책은 이왕 남쪽으로 온 김에 유요네 진지나 한번 살피고 가자며 장수들을 끌고 산 정상으로 올라간다. 숨어 있던 복병들이 손책을 발견하고 잽싸게 유요에게 보고하니 "손책이 우리를 유인하려는 술책이다. 흔들리지 마라!"며 전 대원들에게 경고했다. 하지만 애 취급받던 태사자가 이번에도 나서며 "무슨 소립니까! 지금이 손책을 잡을 좋은 기회입니다."

　　태사자는 말이 끝나기 무섭게 창을 들고 갑옷 단추도 안 채운 상태에서 말에 올라타 "손책을 잡으려면 나를 따르라."고 호방하게 소리치며 앞서 달려갔지만 그를 따르는 자는 아무도 없었다는 거 아니야! 아, 아니다. 이름도 모르는 한 장수가 등이 떠밀려 따라가긴 했다고 한다.

　　"니가 손책이냐?"

각 진영 장수 배치도

손책네

장소
황개
한당
장흠
주태
장굉
진무

유요네

태사자
장영
설예
착융
우미
번능
진횡

"어린 놈이 지금 출석 부르냐? 둘이 같이 덤벼라."

손책과 태사자가 창을 휘둘러 싸우기 50여 합을 했지만 이거 둘 다 영만만치 않은 상대다. 태사자는 손책을 유인, 으슥한 곳에서 절단을 내려는 생각에 말머리를 돌려 도망간다. 손책이 이를 안 쫓아갈 리가 있나. 한참을 쫓아가다 다시 태사자가 말머리를 돌려 5합을 싸우다가 결정적인 기회를 포착, 서로가 창으로 상대의 머리를 겨냥했으나 모두 비껴가고 남은 손으로 서로의 창을 잡았다. 그러니까 한 손으로는 자신의 창을 잡고, 또 한손으로는 남의 창을 잡고 있는 형국이랄까.

"내 창이야. 이거 안 놔?"

말을 타고 달리며 불 붙인 볏단을 단칼에 베어 날려버리는 馬上 칼솜씨 시범.

"내 창 내놔! 이게 얼마짜린데!"

서로가 힘으로 밀고 땡기고 하니 어느덧 둘 다 말 위에서 굴러떨어지고 말들은 알아서 도망가버렸다. 둘 다 땅에 떨어졌으니 맨주먹으로 치고받는 혼전이 거듭된다. 손책이 먼저 태사자의 등 뒤에 있는 단도를 빼앗아 드니 태사자도 이에 질 수 없어 손책의 투구를 벗겨버린다. 손책이 마지막 힘을 주어 단도로 태사자의 심장을 찌르려고 하니 태사자는 벗긴 투구로 그 칼을 막아버린다. 두 장수가 호쾌한 액션 장면을 보여주니 어디선가 방청객의 함성 소리가 들리면서 유요가 군사 998명을 이끌고 나타난다. 이때 손책의 열두 명의 장수들이 번개처럼 달려드니 또 한판의 혈전이 시작된다. 이번에는 반대편 방청객에서 소리가 들리니 손책의 수많은 군사들이 이곳으로 몰려온 것이다.

다시 말과 창을 빌려 탄 손책과 태사자 서로 노려보면서 3회전의 공이 울리기를 기다리는데 날이 어두워지고 소낙비가 억수같이 쏟아진다.

"에잇, 비 온다. 집에 가자."

"앗 차거! 갑옷에 물이 새네. 어느 회사 갑옷이야, 이거!"

다음 날 비가 개고 손책은 유요의 진지로 쳐들어가 어제 빼앗은 태사자의 단도를 창끝에 매달고 화를 돋운다.

"네놈, 어제 안 도망쳤으면 네놈은 네 칼에 찔려 죽었을 거다."

태사자 역시 손책의 투구를 장대 끝에 높이 매달아 "손책아, 네놈의 머리통이 여기 있다."라며 놀린다. 손책 옆에 있던 정보가 태사자에게 달려드니 태사자가 "야, 야, 까불지 말고 손책 나오라고 해! 나 시간 없어." 라고 말했지만 칼을 휘두르고 달려드는 정보와 싸우지 않을 수 없었다. 30여 합을 싸웠지만 역시 승부가 나지 않는다. 그때 유요가 북을 쳐서 군사들을 불러들였다. 태사자가 불만을 터뜨리며 "제가 조금만 더 있었으면 손책을 붙잡을 수 있었는데 군사는 왜 불러들이십니까?"

"야, 지금 이럴 때가 아니다. 지금 주유가 진무(陳武)랑 내통해서 군사를 이끌고 우리 성의 중심부인 곡아를 습격했단다. 더 이상 여기 있을 수가 없다. 빨리 말릉(秣陵) 지역의 설예, 착융과 힘을 합쳐서 곡아를 지켜야지!"

태사자도 하는 수 없이 유요를 따를 수밖에 없다. 손책이 달아나는 군사들을 바라보고 있는데 장소가 옆에 다가와 이른다.

"저놈들 저렇게 정신이 없을 때 오늘 밤 그들이 머무는 적진을 야습하면 소득이 좋을 텐데요!"

그날 밤 손책은 장소의 말대로 군사를 다섯 패로 나누어 유요의 진지를 급습한다. 태사자는 혼자 열심히 싸웠는데 유요를 비롯한 다른 놈들이 다 도망가니 결국엔 태사자도 경현으로 도망칠 수밖에 없었다. 손책은 진무를 자기편으로 끌어들여 부장으로 삼고 교위벼슬을 내려 선봉장을 삼아 설예를 공격했다. 설예는 지 군사들의 목이 벼 베듯이 베어지는 모습을 보고 겁을 먹고 성안으로 들어가 성문을 닫아걸고 싸울 기세를 보이지 않는다.

손책이 한창 성을 공격하는데 유요는 착융과 함께 대군을 이끌고 우저를 공격하러 가버렸다. 그 뒤를 손책이 달려드니 유요의 부장 우미(于麋)

나 손책의 난중일기 1

날씨 : 어제는 비가 왔고 오늘은 맑음

유요네 군사 만 명을 박살 내고 나머지는
항복 받았다. 유요는 착융하고 같이
유표한테로 도망간 듯 하다.

내일의 할 일 : 유표 때려 잡기

창 잘했어요

가 창을 비껴들고 말을 달려 나온다. 손책이 달려오는 말 옆으로 살짝쿵 비껴 말 위에 있던 우미를 옆구리로 끼어 사로잡아버린다. 이에 번능(樊能)이 말을 달려나와 손책의 등을 찌르려고 하는데! 손책의 군사들이 '뒤! 뒤! 뒤!' 하고 외친다. 손책이 고개를 돌리며 우당탕탕! 벼락 같은 고함 소리를 질러버리니 깜짝 놀란 번능이 말 아래로 떨어져 두개골이 박살나고 손책이 팔에다 힘을 주자 우미 역시 숨이 막혀 죽어버리고 만다. 잠깐 사이에 두 놈을 죽이니 그때부터 사람들은 그의 괴력에 놀라 '소패왕(小覇王)'이라고 불렀다.

손책이 다시 성을 공격하면서 한편으론 설예에게 투항을 권유한다.

"이번 기회에 우리 편이 되면 아파트 한 채와 고급 승용차 한 대, 주식도 만 주 정도 줄게!"

설예에게 이 말이 전해졌는지 모르지만 화살은 말을 알아듣지 못한다. 성 위에서 화살이 쏟아지던 중 길 잃은 화살 한 마리가 쏜살같이 날아와 손책의 왼쪽 허벅지를 시원하게 파고든다. 위생병들이 달려와 화살을 빼내고 혹시 상처가 덧날까 '마대가솔'을 발라준다.

옛날 군대약 추가 구라 _ 군대 훈련소에 있을 때 감기가 심하게 걸렸다. 마침 독감이 유행이었는지 거의 전 부대원이 감기에 걸린 거다. 분대장을 따라 약을 타러 갔다. 위생병이 "코감기 이쪽 줄!"

나는 코감기였다. 그래서 코감기 줄로 가려는데 또다시 위생병이 "목감기는 저쪽 줄!"

어, 그래? 나는 목도 이상한데. 이리 설까 저리 설까?

또 위생병이 "기침감기는 다음 줄!"

그 얘기 들으니까 기침도 나오는 거 같다. 위생병이 이번에는 "코감기에 목감기에 기침감기는 마지막 줄~!"

병사들이 우왕좌왕! 나한테 어느 병사가 "목감기 어느 줄이에요?"

"두 번째 줄인데요."

위생병이 "야 이 새끼들아, 시끄럽다. 조용히 해라. 너, 떠든 새끼 이리 나와 대가리 박아."

나는 처음 생각했던 대로 코감기 줄에 섰다. 약봉지를 받아가지고 돌아오는데 인솔했던 분대장이 "힛히! 야 이 짜식들아, 코감기 목감기약이 따로 있냐? 군대감기약은 다 똑같아. 위생병이 장난치느라 줄만 복잡하게 세웠지!"

근데 그때 대가리 박은 놈은 지금 뭐 할까? 내가 아는 놈이야!

손책네 진중에 조기가 내걸리고 구슬픈 울음소리가 나니, 설예는 '옳커니, 손책이 죽었구나, 때는 이때다.' 군사들을 재정비, 장영, 진횡과 같이 성문을 열고 말을 달려 물밀 듯이 쳐들어왔다. 갑자기 손책의 복병들이 여기저기서 불쑥불쑥 나타나고 손책이 선두에서 큰 고함을 지른다.

"이놈들아, 손책이 여기 있다! 이쪽으로 오너라!"

"에그머니나! 손책이 죽었다가 살아났다. 할렐루야!"

"야! 이 새끼들아,
시끄럽다. 조용히 해라.
너, 떠든 새끼 이리 나와
대가리 박아."

나 손책의 난중일기 2

오늘의 날씨: 비대신 화살이 비처럼 내린 날

오늘 재수 더럽게 없다.

화살이 내 넙적다리에 꽂히다.

아프다고 소리 지르며 울고 싶었지만

부하들이 있어서 참았다.

이게 무슨 꼴인가! 아버지는

돌에 맞고 나는 화살맞고.....!!!!

화장실에서 울었다. 심하게 아프다.

내일의 할 일 : 내가 죽었다고 소문을 낸다.
                      (속아 줘야 할텐데)

준비물 : 조기, 그릴형 꽃 그리고 깃대!

오늘의 교훈: 화살 맞으면 너나 나나
다 아프다.

참 잘했어요

"아멘!"

달아나고 항복하는 자가 수두룩하다. 손책은 항복한 자는 약간의 혼만 낸 뒤 죽이지는 말라고 명령을 내린다. 달아나던 장영은 진무의 창에 찔려 죽고 진횡은 화살에 꽂혀 죽고 설예는 칼 맞아 죽었다.

손책이 말릉으로 들어가 백성들을 안심시키고 태사자를 잡으러 경현으로 가니 태사자는 그 사이 벌써 어중이떠중이 장사치, 농사꾼, 지역사회에서 침 좀 뱉던 양아치들을 모아 군사 2,000명을 만들어 손책과의 싸움을 준비해놨다.

손책이 태사자를 사로잡을 계략을 짜냈다.

"진무는 오늘 밤 높은 곳에 올라가 불을 질러라. 동문은 터놓고 나머지 서, 남, 북문은 막아놓아라. 그리고 동쪽 25리 지점에 군사를 매복시켜 놓아라."

불길을 보고 놀란 태사자는 동문이 허술한 틈을 타 동문으로 말을 몰았다. 가봤자 부처님 손바닥이요, 손책의 계략 안이다. 태사자는 그물에 걸려 온 몸이 묶인 채 잡혀왔다.

손책이 "우리 같은 편이 되면 어떨까? 어리석은 유요 밑에서 일하다보니 힘들었을 텐데, 그게 다 유요가 능력이 없어서 그랬을 뿐이야."

태사자가 "그렇지요. 저번에 내가 당신을 잡았다면 지금쯤 내가 당신을 묶은 줄을 풀어줄 텐데!"

"하! 하!"

나 손채의 난중일기 3

1. 백성을 편하게 해주자.
수만명의 군사들이 내 밑에 있고
투항해 오는 군사들이 늘어나니 정신
차리고 일 잘하자.
2. 나를 따르는 군사는 받아주고
제대를 원하는 자는 제대를 시켜주자.

3. 일자리를 늘리자. 노숙자 문제를
해결하자. 의료보험을 실시 하자.
자동차세를 내리자. 학자금 대출서류를
간편하게 하자. 쓰레기 분리수거하기.

내일의 할 일 : 엄마 숙부 동생들을 곡아에
모시고 동생은 부장 주태랑 같이 있게 한다.
이번주 할 일 : 오군과 붙으러 남으로 가자.

참 잘했어요

"허! 허!"

둘은 같은 편이 되어 진중으로 돌아와 태사자를 위한 잔치를 벌인다. 고량주 몇 잔이 돌자 태사자가 기특한 말을 한다.

"지금 유요네 군사들이 지네 대장이 자꾸 싸움에서 패하기만 하니까 마음이 심란한 상태입니다. 제가 그네들을 설득해 이편으로 데려오겠소. 근데 공께서 내 말을 믿어줄랑가 몰라."

"자, 술이나 한잔 받으셔!"

"내 말 믿지요?"

"믿다마다…….(내가 원하는 게 바로 그거다!)"

다음 날 아침 태사자는 해장국도 안 먹고 길을 떠났다. 손책 부하들은 태사자가 안 돌아올 거라는 데 고량주를 한 병 걸었다. 하지만 손책은 틀림없이 온다"에 고량주 열 병을 걸었다. "내가 지면 열 병이고 너네가 지면 한 병만 받겠다."며 호언했다. 그 다음다음 날인가 태사자는 약속대로 군사 천여 명을 이끌고 다시 나타났다. 고량주 한 병을 강탈(?)당한 장수들은 손책을 보고 '사람 알아보는 장군'이라 좋아했고 손책네 취사병들은 갑자기 들이닥친 천여 명의 군사들의 점심을 짓느라고 투덜대면서 밥을 해먹였다.

"쓰벌! 점심이나 멕인 후에 데려오지."

손책은 다시 군사를 재정비한 뒤 오군(吳郡)을 먹으러 진격했다.

오군에는 엄백호(嚴白虎)란 자가 스스로를 '동오덕왕(東吳德王)'이라고 칭하며 오군을 점거하고 있었다. 엄백호는 동생 엄여(嚴輿)에게 "아우야,

손책이 맞짱 까자고 온다는데, 네가 알아서 처리 좀 하고 와라."

엄여는 말을 타고 지형지물이 자신이 유리하다고 생각하는 풍교(楓橋)라는 다리 위에서 손책을 기다린다. 손책이 다리 위에 있는 엄여를 향해 돌진하려고 하자 한당이 "구경이나 하세요."라고 말하며 잽싸게 튀어나간다. 그 즈음해서 이미 작은 배를 타고 강을 거슬러 올라간 장흠과 진무 두 장수가 다리 위로 뛰어오르니 당황한 적진에서는 비 오듯 화살을 퍼부어댄다. 하지만 이에 전혀 아랑곳하지 않고 '화살 사이로 막 가'면서 적들의 목을 베니 엄여는 놀라 성으로 도망가더니 성문을 굳게 닫아버렸다.

손책이 군사를 둘로 나눈다. 육군은 육로를 통해서, 해병대는 강 쪽으로 나누어 성을 포위한다. 3일 동안, 길 잃은 개미 한 마리가 잠깐 헤매다가 다시 성안으로 들어갔을 뿐 아무도 나와 싸우려 하지 않는다.

　* 성문 앞 우물 곁에 서 있는 보리수, 나는 그늘 아래 단꿈을 꾸었네.
　　－ 슈베르트의 〈보리수〉 중에서

손책이 늦은 아침을 먹고 말 위에 올라 성 위를 바라보니 어떤 놈이 자신을 향해 손가락질을 하면서 욕을 해댄다. 승용차 운전하고 갈 때 갑자기 끼어들면 운전사 입만 보고도 우리는 무슨 욕을 해대는지 알잖아!

"니#미 $팔 노%스^ 개&끼."

태사자가 "어쭈, 저놈이 우리 주군을 욕하네." 하며 화살에 편지 한 통을 매어 날린다. 그 편지에는 이렇게 쓰여 있었다.

'니미쓰블레이숀 종도로 삐빠!!!'

태사자가 연이어 활 시위를 당기며 "이 두 번째 화살은 욕하는 놈의 왼손을 맞출 것이고 세 번째 화살은 엄백호 네놈의 왼쪽 눈알 검은자위를 뚫어버리리라!"고 소리친다. 피—융! 두 번째 화살이 날아가자 어김없이 아까 그 욕하는 놈의 왼손에 박혀버린다. 이를 본 군사들은 눈이 휘둥그레져 잘 오므라들지가 않는다.

함박 스테이크 추가 구라 _ 자기 마누라가 바람을 피운 사실을 안 한 남자가 킬러를 고용했대! 그 남자는 맞은 편 빌딩 창가에서 킬러와 함께 그

'바람남'과 자신의 마누라를 함께 보고 있었대. 킬러가 나직이 속삭였대.

"총알 한 방 명중에 1,000만 원입니다."

"그건 알았고, 나에게 거짓말을 하는 저 여자의 입에 한 방, 그리고 나의 것에 무단으로 출입하는 저 남자의 거시기에 한 방 맞혀주시오. 자, 여기 2,000만 원!"

그리고 다시 망원경으로 그 둘을 바라보다가 문득 다시 남자가 킬러에게 말했대.

"아, 아 ―, 1,000만 원은 다시 줘요. 한 방이면 되겠는데!"

귀신 같은 활솜씨에 엄백호가 겁을 먹고 동생 엄여를 사신으로 내보내 손책을 만나보게 한다. (동생 너무 써먹는다.)

손책이 엄여를 데려가 술자리를 마련하고 술 몇 잔을 돌린다.

"니 형이 너를 보낸 이유가 뭐냐?"

"장군에게 강동지방을 반만 드리겠다는데요."

"이런 쥐새끼 같은 놈! 쥐새끼는 쥐구멍만 있어도 잘 살 수 있을 텐데! 강동을 반씩 나누자니?"

손책이 칼을 빼 엄여의 머리를 치려고 하니 엄여도 장수는 장수인지라 같이 칼을 빼려고 손이 칼로 향하기는 했지만 그 순간 엄여의 머리가 날아간다. 손책은 엄여의 머리통을 비닐봉지에 담아 엄백호에 보내니 이를 받아본 엄백호는 반항해봤자 안 되겠다는 걸 알고 회계(會稽)로 달아났다.

엄백호는 누구를 믿고 회계로 달아났을까. 회계에는 태수 왕랑(王朗)이란 자가 있다. 왕랑은 백호가 온다는 소릴 듣고 그를 구해주려고 하는데 말단관리 우번(虞翻)이 "안 됩니다. 엄백호는 고약한 놈입니다. 차라리 엄백호를 잡아서 손책에게 주면 어떨까요?"

왕랑은 이 말을 무시하고 엄백호를 마중 나가니 손책과 맞닥뜨린다.

손책이 "내가 절강(浙江)지방을 잘살게 해주려고 왔는데, 왕랑 너도 엄백호랑 같이 혼이 나야겠구나."

"손책! 욕심이 너무 많다. 오군을 먹었으면 됐지 회계까지 먹으려 하느냐? 내 오늘 백호의 원수를 갚아주겠다."

당황한 왕랑은 엄백호, 주흔과 함께 성안으로 들어가 적교를 걷어 올려버리고 성문을 꼭꼭 닫아버린다.

손책이 나서려 하자 태사자가 앞으로 나가 왕랑과 한판 붙는다. 주흔(周昕)이란 장수가 왕랑을 도우려고 나서자 이에 손책네에서는 황개가 비호같이 날아간다. 양편이 서로 '우리 편 이겨라.'를 외치며 싸우고 있는데 갑자기 왕랑네 군사 뒤편이 소란스러워진다. 왕랑이 뒤를 돌아보니 손책네 주유하고 정보가 산을 타고 내려와 뒤를 공격하니 왕랑은 앞뒤에서 공격을 받고 있는 형국이다. 당황한 왕랑은 엄백호, 주흔과 함께 성안으로 들어가 적교를 걷어 올려버리고 성문을 꼭꼭 닫아버린다.

손책 군사가 성문의 동서남북을 동시에 공격하니 성안에선 왕랑이 이를 부드득 갈며 머리가 끓는다. 엄백호가 "손책 군대가 지금은 기세가 높지만 여기서 한 달만 버티면 군량미가 떨어질 겁니다. 그때까지 기다리다가 취사병이 쌀 구하러 다닐 때 여세를 몰아 공격하면 우리에게 승산이 있습니다."

열무김치 추가 구라 _ 여기서 교훈 한 가지! 지고 온 놈 말을 들어서는 안 된다. 생활 속의 예를 들어보자. 고스톱판에서 일찌감치 돈 잃고 뒤에서 코치하는 놈 있는데 그놈 말 절대 듣지 마라. 그놈 코치 받아봐야 그놈 눈에는 지는 패밖에 안 보인다. 진짜다.

● 구라 심리학 _ 맞는 말이다. 그러나 꼭 그렇지만은 않다. '승패병가상사(勝敗兵家常事)'라는 말이 있다. 이기고 지는 것은 병가에서는

흔히 있는 일이니 비록 전쟁에서 이기는 것이 중요하기는 하지만, 그 보다는 전쟁에 임하는 자세와 전쟁이 끝난 후의 마음가짐이 더 중요다하는 것을 일컫는 말이다. 이 말을 달리 해석해보면 고스톱판에서 돈을 잃은 인간 중에 자신의 과오가 무엇이었는지를 명확하게 밝혀내는 현명한 인간의 이야기는 도움이 되지만 돈을 잃고서 감정만 격해져 있는 인간의 훈수는 아무런 도움이 되지 않는다고 할 수 있다. 그래서 '실패는 성공의 어머니'라는 말이 생겨난 것이다. 우리는 장기나 바둑을 둘 때 자신이 둘 때보다 훈수를 할 때 판이 더 잘 보이는 경험을 했을 것이다. 그 이유는 자신이 할 때는 이겨야만 한다는 강박관념이 스트레스로 작용을 하여 이성적 판단력을 흐리게 만들기 때문이다. 그러니 완전히 자신의 돈을 잃고 옆에서 훈수를 두는 사람은 상황을 보다 더 이성적으로 판단할 수 있는 여건이 되기 때문에 도움이 될 수도 있다. 따라서 돈 잃고 코치를 하는 사람의 이야기를 들을 것인가 말 것인가는 그때그때 상황에 따라 달라진다.

손책이 성을 여러 번 공격해봤지만 성안으로 들어가기가 만만치 않자 삼촌 손정(孫靜)이 조심스레 의견을 내놓는다.

"저렇게 성안에 짱박혀 있으면 성을 공략하기가 쉽지 않습니다. 여기서 이렇게 세월만 보내지 말고 가까운 곳에 사독(查瀆)이란 곳이 있습니다. 그 곳에 쟤네들의 군량미가 있는데, 방비가 허술합니다. 거길 공격하면 우리

나 손책의 난중일기 4

숙부 의견대로 사독을 친다. 방비가 없는 곳을
공격해서 다른 쪽의 군사들을 불러 낸다.
(밑줄 찍!)

참고할 주유의 의견: '내가 군사를 일으키면

왕랑은 틀림없이 성 밖으로 싸운다.
이때 기병을 풀어 공격하면 틀림없이 이긴다'

준비물: 횃불(켤 수 있는 만큼).

깃발(구할 수 있는 만큼)

내일의 할 일: 사독으로 쳐들어간다.

다짐: 이번 전투 끝나면 말굽을 갈아야지!

참 잘했어요

군량미 걱정도 덜고 사독을 뺏기지 않으려고 성안에 있던 군사들이 나올 것입니다."

손책의 군사가 물러갔다는 보고를 받은 왕랑이 성의 높은 곳에 올라가 보니 성문 밖에 불길이 오르고 깃발이 나부낀다. 주흔이 "저거 우리를 속이려고 작업한 겁니다. 지금 성문 밖으로 나가 바로 공격하시지요."

이에 엄백호도 한 말씀 보탠다.

"손책은 보나마나 사독으로 갔습니다. 내가 주흔 장군과 함께 뒤를 쫓겠습니다."

"사독은 우리 군량미가 있는 곳이라 뺏기면 안 되네."

"알아들었습니다. 애들아, 가자."

주흔과 엄백호는 지네 둘을 포함해서 5,032명의 군사를 이끌고 손책을 쫓아가기 시작한다. 한 20여 리쯤 가니 해가 서서히 지고 있었다. 갑자기 어둠 속에서 '라이타— 어이, 라이타—.'하고 속삭이는 수상한 소리가 들리더니 갑자기 북소리에 맞춰 여기저기서 불길이 솟는다. 엄백호가 놀라 말머리를 돌리니 손책이 등 뒤에서 씨~익 웃으며 말 위에 앉아 있다. 주흔이 잽싸게 칼을 빼들지만 창에 찔려 '앗' 소리 한번 못하고 죽는다. 항복! 항복! 하는 소리가 들리기 시작한다. 다급한 엄백호는 혼자 살길을 찾아 여항을 향해 또다시 도망치려는데 이거 길을 잘 모른다. 길가에 한 소년이 있길래 물어본다.

"애야, 여항으로 가려면 어디로 가야 하느냐?"

"저쪽 로타리에서 사거리 신호 두 번 지나 좌회전해서 직진으로 밤새 달리세요. 그러다 새벽에 다시 한번 물어보세요········· 윽!"

백호는 길을 알려준 그 소년을 죽였다. 혹여 자신의 퇴로가 발각될까봐! 왕랑은 엄백호의 말만 믿고 무작정 따라나왔다가 엄백호가 싸움에 지고 도망갔다는 군졸13의 보고를 받고 그대로 해우(海隅)로 도망쳤다. 손책은 군사를 이끌고 회계로 돌아와 성을 먹어버린다. 여기서 용어 설명 하나. 이긴 팀의 군사는 '군사'라고 하고 진 편의 군사는 '군졸'이라고 한다. 언제나 그런 건 아니고, 가끔.

다음 날 누가 보자기에 엄백호의 머리통을 싸들고 손책을 찾아왔다. 동습이다. 손책은 그에게 별부사마(別部司馬)의 벼슬을 내린다.

한편 손책의 동생 손권과 부하 장수 주태. 그들은 이제껏 뭐 하고 있었을까? 그들은 이제껏 손책이 정복한 성들 중의 하나를 지키고 있었다. 어느 날 밤 산적 놈들이 마포 종점 가로등도 잠든 깊은 밤에 쳐들어온 것이다. 주태가 잠결에 산적이 나타났다고 외치는 군사들의 소리를 듣고 손권을 깨웠다. 잠이 덜 깬 손권을 보호하느라 이리저리 칼춤을 추니 열댓 명이 죽어나자빠진다. 다시 칼을 오른쪽 어깨 위로 치켜드는 순간! "앗 따거!" 이름도 모르고 성도 모르는 놈이 주태의 등을 찔렀다. 자신을 찌른 창을 잡

나 손책의 난중일기 5

날씨: 잘 모르겠음.
이제 동쪽지방은 평정되었다. 회계는
삼촌 손정에게 맡기고 주치를 오군의
태수로 임명하다.
내일의 할 일: 아침 먹고 강동으로
돌아가야지. 제일먼저 말발굽 갈고
창도 ~~새로~~ 새로 맞춰야지.

참 잘했어요

아당기니 찌른 놈은 말 위에서 떨어져 그대로 나뒹군다. 어둠 속에서 필사적으로 손권을 구출해놓고 보니 주태의 몸은 창에 열댓 군데나 찍혀서 피를 너무 쏟아 거의 죽을 지경에 이른다. 손책이 걱정스레 상처를 들여다보고 있는데 누가 옆에서 "우번이란 자가 추천한 의사가 기가 막힙니다요. 제가 한번은 창에 찔려 죽을 뻔했잖아요. 근데 우번이 의사를 추천해 제가 살아났다니깐요."

우번에게 연락을 하니, 우번이 화타(華陀)를 데리고 나타났다. 화타가 상처를 돌본 지 한 달 만에 주치는 <u>상처가 완전히 나았고</u> 손책은 우번에게 벼슬을 내렸다. (상처가 나았으면 발기도 잘됐겠지!)

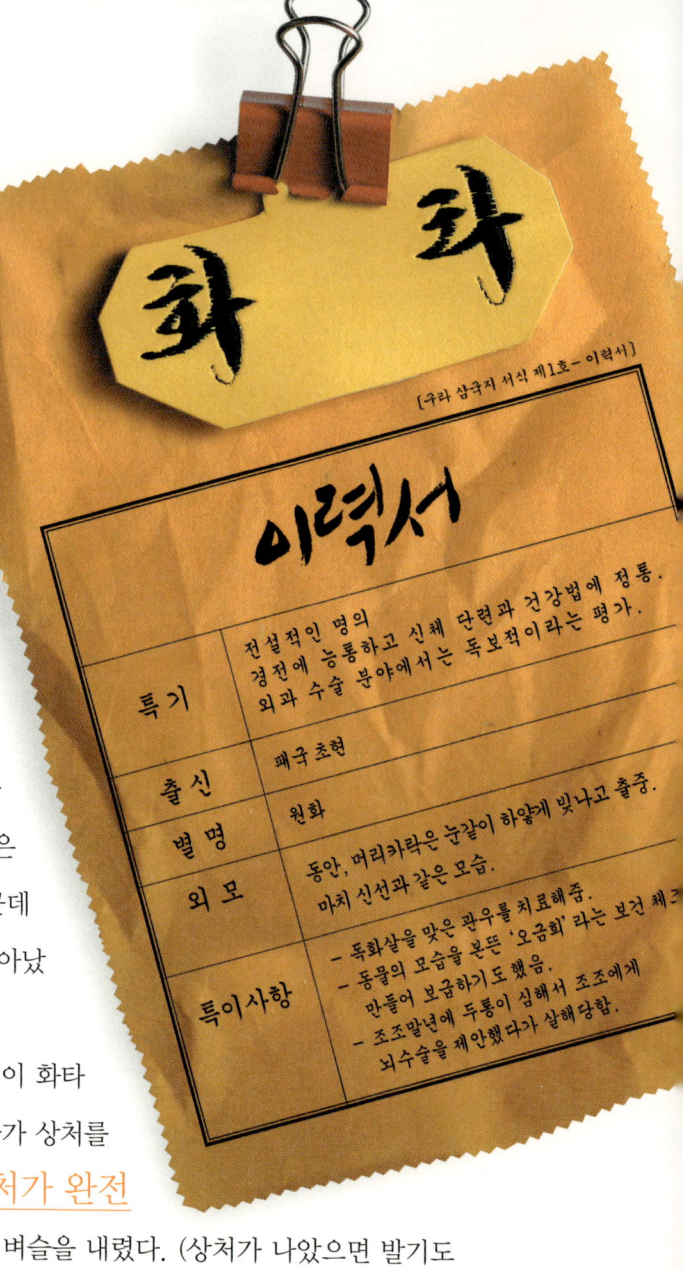

[구라 삼국지 서식 제1호 - 이력서]

이력서

특 기	전설적인 명의 경전에 능통하고 신체 단련과 건강법에 정통. 외과 수술 분야에서는 독보적이라는 평가.
출 신	패국 초현
별 명	원화
외 모	동안, 머리카락은 눈같이 하얗게 빛나고 출중. 마치 신선과 같은 모습.
특이사항	- 독화살을 맞은 관우를 치료해줌. - 동물의 모습을 본뜬 '오금희'라는 보건 체조를 만들어 보급하기도 했음. - 조조말년에 두통이 심해서 조조에게 뇌수술을 제안했다가 살해당함.

감자 샐러드 추가 구라 ─ 아는 영화감독 중에 한 명이 교통사고를 당해서 병원에 입원했는데 한 10주 정도가 나왔다는 거야! 감독은 걱정스럽지. 10주 정도면 죽을 정도는 아니지만 나중에 제대로 사회생활을 할 수 있을까, 후유증은 없을까, 무척이나 걱정을 했던 거지. 처음에는 아무 생각 없이 잠자다 깨고 밥 먹고 그렇게 세월을 보냈대. 시간이 너무 지루하게 느껴지는 건 당연하겠지. 세월이 흘러흘러 아픈 부위가 조금씩 아물기 시작하더라는 거야. 그런데 어느 날 간호사의 종아리를 보는 순간 발기가 되는 거야. 며칠이 지나자 이제 간호사의 종아리를 보지 않고도 발기가 되는 거야. 손으로 남몰래 그 부위를 잡으니 뿌듯한 마음이 들더래. 아, 이제 정말 내가 살았구나! 그러다보니 어느덧 내일이 퇴원하는 날이라는 거야. 발기. 이거야말로 건강의 척도가 아닐까?

발기에 관한 야한 농담이 하나 더 있다. 젊은 여자 의사가 운영하는 안과에 한 남자 손님이 찾아왔다. 눈이 잘 안 보인다는 거다. 여의사가 먼저 손가락을 보여주면서 보이냐고 물어봤다. 남자 왈, "안 보이는데요."
의사가 자신의 젖가슴을 보여주며 또 물었다.
"전혀 안 보이는데요."
그러자 이번에는 자신의 아랫도리를 보여주며 보이냐고 물어봤다.
"아뇨, 전혀 안 보여요."
그러자 여의사가 소리를 지르며 야단을 쳤다.
"안 보인다면서 서긴 왜 서, 씹째끼야!"

주태가 입원하고 있던 중에 화타가 데려온 여제자와 눈이 맞았다는 소문이 돌긴 했지만 지금은 확인할 길이 없다. 지금이나 그때나 남녀문제는 남들이 뭐라 말할 수 없다. 이런 소문을 들은 손책은 "젊고 건강한 남녀가 만났으면 그럴 수도 있지. 바쁜데 그런 거까지 생각할 시간이 없다."며 퇴원 축하로 고량주를 한 박스 보냈다. 그날부터 성안에는 곳곳에 현수막이 나붙기 시작하면서 대대적인 산적 토벌작전이 시작됐다.

〈자나 깨나 산적 조심! 꺼진 산적 다시 보자.〉

〈산적은 예고 없다.〉

〈무관심이 가장 큰 죄.〉

〈산적, 한순간에 모든 것을 앗아갑니다.〉

손책은 산적을 토벌한 후 백성들을 위해 여러 가지 일도 하고 조정에 저간의 사정을 알리는 글도 보내고 조조에게 친하게 지내자는 편지도 보내면서 바쁜 일정을 보냈다. 그리고 중요한 것! 원술에게 옥새를 돌려달라고 사람을 보낸 것이다.

"야, 줬다가 달라는 게 어딨냐?"

원술은 참모 양대장(楊大將), 장훈(張勳), 기령(紀靈) 등등 30여 명의 참모들과 회의를 하다가 짜증이 나는지 탁자를 내리쳤다.

"나한테 군마를 빌려가서 강동 일대를 먹었으면 됐지 옥새를 돌려달라는데 어떻게 생각하냐? 이놈을 당장 깨부수자."

우리는 원술의 마음을 이해해야 한다. 고스톱 판에 끼어들어 빌린 돈으로 그 판을 다 따는 놈들이 가끔씩 있다. 정말 열 받는 일이다. 그놈이 다 따고 바쁘다는 핑계로 개평 없이 그냥 가도 열 받고, 딴 돈으로 개평을 뿌려댈 때도 받는 놈 마음은 엿 같다. 안 받을 수도 없고 말이야!!!

양 대장이 한마디한다.

"지금은 손책을 가벼이 봐서는 안 됩니다. 군사들의 기세가 올라 있고 먹을 것도 넉넉합니다. 순서를 잘 정해야 할 것 같습니다. 유비를 먼저 손봐서 지난날 무고하게 당한 한을 먼저 풀고 그때 가서 손책을 혼내줘도 될 것 같습니다."

양 대장이 계속해서 "유비는 소패라는 작은 곳에 머물고 있으니 별 문제가 아닌데 문제는 여포입니다. 전에 여포한테 주기로 한 금은보화와 양곡 군마를 안 줘서 여포가 삐쳐 있지 않습니까? 이번 기회에 줘야 합니다. 왜냐하면 안 주면 여포가 유비네 편을 들 겁니다. 지금이라도 여포에게 약속한 것들을 보내주면 여포는 싸움이 나도 모른 척할 거란 말입니다."

골똘히 듣던 원술이 말한다.

"그럴듯하네! 근데 그게 끝인가?"

"아닙니다. 곧 마무리 짓겠습니다. 여포의 발을 묶어두고 유비를 먼저 잡고 그 다음으로 여포를 잡으면 서주는 쉽게 먹을 수 있을 겁니다. 끝!"

원술이 "다른 사람들의 의견은 어떤……."이라는 질문을 채 끝내기도 전에 박수가 터져 나오고 '옳소', '따봉', '부라보' 등의 소리가 여기저기서 들린다. 원술은 서주를 먹기 전에 밥부터 먹자고 하며 회의를 끝냈다.

다음 날 원술은 한윤(韓胤)을 불러 양곡 20만 섬과 금은보화, 현찰과 밀서를 줘서 여포에게 보냈다.

선물을 받은 여포는 기분이 좋아져 한윤을 룸살롱에서 극진히 대접하고 돌려보냈다.

원술은 기령을 대장으로 삼고 뇌박, 진란을 부장으로 임명해 수만의 군사를 붙여주면서 소패를 공격하라 명령하니 이 소식은 유비 쪽에도 이미 들어갔다.

유현덕네 손건이 "지금 소패는 군사도 적을 뿐아니라 군량미도 별로 없습니다. 이럴 때 여포에게 도움을 청해보시면 어떨까요?"

유비의 편지를 읽은 여포는 참모 진궁을 부른다.

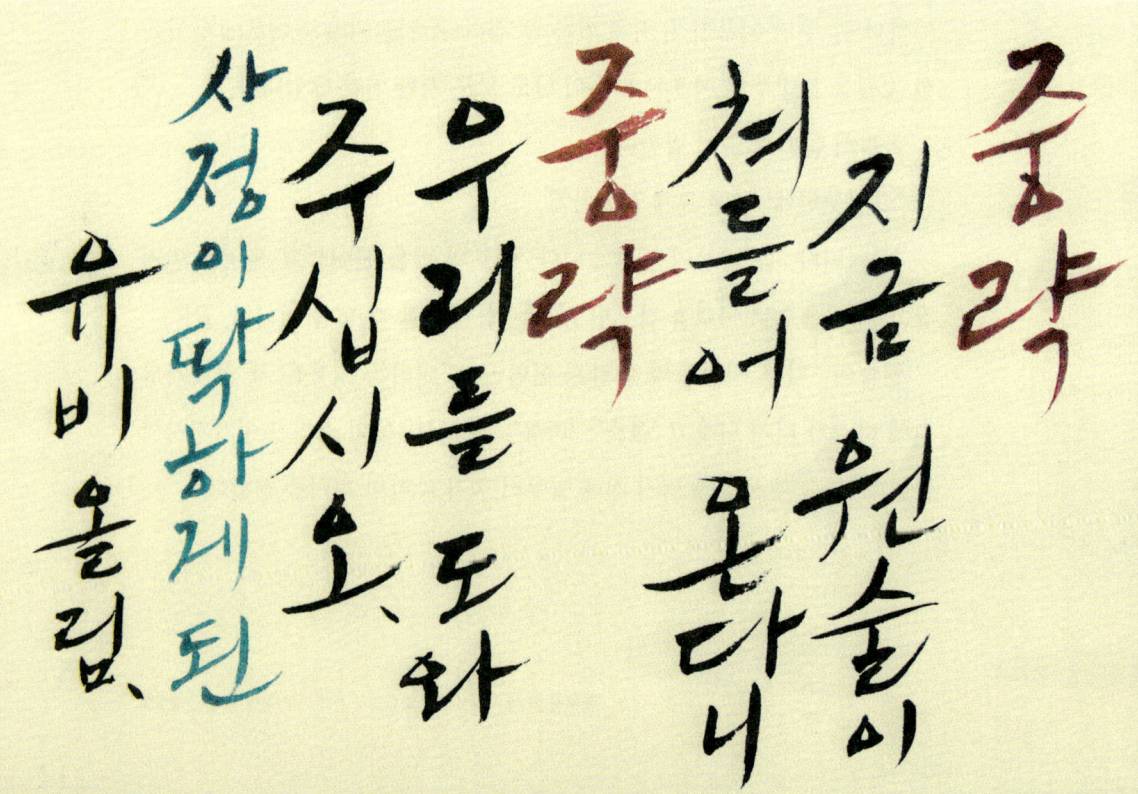

"진궁아, 원술이 나에게 양곡과 금은보화를 뒤늦게 보내준 이유를 내가 잘 알지. 원술이 유비를 공격할 때 내가 유비네 편이 될까봐 미리 약을 쓰는 거잖아! 나는 이 편지를 읽고 유비네를 돕기로 했다. 그렇지 않으면 원술네가 유비를 처리한 다음 태산의 장수들과 힘을 합쳐 다음 순서로 나를 공격할 것이 틀림없다. 맞지? 결론은 유비를 돕는 거다. 집합!"

유비네는 한창 말굽을 수리하고 칼날을 세우고 전투 준비를 했지만 막상 군사들을 합쳐보니 5,000여 명도 안 되는 거다. 그래도 안 싸울 수는 없지 않은가. 유비는 힘이 나지는 않았지만 어쩔 수 없이 성 밖으로 나와 텐트를 치고 있었다. 이때 '여포가 10리 밖에서 진을 치고 있다.'는 보고가 들어왔다.

이 소식을 들은 원술의 부하 기령은 여포에게 '어떻게 유비를 도와줄 수 있느냐.'는 항의성 편지를 보낸다. 여포는 기령의 편지를 읽더니 음흉한 미소에 눈이 반짝반짝 빛난다. 요거 '눈 반짝'은 아이디어가 떠올랐다는 이야기다. 여포가 유비에게 '우리 진영에 한번 놀러오세요.'라며 초청장을 보내자 장비는 가지 말라고 펄펄 뛴다. 하지만 유비는 여포를 달래 관우와 함께 여포에게로 간다. 여포가 어깨에 힘을 주고 약간 거들먹거리며 "내가 공의 편지를 받고 도와주러 왔으니 나중에 그 은혜를 잊으면 안 돼……."

장비가 째려본다.

"……요."

유비네가 술상으로 안내받아 자리에 앉았는데 잠시 후 느닷없이 기령이 들어온다. 현덕이 놀라 엉거주춤 일어서려 하니 기령도 현덕이 있는 걸 보고 몸을 돌려 나가려 한다. 여포가 기령을 가방 집어 들듯 번쩍 들어 데리고 들어온다.

"아유, 이거, 날 좀 내려놓고 이야기합시다."

여포가 "유비와 나는 형제지간이나 다름이 없소. 장군 때문에 유공이 곤경에 빠졌소. 내가 구해주러 온 것뿐이오."

기령이 "그렇다면 날 죽일 셈이오?"

여포가 "나는 싸움하는 것보다 말리는 걸 더 좋아하는 사람이오. (눈짓으로 군졸들을 가르키며) 쟤들한테 물어봐요."

"화해를 어떻게 시키겠다는 거요?"

여포가 기령을 내려놓으며 "하늘의 뜻에 따르자는 거요. 자, 서로들 인사하시오."

어색한 침묵이 21초쯤 흐른다. 여포는 자신이 중앙에 앉고 왼쪽에 기령을, 오른쪽에 유비를 앉힌다.

"자자, 한잔씩 합시다."

여포가 표정을 보아하니 다들 술 마실 기분이 아니다. 한번 더 분위기를 돋우려고 애써본다.

"싸우지 말고 언능 사이좋게 지냅시다. 막차 끊어지기 전에 애들 데리고 집으로 돌아가야죠."

기령이 조심스럽게 입을 열어 "나는 원술의 명을 듣고 군사 10만 대군을 거느리고 유비를 잡으러 왔는데 어떻게 그냥 돌아간단 말이오!"

장비가 버럭 "야! 너, 말 조심해. 숫자 많은 게 뭐 자랑이냐?" (사실 그 당시엔 자랑이지!)

"자, 자, 조용!"

여포가 분위기를 잡는다.

"군졸3아, 너 내 창 좀 가져오너라."

기령과 유비 일행은 여포가 뭔 짓을 하는가 싶어 의아하게 처다본다.

"군졸3, 너 잘 뛰지? 여기부터 150보 되는 곳으로 뛰어가서 그 자리에 창을 똑바로 꽂아라. 그리고 넌 오늘 퇴근해도 좋다."

군졸3이 겨드랑이 털을 휘날리며 뛰어간다.

"내가 활을 당겨 창의 옆가지를 맞출 터이니 명중시키면 양편의 군사는 싸우지 말고 돌아가시오. 만약 명중이 안 되면 둘이 싸우든지 말든지 알아서 하시오. 어떻소? 내 아이디어가. 흐흐흐."

기령이 속으로 비웃는다.

'흥! 150보 밖에 있는 창의 가지를 맞춘다고? 턱없는 소리 하고 있네.'

여포가 대접에 폭탄주를 만들어 완샷을 한 후 화살을 '태 — 앵!' 하고 쏜다. 활을 벗어난 화살이 날아가 창 가지에 명중해버린다. 와! 하는 방청객의 함성과 박수가 터져 나온다. 여포가 기령과 유비의 손을 맞잡게 한다.

"자, 이건 하늘의 뜻이오. 화해를 하시오."

기령은 고개를 숙인 채 뭔가를 골똘히 생각하는 듯하다.

정치가들의 거짓 행동을 수없이 본 우리는 알고 있다.
언뜻 보면 손을 잡은 것 같지만 손끝도 닿지 않은 두 사람.

"싸우지 말고 얼능
사이좋게 지냅시다."

'젠장, 이 복잡하고 황당한 시츄에이션을 원술에게 어떻게 설명하지?'

이윽고 여포에게 "내 말을 안 믿을지 모르니 원술 장군께 편지나 한 장 써주시오."

기령이 떠난 후 여포가 생색을 내며 "내가 아니었으면 어떻게 될 뻔했소? 자, 술이나 한잔합시다. 김 양아, 술 좀 따라라. 넌 뭐 하고 있냐?"

"고맙소이다. 가자! 장비야, 운장아! 내가 이 자리에서 너무 소극적으로 앉아 있던 게 부끄럽구나."

한편 회남으로 돌아간 기령은 원술에게 꾸중을 듣고 있다.

"그래도 그렇지 말이야, 너는 그런다고 그냥 오냐? 그리고 여포가 이런 짓거리로 유비 편을 드는 게 말이 되냐? 내가 직접 가서 유비고 여포고 다 없애버려야겠다. 내 갑옷 어디 있냐?"

풀이 죽은 기령이 작은 목소리로 조심스레 "제가 이번에 가서 들으니 여포 딸이 혼기가 꽉 찼다는데 장군께서 사돈을 맺으면 어떨까요?"

"그게 무슨 말인고?"

"사돈을 맺으면 여포는 확실한 장군님 편이 되어 유비를 없애지 않겠습니까?"

어느새 기령의 목소리가 커져 있다. 그 다음다음 날, 아마도 비가 오다가 갠 날이었지? 한윤이 갖가지 예물을 가지고 여포 앞에 당도했다.

"우리 주 공께서 장군을 너무나 존경한 나머지 사돈이 되기를 원하십니다."

여기서 잠깐! 여포의 여자관계를 한번 되짚어보고 가자. 여포는 처음에 엄씨와 결혼했고 초선을 첩으로 삼고 그것도 모자라 소패에서 조표의 딸을 둘째 아내로 삼았더라. 조씨는 일찍 죽어 소생이 없고 초선이도 아이가 없더라. 오직 엄씨에게 딸 하나 있는데 무남독녀 외딸이더라! 소문을 들은 엄씨가 그날 밤 잠자리에서 여포에게 "사돈 되실 어른은 넓고 넓은 회남 땅을 가지고 있고 군사도 엄청나게 많아 천자가 될 거란 소문도 있습니다. 만약 혼인이 성사되면 내 딸아이가 황후가 되는 거 아니겠습니까? 아들은 몇 명이나 있다고 하던가요?"

"독자라던데!"

"딸아이가 황후가 되면 우리 서주는 걱정할 일이 없을 거 같아요. 혼인을 하는 게 어떨는지요."

"오랜만에 같이 누워보는군! 오늘 밤 아들 하나 만들어볼까?"

"아잉! 몰라요."

"모르면 내가 하는 대로 가만히 있어."

다음 날 한윤이 돌아가 원술에게 이르니 원술은 다시 한윤 편에 많은 예물을 보낸다. 여포 역시 다시 한윤에게 촌지도 주고 특별히 대접했다. 그날 밤 한윤이 잠을 청하려고 하는데 누가 문을 두드린다. 여포의 참모 진궁이 밤에 몰래 찾아온 것이다.

"누구십니까?"

"나 진궁입니다."

둘은 서로 인사를 하고 주변을 물리치고 단둘이 마주앉는다.

진궁이 "본론부터 말하자면 원술과 여포가 사돈 관계를 맺는다는 것은 유비의 목을 치자는 거 아니오?"

한윤이 심하게 놀라며 "사, 사실이오. 하지만 절대로 다른 사람들이 알면 안 될 텐데요! 부탁입니다."

"부탁은요 뭘. 사실은 내가 부탁을 하러 왔소이다. 혼사를 빨리 치르지 않으면 온 동네에 소문이 날 것이고 그러면 누군가는 이 계략을 알아채지 않겠소?"

"그러면 어떻게 하는 게 좋겠소?"

"언능언능 혼사를 치러야지요. 내 알아서 하리다."

진궁은 다음 날 날이 밝자마자 여포에게로 달려갔다. 한윤에게 했던 말을 여포에게 그대로 한 번 더 하니 여포가 일리 있다 생각하고 부랴부랴 딸 시집보낼 준비를 한다. 딸한테는 물어보지도 않고!

갖가지 예단을 번갯불에 팝콘 튀겨먹듯 마련하느라 하루가 부족하다. 다음 날 아침부터 북소리, 장구소리, 가위질소리 앞세워 딸을 혼인장소로 보낸다. 북소리, 장구소리에 아침잠을 설친 진원룡의 아버지 진규(陳珪)가 그 광경을 보고 혼잣말로 중얼거린다.

'이거 정략결혼인데…… 현덕 공이 위기에 처하겠구먼!'

그는 서둘러 여포네 집으로 헐레벌떡 달려가 여포를 보자마자 뜬금없는 소리를 한다.

"장군께서 죽을 때가 닥친 것 같아서 인사를 드리러 왔소이다."

"아니 아침부터 무슨 소립니까?"

"원술이 사돈을 맺자는 건 따님을 인질로 삼아 유비를 없애고 소패를 먹으려는 거 아닙니까? 소패가 망하면 자연스레 우리 서주도 위험합니다."

"호………!!!"(끄덕끄덕)

"원술이 장군에게 군사를 빌려달라, 쌀을 빌려달라, 라이터 불을 빌려달라고 해대면 거절하기가 힘들게 되지요. 더욱이 원술은 황제가 되고 싶어한다는데 그게 바로 대역죄가 아니겠소. 그러니깐 공은 그런 역적과 사돈이 된다는 건데 그렇게 되면 천하의 사람들이 공을 외면하지 않을까요?"

호박 고추장 찌개 추가 구라 _ 진규가 숨을 씩씩거리면서 달려온 것을 왜 '헐레벌떡'이라고 하는가? 짚고 넘어가야 한다. 요즘은 도시에서 보기 힘들어졌지만 예전에는 개들이 골목에서 방사를 치르는 일들이 많아서 학교 가다가, 혹은 데이트하다가 그걸 목격하게 되면 참 민망했다. 암캐 뒤에서 수캐가 앞다리를 들고 헥헥거리는 광경! 같이 보고 있는 사람이 누구냐에 따라서 때로는 못 본 척해야 하는 경우도 있었다. 개들이 하는 걸 '흘레붙는다'고 하는데 욕 중에서 가장 심한 욕 중의 하나로 '애미가 흘레붙어서 낳은 자식'이란 것도 있었다. '흘레'를 하기 위해서 숫캐가 앞다리를 들고 '벌떡' 일어서야 된다. '흘레'와 '벌떡'을 합친 말이 '흘레벌떡'이고 다시 '헐레벌떡'으로 바뀌었다는 거다. 사람이 달려와 숨이 차서 헥헥

거리는 소리가 마치 개 흘레 붙을 때 나는 소리 같다고 해서 '헐레벌떡거린다'는 말을 사용하게 됐다는 거다.

어쨌든 진규에게서 '대역죄인'이라는 단어를 들은 여포가 탄식을 하며 안절부절 못한다.

"아이고 머리야, 그 생각을 내가 왜 못했냐? 군졸 10번부터 200번까지 선착순 집합! 빨리 내 딸 데려오너라!"

<u>신혼 첫날밤</u>을 맞을 생각에 들떠 있던 여포 딸은 심술이 양 볼에 잔뜩 붙어서 되돌아왔다.

"아빠 미워! 내가 첫날밤을 얼마나 기다려왔는데!"

시집가는 도중에 첫날밤도 못 지내고 대낮에 돌아오는 여포 딸은 어떤 기분이었을까?

<u>새우 맑은국 추가 구라</u> _ 아주 오래전 토크쇼 프로그램에 개그맨 김한국이 출연했다. 그날의 주제는 '신혼 첫날밤'이었다. 진행자가 물었다.

"김한국 씨는 첫날밤 어땠어요?"

"어떤 첫날밤이오? 진짜 첫날밤이오? 결혼 첫날밤이오?"

"물론 진짜 첫날밤이지요."

"우리는 대낮이었는데요……!!!"

여포는 원술에게 사람을 보내 '혼수가 덜 마련되었으니 준비되는 대로 보낼께!'라는 말을 전하게 하고 같이 돌아온 한윤은 감옥에 가두어버렸다.

군졸17이 여포에게 달려와 "유현덕이 소패에서 군마들을 사들이고 군화를 모으고 있다고 합니다."

"임마, 그런 건 장수들이 늘 하는 일이 아니냐?"

옆에 있던 참모들이 불만을 털어놓으며 "그거야 문제 될 게 없지만 문제는 장비가 산적으로 가장하여 우리가 사오던 군마를 패현에서 반 이상을 빼앗아갔다는 겁니다."

"뭐!!! 이런 건방진 탕수육 같은 놈! 탕수육 접시 통째로 씹어버릴 테다."

여포가 한달음에 소패로 쳐들어오자 유비가 깜짝 놀라 "왜 갑자기 쳐들어왔소이까?"

"내가 당신을 구해준 지가 바로 어제 같은데 왜 우리 군사를 빼앗아 갔소?"

"그럴 리가 있겠습니까?"

장비가 창을 비껴들고 유비 앞으로 말을 달려나온다.

"그럴 리가 있습니다, 형님! 그래, 내가 네 군사를 뺏었다. 어떡할래? 너는 서주를 빼앗은 놈 아니냐!"

"이런 탕수육만도 못한 놈."

"뭐? 이런 짬뽕 같은 놈!!"

둘이 100여 회나 싸워도 승부가 나지 않자 현덕이 징을 쳐서 장비를 부른다.

"장비야, 밥 먹고 싸워라."

유비는 장비를 불러들인 다음 여포에게 사람을 보내어 말을 전한다.

'우리 이렇게 칼로 싸우지 말고 말(馬) 때문에 생긴 일은 말(言)로 풉시다. 말로!'

이 말을 들은 여포가 "말로 생긴 일은 말로 풀자는데 니들 생각은 어떠냐?"

진궁이 "떡 본 김에 제사지내야 하고 칼 든 김에 피를 봐야 합니다. 지금이 유비를 없앨 수 있는 기회입니다."

여포가 유비의 말을 수긍하는 듯하여 유비는 비교적 한가하게 지내고 있는데 느닷없이 다시 군사들이 몰려온다.

유비가 "저게 내 말을 듣는 듯하더니 또 난리네!"

한 부하가 "옆에서 누가 뽐뿌질을 한 모양입니다."

(활용 사례)

인물1은 'A라는 여자'에 대해서 그렇게 나쁘게 생각하지 않는다. 하지만 인물2가 아래와 같이 이야기하며 '뽐뿌질'을 한다.

뽐 – 내다 자 ①기를 펴고 잰 체하다. ②보라는 듯이 자랑하다. ¶승리를 뽐내다.

뽐뿌질 자 ①구라쳐서 바람 잡는 일. ¶뽐뿌질을 들으면 가만히 있던 놈도 넘어간다.

뽑다.[-따] 타 ①속에 있는 것을 빼내다. 또 박힌 것을 잡아당겨서 빼내다. ¶잡초를 뽑다. ②길게 늘이다. ¶목청을 뽑다. ③여럿 중에서 가려내다. ¶우수 선수를 뽑다.

"저년은 나쁜 년이다. 주는 거 없이 미운 년이다. 저년 걸음걸이를 봐라. 헤프게 생기지 않았냐? 국을 떠 먹을 때도 후룩! 후룩! 소리를 내면서 처먹는다. 지금 지 얘기 하는데도 못 들은 척하고 있지 않냐! 저런 싸가지 없는 년!"

인물1은 이런 이야기를 듣고 '뽐뿌질'을 당하게 되고 서서히 '저년은 나쁜 년.'으로 생각이 바뀌게 된다.

● 구라 심리학 _ 뽐뿌질에 넘어가는 것, 곧 자신이 가지고 있던 생각이 상대에 의해 바뀌는 것을 심리학에서는 '태도 변화'라고 한다. 이러한 태도 변화도 몇 가지 요소에 의해 영향을 받게 된다. 사실 뽐뿌질에 잘 넘어가는 사람이 있고, 그렇

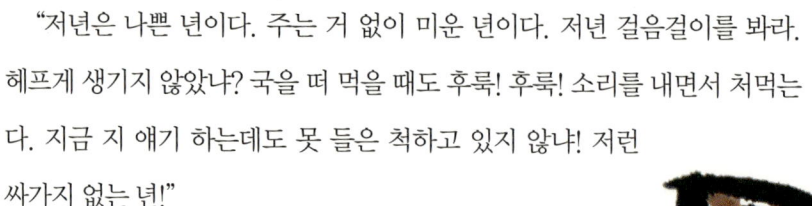

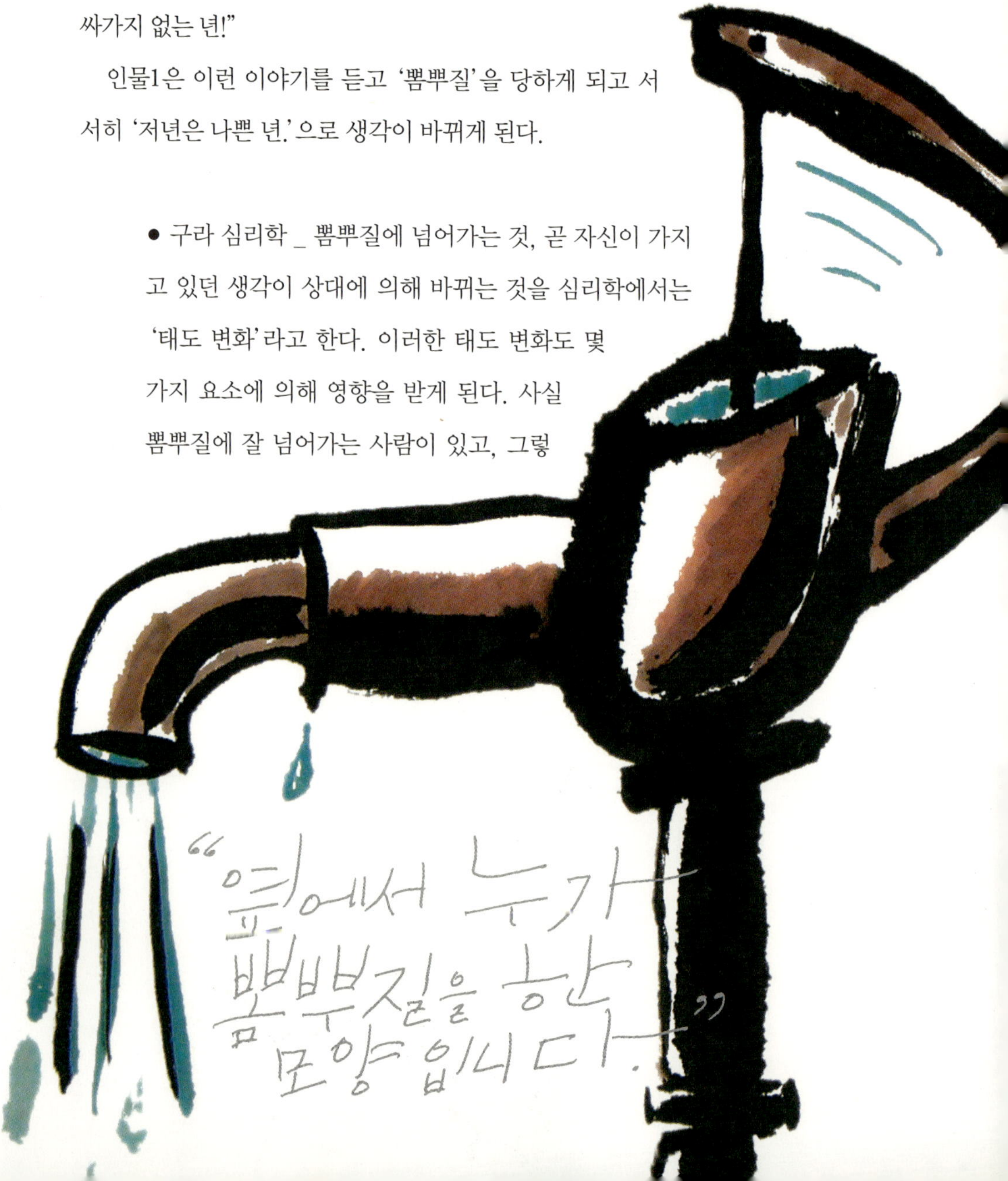

"윗에서 누가 뽐뿌질을 한 모양입니다."

지 않은 사람이 있다. 이러한 차이는 바로 태도 변화에 영향을 주는 요인이 서로 다르기 때문이다. 태도 변화에 영향을 미치는 요인은 전달자 요인, 전달 내용 요인, 수신자 요인으로 나뉜다. '전달자 요인'이란 설득을 하는 상대가 매력적이거나 호감을 주거나 전문성을 인정받거나 믿음직하게 여겨질 경우에는 그렇지 못한 설득자보다 더 강한 설득 효과를 지니는 것을 말한다. 매력적인 배우 혹은 신뢰 감을 주는 배우를 광고의 모델로 삼는 것도 이 때문이다. 광고에 어떤 모델을 쓰느냐에 따라 제품의 매출액이 엄청나게 차이가 난다는 점은 바로 이러한 '전달자 요인'이 얼마나 중요한지를 잘 보여주는 사례라고 할 수 있다.

'전달 내용 요인'은 전달 내용이 자신이 기존에 지니고 있는 태도와 괴리가 적을 때 보다 잘 수용되고, 괴리가 클 경우에는 잘 수용 되지 않는 경향을 말한다. 예를 들어 기존에 자신이 가지고 있는 상식을 완전히 뒤엎는 내용이라면 사람들은 쉽사리 그것을 인정하지 않으려는 경향을 가지고 있다.

마지막으로 '수신자 요인'은 뽐뿌질을 당하는 사람과 관련된 것으로, 자존심이 낮은 사람들은 불안이나 주의 결핍으로 메시지 수용이 잘 이루어지지 않으므로 설득 효과가 덜 나타나고 자존심이 높은 사람들은 외부의 설득에 반발을 보이기 쉬운 것을 말한다. 따라서 뽐뿌질에 의한 설득 효과는 자존심이 중간 정도인 개인에게서 가장 크게 나타난다고 할 수 있다.

역사는 숱한 놈들의 뽐뿌질에 의해 바뀌어 왔다는 것을 우리는 사극을 통해서 봐왔다. 수돗물이 나오는 세상에 살면서 아직도 뽐뿌질을 해대는 인간들이 도처에 있다.

여포가 쳐들어온다는 소식을 듣고 회의를 개최한다.

손건이 유비에게 "조조는 여포를 미워합니다. 사태가 불리해지면 허창으로 가서 조조에게 투항한 후 군사를 빌려 여포를 치는 건 어떨까요?"

하지만 유비 생각에 일단 여기를 빠져나가는 것 자체가 쉽지 않을 듯하다.

"우리가 허창까지 무사히 갈 수 있을까?"

"형님, 제가 목숨 걸고 길을 열겠습니다."

장비를 앞장세우고 중간에는 유비, 뒤는 관운장이 맡아 '야밤의 소패 엑소더스'가 펼쳐진다. 포위망을 뚫는 과정에서 명 짧은 군졸 몇 명이 그날 밤 죽어 나자빠졌지만 탈출에는 성공했다.

여포도 더 이상 유비네를 쫓지 않고 성안으로 들어가 백성들을 안심시키고 고순에게 소패를 다스리게 하고 자신은 서주로 돌아갔다. 허벌나게 달려서 허창에 도착한 유비는 먼저 손건을 조조에게 보내 투항하러 왔다고 전하니, 조조는 일행을 내보내 유비네를 반갑게 성안으로 맞아들인다. 동서남북, 전후좌우 사정을 다 들은 조조가 "여포는 의리가 없는 놈입니다. 나와 함께 여포를 없애버립시다. 참, 저녁은 드셨소? 얘들아, 술상 좀 봐라!"

유비에게 군사와 군량미를 대준 조조는 군사들을 수습하고 여포에게 선전포고를 하려는데 한 병사가 급히 달려와 방금 입수한 급한 정보를 올린다.

'장제가 남양을 공격하던 중에 화살에 맞아 사망. 조카인 장수(張繡)라는 녀석이 모사 가후의 도움으로 유표와 결탁하여 완성에 진을 치고 대궐에 침입, 왕을 탈취하려고 함.'

보고를 듣고 0순위로 장수라는 자를 치려고 하는데, 갑자기 그 사이에 여포가 조조가 머물고 있는 허창을 공격하지 않을까 걱정이 된다. 순욱이 옆에서 "여포란 놈은 눈앞의 이익에 기뻐하는 인간입니다. 여포에게 벼슬을 내리고 상을 주면서 유현덕과 화해하라고 하면 좋아할 텐데요!"

"좋은 아이디어야."

여포를 칭찬해주라고 한 뒤 조조는 칼 만드는 군사 120명을 포함해 도합 15만 120명을 이끌고 장수를 토벌하러 나간다. 어마어마한 군사 숫자에 장수가 당황하자 모사 가후가 "항복하는 건 어떨까요? 항복합시다. 항복!"

정기구독 문의안내 : 전투가 치열한 관계로 직접 찾아와 문의하기 바랍니다

선데이 삼국

「유비, 조조에게 투항하다」

초가집 안마, 도우미 25시

말뚱으로 점쳐보는 이번주 전투운세

"MP3장착 투구 팝니다
전투 중에도 국악의 향연을!"

너나 잘하세요 여배우 연기 잘한다

유비, 예주목사 취임 첫 단독인터뷰

"잘 먹고 잘 싸게 해주겠다"

'잘 먹고, 잘 싸게 해주겠다' 는 소리에 성안의 백성들이 유비만세 외치며 횃불행진!

전문가방담|말타기| 과연 전립선예방에 좋은가?

"말타기로 췌장염 고쳤다" 고백수기

단독공개

무성영화
<달들에게 물어봐>
주연 김말년 인터뷰

"침은 좀 닦으셔"

팬티노출로 화제

ⓒ디자인공작소 쑈아라 홍석현

하고 꼬리를 내린다. 직접 가후가 조조 앞에 가서 항복할 뜻을 전하고 약간의 구라를 풀자 조조가 한눈에 반한다.

"너 맘에 든다. 너 내 밑에 와서 같이 일하지 않을래?"

"전에 제가 이각 밑에 있을 때 모사를 잘못 꾸미며서 천하에 큰 죄를 지은 적이 있습니다. 그때 지금의 장수가 나를 신임해주었기 때문에 인정상 저버릴 수가 없습니다."

가후가 물러간 다음다음 날 장수가 와서 정식으로 항복 절차를 밟았다.

정식으로 항복한 장수는 조조와 이사 대우 이상의 군대 간부들을 불러 잔치를 베풀어주었다. 술에 취한 조조가 여자 생각이 났다.

"성안에 남는 여자가 없냐?"

추씨 부인

눈치 빠른 조카 조안민(曹安民)이 잽싸게 "간밤에 관사 앞을 지나가는데 미모가 뛰어난 여인이 있더라구요. 자세히 알아봤더니 장수의 숙부 장제의 미망인인 추씨 부인이라던데요."

"그럼 데려와봐야 되지 않겠냐?"

침을 꼴깍꼴깍 삼키며 기다리는데 데려와보니 실제로 미모가 출중하다.

"내가 누군지 아는가?"

당연히 알겠지. 여기서부터는 중간 생략한다.

조조는 추씨의 품에 안겨 몇 날 며칠 동안 정신을 못 차린다.

"허창에 돌아가면 헥헥! 부귀 영화를 헥헥! 누리게 될 것이다. 헥헥!"

낮에도 헥헥! 밤에도 헥헥! 밤이나 낮이나 헥헥! 음음!으로 며칠이 지났는지 모른다. 그래도 밥은 먹었겠지! 오르락내리락했겠지! 온갖 구라 다 쳤겠지!

어느 날 추씨 부인이 "제가 성안에 너무 오래 머물러 있으면 시조카가 알게 될 것 같고 또한 소문이 인터넷에 떠돌아 성 밖 사람들이 알까 두렵습니다. 거기다 악성 리플이라도 달리게 되면 이거야 원, 이미지 팍 구겨져서 말이지요……."

"오냐, 알았다. 성 밖으로 나가자."

성 밖으로 나온 조조는 별도의 침실을 마련하고 쌍철극(雙鐵戟)의 사나이 전위에게 침실 밖을 지키게 했다. 전위가 침실 앞을 지키고 있으니 외부와는 통신두절 상태가 된다.

'지금은 가입자의 사정으로 통화를 할 수 없으니 음성이나 전화번호를 남기십시오.'

조조는 추씨랑 헥헥! 음음! 대느라 허창으로 돌아갈 생각도 안 한다. 소문이 안 날 수가 없지! 소문을 들은 장수는 노발대발하며 "조조 놈이 날 이렇게 모욕하다니!!"

장수의 심정은 어떨까. 마누라 바람 피우는 거 잡으려고 심부름 센터에 의뢰했더니 심부름 센터 직원이랑 붙어버렸다는 얘기를 전해들은 남편의 심정!! 모사 가후를 불러 상의를 하니 처방을 바로 내려준다. 모사의 처방대로 조조를 찾아가 "새로 항복한 군사 중에 도망자가 많이 생기니 장군네로 군사들을 옮겼으면 합니다."

"그런 거라면 나한테 안 물어보고 결정해도 될 텐데! 하여튼 알았다. 난 지금 바쁘다."

장수는 자기네 군사를 합법적으로 조조네 진중 네 곳에 나누어 주둔시켰다. 근데 문제는 전위가 너무 무섭다는 거다. 쌍철극으로 한번 난장을 피우면 군사 수십 명이 아작나는 건 시간문제이기 때문이다.

장수는 심복 중의 호거아(胡車兒)라는 사람과 의논을 하니 그도 바로 처방을 내려준다. 가후를 시켜 전위에게 술 한잔하자고 청을 넣었다. 처음엔 근무 중이라 안 된다고 하더니 한 잔 두 잔 폭탄주가 들어가니 전위가 필름이 끊길 정도로 취했다. 이 틈을 타서 군졸들이 쌍철극을 훔쳐 내왔다. 한편 조조와 추씨 부인은 술을 마시며 시시껄렁한 이야기를 주고받으며 노닥거리고 있었다.

"나랑 유비랑 장비랑 이렇게 셋이서 아침 일찍 영화구경을 갔는데 장비가 갑자기 화가 나서 극장 매표소를 부숴버렸는데 왜 그랬게?"

"매표소를 부숴버렸어요? 왜요?"

"조조할인이라고 써 있으니깐, 조조만 할인해주는 줄 알고 열 받아서!"

"호호, 깔깔, 호호호!"

조조가 추씨 부인이랑 시시껄렁하게 노닥거리고 있는데 갑자기 "불이야!" 하는 다급한 목소리가 여기저기서 들린다. 조조는 벌거벗은 채로 전위를 급하게 부른다. 지금 2005년 3월 20일 오후 5시 현재 나도 홀랑 벗고 벌거숭이로 이 글을 쓰고 있다. 시원해서 좋다. 벌거벗고 쓴 글은 독자들도 벌거벗고 읽으면 어떨까 싶다!

● 구라 심리학 _ 다수의 사람들이 벌거숭이가 되면 기분이 상쾌해진다. 왜 그럴까? 사람들이 동물과 구별되는 것 중의 하나는 인간은 스스로 자신의 본능을 억제할 수 있는 힘을 가지고 있다는 것이다. 본능의 억제는 사회 구성원 모두의 안녕과 행복을 위해 불가피한 측면이 있다. 모든 인간이 자신의 본능에만 충실하게 행동한다면 이 사회는 아비규환 그 자체가 되어버릴 것이다. 따라서 인간들은 이런 아비규환을 막기 위해서 두 가지 장치를 해놓았다. 하나는 법률이라는 강제적인 잣대이고 또 다른 하나는 질서와 윤리라고 하는 자발적인 잣대이다.

그러나 사회 구성원 모두를 위한 본능의 억제가 한편으론 스트레스로 작용하게 된다. 사실 본능의 억제라는 것이 '하지 마라.'의 연속이니 짜증이 나는 것은 당연하다. '이것도 하지 마라.', '저것도 하지 마라.'라는 삶 속에서 사람들은 마음 한구석에서 일탈을 꿈꾼다. 그리고 간혹 이러한 일탈은 자유로 여겨진다. 하지 말라는 짓은 더 하고 싶은 심리가 바로 일탈에서 오는 자유로움인 것이다. 그런 점에서 '의복'이라는 것도 일종의 스트레스로 작용할 수도 있다. 격식에 맞게 갖춰 입어야 하고 그렇지 않을 때는 '사회적 예의가 없는 사람'으로 낙인찍힐 수 있기 때문이다. 따라서 그러한 의복에서 완전히 벗어나 벌거숭이가 되는 것도 일탈의 즐거움을 느낄 수 있는 하나의 방법이 될 수 있다.

만땅으로 취한 전위는 술김에 들리는 조조의 다급한 목소리에 눈을 뜬다. 쌍철극을 찾아보니 아무리 찾아도 쌍철극이 보이지 않는다.

"술집에다 두고 왔나?"

장수네 군사들이 들이닥치자 전위는 다급한 나머지 보병의 칼을 뺏어 이리 치고 저리 베니 명 짧은 놈 몇 놈이 쓰러진다. '와와—!' 하는 소리를 지르며 이번에는 기병들이 들이닥친다. 맨주먹으로 다시 몇 놈을 주저앉혔다. 활꾼들이 화살을 비오듯 쏟아대니 전위는 온몸에 화살을 맞으며 문을 가로막고 쓰러져버렸다. 아까운 놈 한 명이 남의 오입질 때문에 저세상으로 간 것이다. 조조는 그 틈에 뒷문으로 말을 타고 달아났다. 조카 조안민이 겨우 말도 없이 걸어서 뒤를 따를 뿐이었다.

전력을 다해 달아나는데 휙! 화살 한 대가 날아와 조조의 오른쪽 어깨에 꽂힌다. '퍽!'

말 엉덩이에도 화살이 꽂힌다. '퍽퍽!'

말은 아파서 길길이 뛰며 앞으로 내닫는다. 다행히도 조조가 탄 말이 명마였기에 고통을 참고 쏜살같이 내달렸다. 육수강변에 이르렀을 때 조카 조안민은 적병에 잡혀 사지가 처참하게 찢어진다. 조조는 계속해서 말을

여
관
에
서
…

몰아 육수의 거센 물결을 헤치고 건너편 기슭에 도착하니 또 하나의 화살이 날아와 이제는 말의 눈에 명중한다. '히히힝—!' 마지막 울음을 울며 말이 나뒹군다. 조조 역시 땅바닥에 나뒹굴고 만다. 조금 전까지만 해도 오입질로 신이 나고 행복했던 조조의 꼴이 말이 아니다. 독자들도 생각해봐라. 여관에서 불륜 저지르고 있다가 갑자기 여자의 남편이 나타나서 정신없이 도망가는 마음을. 거기다가 조폭 비스므레한 놈들을 달고 오면 말 그대로 죽기 살기로 도망가는 수밖에 없다. 걸리면 죽음이기 때문이다. 정신은 혼미하고 마음은 새까맣게 타들어간다. 조조도 그랬을 거다. 죽을까봐 덜덜덜 떠는 조조의 귀에 다시 적군의 말굽소리가 들린다. 다가닥, 다가닥……

- 3권을 안 읽으면 입에 가시가 돋친다나 어쩐다나 -

전유성의 *구라 삼국지*
2권 눈앞에서 진짜임을 증명하려는 건 가짜다

펴낸날 2007년 3월 30일 초판 1쇄

지은이 전유성
펴낸이 이태권
펴낸곳 소담출판사
　　　　서울시 성북구 성북동 178-2 (우)136-020
　　　　전화 | 745-8566-7　팩스 | 747-3238
　　　　E-mail | sodam@dreamsodam.co.kr
　　　　등록번호 | 제 2-42호(1979년 11월 14일)

ⓒ 전유성 2007

ISBN 978-89-7381-884-6 04810
　　　978-89-7381-882-2 (세트)

10만명에게 쏜다!

『전유성의 구라삼국지』읽고 둘둘에서 구라풀자!

맛있게 풀자!
둘둘과 함께~

절취선

2,000

할인쿠폰

※ 이 쿠폰을 가져오시는 고등분들께 할인

♣ 할인쿠폰 사용기간 - 2007.12.31까지 사용가능

『전유성의 구라 삼국지』
공짜 중국여행 퀴즈

★『전유성의 구라 삼국지』에서는 조조, 유비, 제갈공명도 (   )를(을) 친다.

❶ 마빡 ❷ 구라 ❸ 꽹과리 ❹ 헤엄

정답:

＊정답을 적어서 보내주시면 추첨을 통해 중국여행의 기회를 드립니다.

※ 당첨자는 소담출판사 홈페이지(www.dreamsodam.co.kr) 공고 및 개별통지.